稲垣足穂詩文集

inagaki taruho
稲垣足穂

講談社文芸文庫

序

高橋孝次

『稲垣足穂詩文集』という書名には、ちぐはぐな印象をもたれるだろうか。場合によっては「タルホは詩人ではない」と、手にもとらない方もあるかもしれない。もちろん、ひとまずは、稲垣足穂の「詩的なもの」とそれにまつわるエッセイを集めた本だと思って読んでいただいてもかまわない。ただ、読みすすんで、これは果たして詩なのか、稲垣足穂にとっての「詩」とはなんなのか、と引っかかってしまう向きには、本書後半に収録した詩論・エッセイを解説とあわせてお読みいただきたい。ここでは、さしあたって、足穂本人が詩人と呼ばれることをどう考えていたのか、紹介するにとどめておこう。

「イナガキタルホが詩人だとは他に語彙の持合せがないからで、以て頭の貧困が察せられる」こう云ったのは名古屋タイムスの亀山巌氏だが、事実、僕の文章には詩的要素は多いが、詩そのもの、俳句そのもの、和歌そのものはご当人には一つも作れないのである。(「平岩君への返信」『雷鳥』一九六六・二)

「平岩君」は、関西学院中学部の一級下だった平岩多計雄（混児）で、本書でも足穂の作四篇を採っている前衛詩誌『ゲエ・ギムギガム・プルルル・ギムゲム』（エポック社）へ足穂を誘い入れた古い友人である。足穂はここでみずから「詩的要素は多い」と認めつつ、「詩そのもの、俳句そのもの、和歌そのもの」は作れないからと、「詩人」のレッテルを拒否しているが、「「俺が詩人と云うのにはまた別な意味がある。《ママ》のだ」と云われたらそれまでのこと。」（「平岩君への返信」前掲）ともあとで言い添えている。

☆

本書は、思潮社の「現代詩文庫」第Ⅱ期、近代詩人篇の一冊として刊行された中野嘉一編『稲垣足穂詩集』（一九八九）に、新たに詩論・エッセイなどを加えた再編集版である。本書の内容を知っていただくために、まずは、現代詩文庫版までの成立経緯をたどっておきたい。

中野嘉一編『イナガキタルホ詩集』（名古屋豆本別冊25集、名古屋豆本　亀山巌発行、一九八二年二月二六日開版）は、豆本として限定三百部で世に出たものである。版元の亀山巌は、同書所収「稲垣足穂・版元ノート」で、「編者は労作「日本前衛詩運動史の研究」をもち、尨大な基本資料のコレクションがある。主宰する詩誌「暦象」にタルホ詩論を連載しているので、稲垣足穂の詩を初出誌から選ぶのにふさわしい人である。精神科医として太宰治を診療、その著述もある。」と編者を紹介している。編者・中野嘉一、版元・亀山巌については巻末「解説」にて、改めて詳述することにしよう。

編者は豆本版のあとがきで「数年前から時折稲垣足穂の詩集を一冊に纏めてみたら、と亀山巌さんの手紙にあった。最近私は（中略）かなり多くの資料を蒐集することができたので、その中から専ら、私の好みの詩十七篇を選んで稲垣足穂詩集を編んでみた。」と、その経緯を記している。先の足穂の引用をみたあとでは、亀山のすすめにも些か含蓄がある。ともあれ豆本版の好評を受けて、中野嘉一編『稲垣足穂全詩集』（一九八三、宝文館出版）が刊行される。同書の編者による「あとがき」を以下に掲げる。

本書『稲垣足穂全詩集』は作家足穂の詩四十五篇を初出誌から蒐集、採録したものである。これまで足穂の詩集といえば、昨年二月名古屋豆本（版元・亀山巌）別冊として私の編著で刊行されたことがあり、これは大変珍らしく、好評であった。その後、私の親しい足穂研究家小谷孝司氏その他二、三の方々の協力を得て、資料の蒐集・発掘をすすめていたが、今度『稲垣足穂全詩集』として出版の運びになったものである。

方から、足穂の世界の特異性について試みたものである。本書の解説は初期からの足穂の詩作について、同時代の文学の流れ、詩の歴史的な見

巻末初出一覧によっても分るように、足穂の詩は前衛詩誌「G.G.P.G」の頃に始まり、未来派・シュール系・モダニズム系詩誌への発表が圧倒的に多いことが注目される。（後略）

ここで断っておかねばならないのは、編者が詩誌を中心に蒐集していた作品のうち、足穂の全集・単行本未収録作品を選んで詩集を編むというのが基本方針であり、当初から『稲垣足穂全詩集』という名称とその内容とは、必ずしも一致していなかったということである。どちらかと言えば、刊行当時、稀覯詩誌の掲載作など、入手困難であった足穂の初期作品を含む諸篇を、初出誌での仮名遣いを生かして読むことができる点に、ひとつの特色があった。これは、最晩年の足穂自身が編集方針を決めた生前選集たる『稲垣足穂大全』全六巻（一九六九〜七〇、現代思潮社）や、大全に収録されなかった作品やヴァリアントを集めた『多留保集』全八巻・別巻一（一九七四〜七五、潮出版社）の、さらなる落穂拾い集の性格が強かったといえる。

『稲垣足穂全詩集』の再編集版であった現代詩文庫版『稲垣足穂詩集』（前掲）では、掲載作が整理され、「ファルマン」や、中野が解説中に「異文のこと」として紹介していた

ヴァリアントが削られ、その後新たに発掘されたと思われる「瓦斯燈物語」、「忘れられた手帖から「身辺雑記」」、「かもめ散る」、「滑走機」、「タルホ拾遺」、「白いニグロからの手紙」、「わたしのLSD」の七篇のほか、足穂の詩観の一端をうかがわせる詩論・エッセイ七篇を付加し、最後に研究二本（西脇順三郎「悪魔学の魅力」、中野嘉一「稲垣足穂論──反自然の思想と少年愛」）、解説二本（鈴木貞美「タルホをめぐる星座」、高橋睦郎「誘惑者──私の稲垣足穂入門」）が追加されている。

二〇二〇年現在、『稲垣足穂全集』（二〇〇〇〜〇一、筑摩書房）刊行後、『ユリイカ9月臨時増刊号　総特集　稲垣足穂』（二〇〇六・九、青土社）、高橋信行編『足穂拾遺物語』（二〇〇八、青土社）など未収録作品集と呼べるものも企画・刊行されており、異文（ヴァリアント）の問題は依然としてあるものの、当初『稲垣足穂全詩集』が持っていた未収録作品集という意義はすでに半ば以上失われている。

とはいえ、詩やコントというべき作品群が、大正期の前衛詩誌に発表された稲垣足穂の初期作品にはじまり、一九二〇〜三〇年代を中心に晩年まで並べられた作品集はほかにない。そこに大正期から戦後を経て晩年に至るまでの詩論やエッセイが併載されることによって、稲垣足穂の「詩」なるものの時代ごとの相貌も垣間見ることができる。

たとえば「星は北にたんだく夜の記」（『四季』一九四六・九）などは、短篇小説といってよい体裁であるが、詩誌掲載作であることで本書に収められている。異文（ヴァリアント）の観点からいえば、先行作品「木犀」（『文章往来』一九二六・一）と改訂作「星は北に拱く夜の記」（『作家』一九五六・十一）が前後にあり、本書所収作は中間形態にあたる。かつて高原英理が『少女領域』（一九九九、国書刊行会）で指摘したような、少年と少女が入れ替わる大きな改訂が繰り返された作でもあり、編年的な収録方針には改訂の多い作品の変遷を知る魅力がある。ほかにも、本書所収の「タルホ拾遺」の「第八話　泣き上戸」と「わたしのＬＳＤ」の「土星と酒場」は、ほぼ同一内容でタイトルが全く違うなど、複雑に入り組んだヴァリアントの錯綜が、それ自体足穂文学の大きな特色であり、その様態も本書でご確認いただきたい。

『足穂拾遺物語』では足穂のテクストを、「テクストの形式・主題・分量・掲載媒体・執筆経緯を考慮し」て、コント、小説、童話、詩、エッセー、小文などにあえて分けていたが、それでも改行などの形態的特徴以外で「詩」というべきテクストを他と線引きすることは難しい。むしろ、何が詩で、何がコントで、何が童話なのか、何が小説なのかといったジャンルの枠組みそのものを反問させるところに、モダニスト足穂のテクストの面白みもあるのではないか。

そして、編者である中野嘉一は自身、足穂と同じく、詩の形式が根柢から問い直されていた詩論の時代に生き、「モダニズム詩」の可能性を追い求めた当事者でもあった。彼の「前衛詩運動史」という歴史的観点から稲垣足穂の「詩」を捉え直そうとする意志にこそ、本書のもう一つの特色はある。

そのため、現代詩文庫版『稲垣足穂詩集』の再編集版である本書では、基本的に収録作品はそのまま踏襲した上で、稲垣足穂の「詩」なるものの歴史的な転移とその背景を知る材料として、詩論・エッセイをさらに追加して『稲垣足穂詩文集』とし、新たに解説を付した。改めて、それぞれの時代の足穂の「詩」と向き合っていただければ幸いである。

目次

稲垣足穂詩文集

シヤボン玉物語

「さあこれから管を吹きます、何が出るか消えぬうちに御覧下さい」

馬をひろつた話

私は海水浴場を歩いてゐた。

頭の上からカツと太陽が砂に照りつけ、そこに乾してある赤や黄の派手な縞のついた女の海水服や、白い天幕が強烈な未来派の絵に似た渦を巻いてゐる。そこを通りぬけると、緑色の四角な小舎があつたが、その窓の縁にとゞくまで砂がよせかけてある。どうしたのだらう、子供が窓をのぞくために集めたのか知ら、それにしても高い窓でもないのに……と近づいた拍子に、その砂がムク〳〵と動いた。オヤ！　と思つた時、そこに斜に立てゝあつた白ペンキの立札が目についた。それには The horse と下手な字が書いてあるので、急いで砂を掘つてみると、そこに馬が入つてゐた。しかもそれは生きたチヨコレート色のい丶馬だつたので、自分はそれに乗つて帰つた。ハイシ！　ハイシ！……

どうしてその煙草を吸ふか？

この頃巴里で流行してゐる赤踏派《レツドソツクス》のシガレツトつて云ふのは、匂のい丶紙巻ですが、それに細い一本の赤い条が縦についてゐるんです。これを吸ふのは、まづ瀟洒なコーヒ店の円テーブルに、あなたの好きな人と向ひ合つてゐる時でなくちやいけないんです。

「まあスマートなシガレツトね」

あなたが銀のケースから一本取出すと、その人はかう云ふでせう。そこであなたはマツチを磨つてもらふのです。

「え丶なか〳〵面白いやつでね、そらこの赤い線が意気じやありませんか、ちやうど君のやうに……」

かうあなたが笑ひながら云ふと

「たんと仰つしやい！」

さう云つて、その人はあなたを可愛い丶目でにらむでせう。そこであなたは、その顔にプーツとうすい紫色の煙をふきかけるために、ずつとからだを前にのばして強く吸ひこむんですね。白いシガレットの先の火が、二三ミリばかりあなたの口元の方へ進むでせう。そのとたん、ズトン!! と花火が鳴つて、仕掛けられた弾丸が飛び出します。

「まあ驚いた!」

と、瞳を張つたあなたのお友だちの白い額には、いつの間にかハイカラなダイヤの赤い星が一つくつゝいてゐるといふわけになるのです。

――が、それは何もダイヤとばかりは限つてゐません、クラブでもスペードでもハートでも、それからその他に三日月や、星や、黒猫や、蝙蝠や、各国の旗や、いろ〳〵のものがあります。そして、その何が仕組んであるかは、火をつけてみないとわからないところに、このビツクリタバコの面白味があるのです。ついでに云つてをきますが、これは、元来、着物とか手のひらに向つて発砲するやうに出来たものなのです。しかし、これも勿論それとはきまつたわけでもないでせう。冒険と自由が若いあなたの恋の信条である以上はね。……

ピエロー登場

マンドリンオーケストラで幕が開くと、舞台は一面に真青で、そのまんなかにまん円い月がぶら下つてゐる。三角帽子のピエローがゼンマイ仕掛の人形のやうな足取りで出て来る。

ピエローの独唱

「昔私は月を見た
今晩私は月を見た
それは昔と同じ月
今も昔も同じ月
これから先も同じ月」

月の独唱

「それから先はどうなつた」

ピエローの独唱

「それから先もそれだけさ」

歌が終ると同時に月からシユーと赤と青の火花が噴き出して、そのまゝ矢車になつて廻り出す……黒い幕が急に落ちる。

カイロから帰つて来た人の話

名を云ふのは憚かるが、君の好きなあのタバコの製造元で、かなり世界的にも名を知られたその会社が、僕があそこを出発するすぐ前の日につぶれた。わけはと云ふに、その会社で最近スフインクスといふシガレットを造つたのであるが、その百本入の箱についてゐるスフインクスの画が、夜中に歩き廻るといふ噂が立つたのだ。そんな愚にもつかぬ話を信じたわけではないが、僕もその頃は少し退屈してゐたし、物好きにその百本入を買つてみたのさ。匂はよいが、価段の割にしちやあまり感心も出来ない。ところでへんな話だが、笑つちやいけない、誰にだつてそんな好奇心はあるもので、僕はその箱についてゐるスフインクスが歩き出すかと思つて毎晩注意してゐたのだ。勿論、そんな事が起らう道理がない。だけどね、不思議なのは、僕の一笑にふすべく巷の風説はあまりにもかまびすしいではないか。で、僕は気にかゝるものだから、とう〳〵会社へ出かけて社長に面会して、事の真疑を問ひ正したのだ。勿論、社長は笑ひ出して、そんな馬鹿な事はない、が、どうもその噂には当方も困つてゐると云ふのだ。そして、近頃試験に巻いてみたといふ上等のシガーを僕にすゝめながら、今にこいつが飛行船になつて飛びまはるのだらう、そんな冗談を云つて、彼自身もその一本にマッチをつけて、プーと煙を吐いたがね。その時チラッと僕の方に注がれた奴の目の色はどうも少しへんであつたよ。と云ふわけは、その時、僕が直感したとほりの事が当つて、案にたがはず会社がすぐに倒れたじやないか。さうさ、そんなつまらない風説を人をやとつて云ひふらさして、それでもつてタバコの販路を拡めようとしたのさ。それが発覚して、いやそれもなあに、さくらに使つた人に割増をやらなかつたとかそれが少なかつたとか云ふケチくさい事で、それがために常から会社に恨みを持つてゐた者に告訴されて、それが負けたといふ事になつたのさ。かうしてあの有名な会社が一朝にしてバタ〳〵と倒れたのだ。何、をかしな話だねだつて？　さう何しろ相手がタバコ会社だからね、話が煙のやうなのも無理はあるまいて。――

Aの気転

お嬢さん姉妹と、O氏と、Aと、自分とで初夏の景色を見に出かけた時の事である。思はないまはり道をして、お昼までには予定のところへ行かれなかつたので、大へん咽喉が乾いて来た。で、折から見つかつた小さな旗を出した家へ入つたが、そこはほんの田舎の茶店だから何にもない。棚にならんでゐるサイダーやビールの瓶には、真白に埃がつんでゐて、何年前のものか見当もつかないほどだ。仕方なしにコーヒーを注文したが、それが又ゴミくさい事つたら、とても飲まれた代物じやない。男の方はまあ辛抱もしようが、それじやお嬢さんたちがお気の毒だ。どうしようかと考へてゐる時に、Aがやにはに麦藁帽子を取つて、テーブルの上に仰向けに載せた。

「ねえ、これはたつた昨晩買つたばかりの帽子です。このなかで諸君の飲物をこしらへようと思ふのですが、別に御意存はありませんか？」と一同を見まはした。

何の抗議も出なかつたので、それじやと、Aは、店の者にコップを五つ用意させて、自分はポケツトから新聞を取り出した。

「これは今朝のクロニクルです。僕がまだ目をとほしてゐないほどだから、新らしい事は又この上なしです」

云ひながら、それを片手にさしあげて帽子の上でふると、そこに印刷されてあつた活字がバラ〳〵と下へ落ち出した。すつかり払ひ落して白紙になつた新聞をすてたAは、帽子を取つて、その底にたまつた活字を二三回よくふりまぜた。そして、それを一つかみづつ手早くコップのなかへ放りこんだら、忽ち、ジユーと、コップのなかゝら白いものがもり上つて来た。Aは帽子をうしろに引いてみんなに云つた。

「出来立てのミユンヘンです。どうぞ泡の消えぬうちに……」

追つかけられた話

昼すぎに人通りのない坂路を歩いてゐると、右手にある大きな煉瓦建の倉庫のなかで、ガラガラツ……と螺旋のもどけるやうな音がした。するとそこにある8といふ番号のついた鉄の扉の下から、水のやうなものが流れ出て、土にしみながら蛇のやうにクネ〳〵うねつて足の下まで来たので、あはてゝからだをよけると、こんどはその方へ向きを変へて来た。で、反対の方へそらすと、そこへもついて来る。逃げ出すと、それも又大へんな速さで追つかけて来た。一生懸命に畑の方へ走つたが、やつぱりついて来る。それがもう踵にとゞきさうになつて、自分は息が切れて倒れさうになつた時、ちやうど頭の上にさし出た樅の梢をめがけて、エイツと飛びつくと、水のやうなものは足の下を通りぬけて、一直線に半丁ばかり先の方にあつた馬車の下まで行つたと思つたら、馬も車も二吋《インチ》ほどの破片になつて飛び散つてしまつた！……

無用意な誘拐

霧のふる夜、令嬢が公園のまへの広場を歩いてゐると、むかふから一台の黒い箱形の自動車がやつて来て、その前にピタリと止つた。なかゝら覆面の紳士がとび出して、やにはに令嬢の胸へピストルを突きつけて、自動車に乗れといふ。仕方なしに乗ると、自動車はうごき出したが、それが格別どこへ向っても走らずに、同じところばかりグル〳〵まはつてゐる。一たいどうするつもりだらうと、令嬢はうすぐらい電灯に照らされてゐる車内を見まはす折から、ふと足下に落ちてゐる紙片に目を止めた。となりに腰かけてゐる紳士の油断を見すまして、ひろひ上げてそこに書いてある字を読むと

「さて、この話をどういふやうに運ばうかな」

朱唇の力

何でもそのお嬢さんが、帽子屋のなかでお友だちの買物をするのを待つひまに、入口のところへ行つて、気なぐさみにその厚い磨ガラスのドアーに息をふきかけて、絹ハンカチで二三べんこすつてゐると思つたら、忽ち、そこから表をとほる人や、むかふの辻にあるオートモービルがハツキリ見え出して来たさうだ。それに、そのドアーの磨ガラスと云ふのが、決して糊を引いたものでなかつたと云ふから、話は少しばかり怖つかなくはないか？　と云ふのさ、君！

レモン水の秘密

Bが造つてくれたレモン水のうまい事つたら、口のなか一パイに何とも云へぬ涼しい香りがしみ渡つて、とてもこの世のものとも思はれません。どうして造るのだといろ〳〵にたづねてみても、言を左右にまはしたBはなか〳〵白状しないのです。そこで或る晩、それは、その一週間ばかり以前から初めて製造され出したBのレモン水が、さらに一さうの香りと涼しさを増して来た頃でしたが、私は、一たいどうするのだらうと、友だちの注文にコップを持つて座を立つたBのうしろについて行つたのです。不思議な事には、Bは勝手元には行かずに、反対に階段を二つものぼつてとう〳〵物乾に出たじやありませんか。オヤと思つて、物かげから息をこらして見てゐると、屋根に匍ひ上つて行つたBは、その一等高いところで背のびをして、その上に出てゐる十三夜のお月さんから、そのレモン水をしぼり取つたのです。

客と主人

客が来て二時間ばかり経つた時、主人は手をのばして傍の机からアルバムを取つた。
「ちよつとこれにはめづらしいのがあります。廿五六頁あたりからごらんになつて下さい」

さう云つて客の前にさし出した。

受け取つた客が、さつそく廿五頁をあけると、そこには「もうい、かげんに帰らないか?」と記した紙片がはさまつてゐた。だが、客は云つた。
「ほう、これや面白いですな。やはり、あちらでは今でもこんな風俗をしてゐるのでせうか……」と、感心しながら「さて」とつぶやいて、懐中から金時計を出して竜頭を押した。

「もう失敬しませうかな、あまり遅くなると又……」

「まだ早いぢやありませんか、夕飯をすましていらつしやつたらどうです……」と云ひかけた主人が、客の手に開いた時計の蓋の裏に何気なく目を注ぐと「まだ〳〵帰るものか！」と小さい紙片が張つてあつた。

それから一時間ばかりして、主人は新らしいコーヒを出した。客がそれを飲み終らうとした時、茶碗の底にこんな字が書いてあつた「無神経！」

そこで客は立ち上つた。

「長くなるやうですから……」

「も少しいらつしつては……」

「いゝえ、用事がありますから」

「さうですか、そりや残念です。では又近日中に是非共……」

客が表へ出やうとすると、門のそばに名刺のやうなものが落ちてゐるので、ひろい上げると「どうだ参つたか—？」と書いてあつた。

玄関まで送つた主人が、舌を出して座敷へ帰ると、客の忘れた扇子があつた。ひろげてみると太い字で「月夜の他に闇があるぞ！」

停らない理由

動いてゐる電車にとび乗つて、ハンドルを取つてゐる運転手に、挨拶がはりの笑をもらした針金の束を肩にかけた工夫があつた。そこで、運転手は笑ひ反したかと云ふにさうではない。彼はその工夫をまるで知らないやうにすましこんでゐた。で、人ちがひかなと思つた工夫は、運転手の顔を見なほしたが、やはりいつもの男なので、もう一ぺん笑つた。が、運転手はやはり知らぬ顔をしてゐる。工夫は怒つてしまつた。すると、こんどは運転手の方が笑つた。しかし、思ひの他工夫が六つかしい顔してゐたので、てれかくしにハンドルをグルッと廻した。電車はビューと一さう速く走り出した。運転手はしばらく前方からとんで来る電柱を見てゐたが、やがて工夫をふり向いて

「怒つたのかい？」と云つた。

「馬鹿にするない！」と工夫がどなつた。

ガラス窓と車輪の音の間にも聞えるやうな激しい叫びが、二三回交されたと思つたら、格闘が初まつた。しかも、ハンドルをフルーに置き放しにされた電車は、乗客にも停留所にもおかまひなしに風のやうにとんで行く……

その停留所で待つてゐる時、満員でもないのに、停る筈の電車が停らなかつたので、私は、車中で多分そんな事件が起つたのだらうと想像したのである。

＊　＊　＊　＊

本が怒つた話

或る日、三階で読んでゐた本をポンととじたハヅミに耳のそばで
「面白いか？」と云ふ声がしたので
「面白くない」と云ふと
「何が面白くない！　何が！　何が！　何が！……」と肩をこづきまはされて、窓ぎはに押して行かれて、おまけに足をはね上げられたので、アツといふ間に明いてゐた窓から真逆様に落ちた。

ジエキル博士とハイド氏

ジエキル博士は世にたぐひのない仁者であつたが、彼は自分の信念からきつちり十二時

間起きて、十二時間眠つてゐた。ところが、その睡眠中に、彼はハイドと云ふ世にもたぐひのない悪漢になつて活動するのである。しかも、その夢がハツキリして、次の晩から次の晩へ論理的の経過をたどる事は、正にジエキル博士がそんな生活を現実にやつてゐるとしか思はれない。おしまひには、どちらの方が夢であるかと云ふ事さへちよつと見当がつかなくなつて来た。彼は少なからず煩悶した。――自分は醒めてゐる十二時間には徳望ある医者として多くの病人を助けてゐるが、次の十二時間には正反対の事をして、人々を戦慄させてゐる。これやさし引ゼロではないか？　そこで、親友である数学者にその事をうち明けた。

「何も心配するには及ばない」と数学者は云つた。「つまり君が一時間に一つの善事なり悪事をすると仮定すれば、君は一昼夜に十二の善事をして、十二の悪事をしてゐる事になる。だから、君がハイドになる睡眠時間を今一時間短かくすれば、君は十三の善事をして十一の悪事をするから、さし引いて君は一昼夜に一つの善事をする事になる。かうして改めて行けばわけはないではないか？」と数字に書いて説明した。

成程と感心したジエキル博士は、早速、その教へられたとほりにやつてみた。一週に一時間づゝ睡眠時間をへらして、三週間の後には、彼は十五時間起きて九時間眠た。そこで、話は数学者の予想どほりに、ジエキル博士の善がハイド氏の悪とさし引いて、一昼夜に三つづゝ勝つて行く勘定になつたかと云ふに、さうではない。こゝにジエキル博士の苦悶がさらに輪をかけたと云ふのは、彼の夢に現はれるハイド氏は、その活動時間が短縮されたゞけ、それだけよけいに悪辣な手段をめぐらし、実に身の毛もよだつやうな数々の犯行を重ねるのは、とてもジエキル博士の十五時間の善事をもつて対抗する事が出来ないほどである。それでも博士は屈せずに勇敢な態度を持して、最後に睡眠時間を一時間にしてしまつた。あゝしかし、そのたつた一時間中のハイド氏の悪は、なほ、廿三時間中のジエキル博士の善よりも強かつたではないか。連日の睡眠不足に青い顔をして今はその事で倒れさうになつた博士は決心して、ピストルの銃口をこめかみに当てゝ引金をひいた。轟然と音響がとゞろいて、そこに吾々は血に染つた不幸な博士の姿を見出したらうか？　いや決してさうではない。安心し給へ。神は徒らに仁者を殺さなかつた。その悲壮な反省行為は、実に、善と悪との火玉をちらす死物狂ひの争闘の裡にあつたジエキル博士とハイド氏との境目に於てなされたのである。そして、弾丸は間一髪のところでハイド氏の方へ命中したのだ！　かくて長年博士を苦しめた悪夢は一掃された。ドクター・ジエキルの徳望はいよ〳〵昇つた。めでたし〳〵。

香炉の煙

1 笑

朝日が桃色に大理石の円柱をてらし出した頃、アポロはその宮の奥にたゞならぬ顔をして坐つてゐた。最初に参拝した者がそれを見つけて街に駆けもどつた。

「アポロの顔がをかしい！」

彼はかう叫びながら走つた。

「どうしたのだ？」

行人はいぶかしんでその袖をとらへた。

「アポロの顔がただならぬ！」

彼は只叫んで走りつゞけた。この事は忽ち街中にひろまつた。そして、人々と学者たちとは急いで神殿に駆けつけた。

「如何にも！　アポロにはちがひないがどうもをかしい……」

市民はそれを何かの前兆として考へ、辻々には多くの不安げな立話が聞えた。その間に、有名な学者たちは額を集めてこの不可思議の起因を探らうとしたが、誰一人として何の判断も下すことが出来なかつた。

「この上はデイオニサスを呼ぶより仕方がない」

有名な学者たちはかう云つて外へ出た。そして市民と一しよにデイオニサスを探しまはつた。デイオニサスは丘の上を歩いてゐた。

「アポロの顔がたゞならぬのは一たいどういふわけか？」

最初に駆けつけた長老の一人が訊ねた。

するとデイオニサスは答へた。

「それは笑ひといふものである」

かう云つた時、デイオニサスの顔にはたゞならぬ変化が起つた。それと共に、彼を取りかこんだ学者たちと市民の顔にも同じやうな変化が起つた。かくしてギリシヤには明るい春が来た。

2　夕焼とバクダートの酋長

バクダートの酋長が、天幕のなかから外へ出たハヅミに、うしろから赤い棒で背中をなぐられた。ハッとふり反ると、そこには誰も居なかつた。酋長は怪訝な顔をしてしばらくあたりを見まはしてゐたが、やがて、何気なく目をあげた拍子に、その加害者を発見した。それは夕焼であつた。そこで酋長は、弓を手に取るなり白い馬にとび乗つて、一隊の部下をしりへに、沙漠の西へ向つて勇ましい追撃を開始した。

3　李白と七星

或る晩、李白が北斗七星をかぞへると、一つ足りなかつた。それが自分の筆入のなかに入つてゐるやうな気がしたので、その竹筒を何回もふつてみたが、星は出なかつた。どうもをかしいと思つて、もう一度かぞへてみると、こんどは七つにきつちり合つてゐた。それで李白は、それはたぶん、雁が自分と星との間をさえ切つたせいだらうと人に語つた。

4　東坡と春

東坡が春の野を歩いてゐると、むかふに紅い花らしいものがあつた。何だらうとよく見るとそれは花であつた。しばらく行くと、こんどは青い柳のやうなものが風にゆれてゐた。いぶかしみながら近づくと柳であつた。で、東坡は声をあげてうたつた。

「柳は緑、花は紅……」

するど、霞がそれを聞いてハハハと笑つた。

5　黄帝と珠

黄帝は一日赤水の北に遊び、崑崙の山に登つて南望して下りた。

この時、黄帝は首にかけた大切な珠を落してしまつた。宮殿に帰つた黄帝は、部下の無象をよび出してその行方を探す事を命じた。無象はおほせかしこまつて、崑崙山におもむき、険しい谷間にころがつてゐた珠を見つけて、喜び勇んではせもどつた。

大臣や将軍が星のやうに居流れたまへを、得意満面にのぼつた無象は、珠を入れた箱をかゝへて黄帝のまへに進んで、その蓋をあけた。珠のかはりに大きな黒い鳥がとび出して、羽音高く欄間をくゞつて出て行つた。無象とその他の家来があつけに取られた時、黄帝は快よげにカラ〳〵と笑つた。なぜなら、黄帝は人も知る有名な哲学者だつたからである。

6 ビバヤシヤと芥子粒

或る晩、ビバヤシヤはチク〳〵背中にあたるものがあるので、さぐつてみると芥子粒が入つてゐた。こんなものをどこでつけて来たのだらうと、手のひらに載せてよく見ると、その小さい芥子粒に又こまかい穴があいてゐた。不思議なので、こんどは指先につまんでそこをのぞいてみると、びつくりした。

その時、ビバヤシヤは、目のまはるやうな須弥山の絶頂に立つてゐたからである。ハッとふるへたビバヤシヤの指先から芥子粒が落ちた。同時にビバヤシヤは足をふみすべらして、高さ六百五十万由旬の頂上から、紅い瑠璃の斜面をおそるべき勢ですべり落ちた！

静かな王舎城の夜更けに、何かゞ廊下から若草の上に落ちた音がした。しかしそれからは又以前のやうにシーンとして、青い月の光が、そよともしない沙羅双樹の梢にそゝいでゐるだけであつた。

7　盗跖と月

盗跖《とうせき》が或る時月を盗みとらうといふ考へを起した。そして夜になつた時、三千の部下をつれて崑崙山の方へ出かけて行つた。

ところが、明方になつて、彼は大へん打ち沈んで帰つて来た。そのわけは、流石の盗跖もこの宝物を盗むためには、暗い夜を選ぶ必要があつた。しかしその闇のために、肝心の月が見つからなかつたと云ふのである。あの孔子を走らし諸侯をふるはした盗跖の只一つの失敗とは即ちこれである。

8　王と宝石商人

世界中の何でも変つためづらしいものが好きな王の宮殿へ、或る日、沙漠から来た宝石商人が案内された。

彼は青い布を頭に巻いて、手には黄金の小箱をかゝへてゐた。そのなかには世にも比のないアレキサンドリヤの宝玉が入つてゐた。それは彼が、沙漠の彼方の険しい岩山をいくつも越えたところにそゝり立つてゐる高さの知れない絶壁で、その中間を切り開いた石の街で、しかも非常な困難と危険とを冒した後に手に入れたものであると云ふのであつた。で、王を初め家来は、その言葉をあまりにも怪しとしたのであるが、彼はその不思議な宝玉を――見る位置によつて赤や青や紫や、その他の云ひ知れぬ美しい光を放つといふ石を、現に目の前に見せると云ふのである。そして、王と家来とが片唾をのんでゐる時、彼はその小箱を開いた。ところがそこには青いトカゲの尾が一つ入つてゐただけであつた。王と家来とがあつけに取られたひまに、宝石商人はカラ〳〵と笑つて、赤いマントを脱ぎすてるなり、大理石の階段を悠々と奥の方へ上つて行つた。さて、君はこの奇妙な話を聞いてどう思ふか？　その傍若無人の宝石商人とは、実は気まぐれなその城の王が座興に思ひついた変装だつたのである。ではその宝石商人の王のまへに立つてゐた王とは一たい誰であるか、それは云ふまでもなく広間の大鏡の壁にうつつてゐた宝石商人それ自身の影だ。と云ふ他にはしようがないではないか？

9　老子と花瓣

夜中に眼をさました老子は、ふと夕ぐれに城趾をとほつた時、金色の花瓣が落ちてゐたのを思ひ出した。

老子は起きて城趾へ出かけた。しかしそこには何もなく、只、見たばかりの黄いろい月にてらされた欄干の影が長くのびてゐるだけであつた。たしかにこのへんにあつたのだが……と老子は、もう一ぺんガランとした石甃の上をさがしてみた。が、やはり見つからない。老子はなぜあの時ひろはなかつたのだらうと思つた。しかしその時自分が何か考へ事をしてゐたことに気がついたので、それは一たいどんな事だつたらうと頭をひねつてみたが、どうしてもわからなかつた。おしまひに老子は、金色の花瓣が落ちてゐたのさへどうだかわからなくなつて、石段を下りて来た。

10　荘子が壺を見失つた話

荘子が路ばたにころがつてゐる青い壺を見た。それがどこかで見おぼえがあるので立ち止つた。ハテ、これは昔夢のなかで見たのか、それとも、ほんとうの店先にあつたのだらうか……しきりに思ひ出さうとしてゐた時、壺のなかから白い蝶が一つヒラ〳〵と飛び出して行つた。しばらく立つて荘子がそれに気付いた時、蝶は勿論、壺もどこへ行つたのか見えなかつた。

11　アリババと甕

或る晩、アリババは寝てゐる下の方が急にまぶしくなつて来たので、床板をはがしてみると、まあこれはどうした事であらう？　そこには大きな甕が一つ、そのなかにはいくつとも数知れぬ金貨と銀貨とが充ちて、目も向けられないくらゐキラキラ輝いてゐた。で、アリババは目をまはさんばかりにおどろき且つよろこんで、その甕を引き上げた。勿論、それは夢であつた。ところが目を醒した時に、その甕が事実アリババの枕のまへに立つてゐたのである。かうしてアリババは大金持になる事が出来た。アラビヤンナイトにつたへられてゐるのはうそである。

12　墨子と木の鳶

墨子が三年間かゝつて木の鳶を造つた。そして、それは飛ぶには飛んだが、わづか一日でこはれてしまつた。話といふのは只それだけである。

13　アリストファアネスと帆

月のある夜、アリストファアネスが歩いてゐると、コリント湾の鏡のやうな面を、白い帆が夢のやうにすべつて来るのが見えた。何事だらうといぶかしみながら見つめてゐると、その帆は真正面から走つて来て、岸をのり越えて、おどろいたアリストファアネスのからだを風のやうに通り抜けて、ハツと見反すうちに丘の方へ消えてしまつた。ところが、それと同時に、アリストファアネスは自分のからだから何か一つ足りなくなつたものがあるのに気がついた。で、しらべてみたが、別に何一つもかけてはゐない、しかしたしかになくなつたものがある。ハテナと、アリストファアネスは長い間立ち止つて考へてゐたが、思ひつきさうもなかつたので、気のせいかも知れないと元のやうに歩き出した。が、ちやうどこの時、それは帆を見る少し前に頭のなかに浮びか丶つてゐた或る思想であつたといふ事に気がついた。

14　ふる里

あさぎ色にかすんだ空のまんなかに、ぼやけた月がか丶つて、そのまはりに大きな虹色の輪が出来てゐます。月のすぐそばのところに、小鳥の胸毛のやうな雲片が三つあつて、それはほとんどむらさき色の空と一しよにとけ合つてゐるのですが、たゞ月に面した部分が、ほんのりと白く光つてゐるので、わづかに所在が知れるのです。じいつと仰いでゐるうちに、自分の心が漂渺と、そのとほい果へあがつて行くやうな気がして、それと共に、何かに溶け入つてしまひたいやうな快よい悲しみが、ぞく〳〵と胸にせまつて来ます。昔、葛洪《かつこう》仙人が葛嶺の峰から天へのぼつたといふのも、果してこんな晩ではなかつたらうか？　と、そんな事を考へながら、私は、何かわすれてゐるものをしきりに思ひ出したい気持で立つてゐたのです。

瓦斯燈物語

「あの街なんだか一晩に出来たやうなところがあるね」と人生派の友だちが云つた。

「海洋気象台の円屋根と塔はボール紙細工である」と断定したダダイストもある。

「公園から東の方に大きな真四角の建物が見えるんだ。それがどうしても見おぼえがない。それにでつかいやつは、入日を受けてキラ〳〵光つてやがるんだ……」この都会についてなら何でも知つてゐる人ですら云つた。


　かういふわけで、その港の街はなか〳〵ちがつたおもむきをもち、月や星の晩にしたがつてそれ〴〵のフアンタジーを起させるにも充分である。ところが、たつた一つかけてゐるのは、そんな夢心地をかく私が、よりエフエクトあらしめるため——といふよりむしろ当然のことゝして、きつとくつゝけてゐるガス燈といふものがない。それも昔はあつたさうだ。が、電気局を市が買収してからすつかり影をひそめてしまつた。それでも、ちよつとたやすくはおぼえ切られぬ山手のメーズにたとへば、アイルランドの或村の一隅を型取つたとでもいふ区域があり、一本ぐらゐは見つかるかもしれないと、そんな空想をかいた私の作をよんだ人が又そんな物好きな予想を抱いて、毎晩さがしてみた。が、やつぱり見つからなかつた。このことを私が、西の方に住んでゐる少年に話すと、「僕の近所にありますよ」と云つたので、なるほど市内もそんなところならあつたかもしれないと思ひかけた。が、つゞいて「――それがちつちやいオモチヤみたいなもので、急なカーブの坂に五つほどならんでゐます」ときいたので、「停留所のわきだらう」と云ふと「さうです」「ありやガス燈のかたちをしたガラスの箱に、普通の電燈がはいつてゐるだけぢやないか」「ぢやガス燈つて何？」「ガス燈さ――白いマントルに青い灯がつくんだ」と説明したが、やつぱり合点がゆかぬらしく首をかしげた少年と共に、それはいよ〳〵どこにも残つてゐないといふことにきまつた。

ところが、ごく最近になつてたつた一本だけが見つかつたのである。それはどこかといふと、海岸のK造船所の構内で、税関へ通じるひろい道のかたはらに、星のキラめく中空にそゝり立つた造船台の鉄骨をおふて立つてゐる。そして、すぐそばを、その光をうけたレールが、碇泊船のケビンの灯がもれたくらい海の方へつゞいてゐるので、その一くぎりは宛然としてゲオルグカイゼルの舞台面である……といふのである。この報告者はさきに山手をしらべたのと同じ人であるが、こんどもこんどとて、そんなことで私のところへかけつけてきたほどだから、つまりは世に夢見勝ちの種族であらう。といつて少年といふ年頃でもなく、気まぐれと云へまたそれを楽しむことではなか〳〵気まぐれならぬ夜々の漫歩によつて、思ひがけぬ発見の二つ三つも今までにもたらし、私にMCCを買ふぐらゐは確実な材料にしてくれたのだから、ガス燈風の電気燈などではさらにあるまい。で、そのうち一しよに見に行かうといふ約束が出来た。

――ついでに云ひたいが、私は今まで主として山手方面ばかりをかいてゐるが、反対のこの造船所の附近もなかなかに面白いのである。人気のないまつくろい倉庫の半面を、皎々とアークライトがてらし、靄のやうなものがたゞようてゐる扉のむかふに、をきざりの貨車を見たりするのは、探偵小説の一場面のやうであり、又、階級芸術にをけるミステリアスといふやうなことも考へ合はされて、同じフアンタジーにぞくしてゐても気分がまるつきりちがふ。……

そこでいよ〳〵ガス燈を見に出かける話だが、これは今日まで私に実行されてゐないからかくわけに行かぬ。しかし、ひるがへつて考へてみるに、行くよりは行かぬ方が一さう吾々の原理にかなつてゐるのでなからうか？　そして、こんなことを云ふ私に、そこへ行つてみる見込みなんか今のところないことももちろんである。

忘れられた手帖から「身辺雑記」

上下を青と紅にぬつた単葉飛行機に乗つて春の平野をまいのぼるはおろか、星のかゞやくパリの夜空にケビンからもれるワルツとエンジンの騒音のシンホニイをきゝながら、ブリツジに葉巻の灰を落としてほゝ笑む大飛行船ホワイトスターのキヤプテンになりたい。

＊

真紅なビロードの緞帳を左右に引きしぼり、うすむらさきにぬつた顔にアートペーパーの目かくしをつけ、ポツチのついた道化服でコンフエツチの紅白をあなたの顔に投げつけてみたい。

＊

霧のふかい夜、水銀ランプを片手に真赤な裏のついたマントをきて歩き、ガス燈の上に黒猫のすきとほる金の目をのぞきたい。

＊

初夏の夜、プラタンのそよぎをきゝながら月おぼろに霞むセーヌのほとりを散歩して、君の胸にさした薔薇のちりかゝる一ひらを夢見心地にながめてみたい。

＊

真黒い空間へサーチライトの赤や青が入れちがつてゐる夜、エスノトペルテリーの発明した鋼鉄製飛行機に乗つて、真紅な光の尾を引きながら一直線に月の世界へのぼつて行きたい。

バンダライの酒場

彼等は空虚をとらへようとしてゐるのだ――ヒユネカア

その一晩で出来たやうな市街の夜をあるきながら、私は云つた――

「さうさ、その君が云ふ造船所のどこかに、夢がひつかゝつたまゝ倒れさうになつてゐるガス灯がのこつてゐたつて、自動車の坐席にタバコのけむりをおきわすれた異人さんがあつたつて、僕がビルヂングのてつぺんでタバコの火で花火をあげたつて、面白いねとMCCの吸ひさしを投げりや話はすむでないか」

すると帽子に紅いリボンをまいた少年ダダイスト啓介は
「僕は白い神戸の航海性幻影風景も、このひと時ほど羽をかりたことはないと思つてゐるのですが……」と云ひかけた。

「それは何です？」

「モル氏は科学者で又魔術家で、エスセチストです」

「それからどうしました？」

「モル氏のこしらへたバンダライバーのショーウインドーについて云ひませう。――あなたは二間平方のすてきに大きいガラスをのぞくと、一たいそのなかにみちてゐるのは、気体か、液体か、それとも他のものかと思ふにちがひありません。が、次のしゆんかんにはその水中――と僕は解釈してゐるのです――の広告文字にびつくりするでせう。赤い豆電気の明滅によつて三日月型にまはつてゐるのは………」

と啓介は指でそれをまねた。

BANDALY'S MERRY-GO-ROUND

「なるほど」と私は云つた。

「これは暮がての春、そのリンゴをかむやうな甘いかなしみに両方の眸をくもらせ、ムービイホールの青い王国から吐き出されてキネマの巷にさしのぼつてゐる月を見る少年の想ひでなくて何でせう？」

「さう――投げやりなセンチメント、童心の色やはらかなローマンチックこそ、近代の白刃におびやかされた吾々に夢製のオモチヤを押し売りしてゐるのです」

と似たやうな言葉で私も相槌を打つた。

「さらにそのうすい燐いろに光つた空間にね、たて、よこ、なゝめに十数本のコニヤックの瓶がひつかゝつてゐるのです――」

「へー、それはどうしてあるのです？」

「僕はとう〳〵はいつて行つてきいたのです。あのガラスのなかの液体は何であるかつてね。するとモル氏はオンリイワイン！　ワインでありますと云ふのです。そんならあの燃えてゐる字は――ふしぎですねと云ふと、ふしぎではありません。あんな仕掛なのです――只、とそんなことを云ふのです。ぢや宙にぶら下つてゐる瓶はときくと、モル氏はこんどは代数の先生のやうな口調で、あんなもの実体であるかないかゞ先決問題ですよと云つたきりなのです――」

「そのバーはほんとうにあるのですか？」

私は啓介の口ぶりにひきこまれて問ふた。

「すぐそこです――行つてみませう」

緑色のスパークを出してボギー電車がのぼつて行く傾斜のかなたを指さした啓介の様子では、どうやらほんとうに案内しさうだ。そこで私はこの夜、世界文明の包紙もすでに至るところから破れかゝつてゐるといふ事実を、いよ〳〵確信するに至つた。

星が二銭銅貨になつた話

ある晩、プラタナスの梢をかすめてスーと光つたものが、カチンと歩道に音を立てた。

ひろつてみると星だ。

これはうまいともつてかへつた。

あくる朝、気がついてポケツトをさぐつてみると、ピカ〳〵したその年の二銭銅貨が出てきた。

びつくりして先生のところへかけつけた。

先生は「それは尤もだ」と云ふ。

「どうしてゞす？」

「きかせよう」先生はむきなほつた。

「――君のからだでも帽子でも、又このテーブルでも、すべてのものはモレキユールとい

ふ小さい粒からできてゐる。その粒をこはすと、それはもつと小さいアトムといふ粉にな
る。そのアトムをこはすとさらにエレクトロンといふ粒になる。これがおしまひ。で、つ
まりこのエレクトロンがどういふ重り方をしてゐるかといふことによつて、さま〲な物
の区別が出来るので、だから星が二銭銅貨になつても決してをかしくない」
「ぢや、別に二銭銅貨にならなくても、マツチでも、鉄砲玉でもかまはないわけぢやあり
ませんか？　それになぜ二銭銅貨とかぎつてゐるのでせう」
「そこが君、撰択の自由ぢやないかね」
「そんなことを云つたらムチヤクチヤです」
「さうともムチヤクチヤだよ。一たい君、星をひろつて、それが一晩のうちにもう造られ
てゐない今年の二銭銅貨になつたなんて、そんなムチヤな話があるかね」

かもめ散る

ふとしたすきに入りこんだうれひは、二三日何をしても晴れやらぬ彼の心である。

街のくれ方をとんで行く雁の、糸わくをくるやうな羽音をきくとき……とは「都会の憂鬱」の作者の述懐だが、目に痛くまぶしい十月の午前の日がさした、この丘上の僧院にひゞくエアロプレーンの音こそ、何を待つてのぞかれるさびしさかと途方にくれる。しかも定期航空路にある常として、まへの海峡をとほつて行く蚊に似たうなりが、また数分のうちに消えるのに、けふはいよ〳〵高まつてくることでは、どうやら舵をこの町の上空にてんじてきた様子だ。この上ない心の痛手をうけた人のやうにうつ伏せになつて、そのわびしさを畳の目にあるわづかな塵をかぞへることでまぎらせやうとしてゐた彼は、立ち上つて書院の窓をひらいた。

矢のやうに胸を打つた華やかな日ざしと一しよに、大小の船をちらばらせた広重の海と、そのむかうの島山と、そして手まへの町の甍のはしにならんだ浮世絵の松からできたパノラマがひろがる。そして、チヨコレート色のフロートと銀いろの翼を光らせた飛行機はオモチヤのやうな姿を前庭の大きな松の梢にさしかゝらせるところである。ボデイの側面にしるされた万国航空標識のローマ字をよんだとき、このかぎりなく高踏的な機械にあこがれをよせてゐたころのくさぐ〵が、淡いなつかしみをもつて彼の心に浮んだ。――それももう昔だ、それにしても……と、彼はもつと首を出して別の方へも考へを向けないでをられなかつた。といふのは、今なゝめに真上をすぎやうとしてゐる飛行機には、ともかく一種のさしつかへのために、左の方から大迂回をして着水するやうな模様が直感されたからである。果して、一たんひさしにかくれたそれは、すぐ本堂のむかうの松の間へ一さう低くなつた側面の姿を現はし、再びネズミや白や赤が切紙細工のやうに入りまじつた家並をかすめて、海の方へ出て行くと、そこから右へおもむろに旋回しながら、やはらかくそのなめらかな表面へすべり下りた。

どうだ、やつぱり的つたぢやないか。そこまで見てゐた彼は、自分はかうしたことにまるで素人ではないといふ誇りのうちにつぶやいたが、さて、そんなことどころぢやないけふきのふの自分の心であつたのに気がつくと、腹立しくもなつた。さうかと云つて、とぎれ〵にきこえる爆音に、ゆるやかな滑走振を見せた小さなものが港の入口の高燈籠の手まへの松にかくれてしまふまで、つゞけて見とゞけないわけにも行かなかつた。見に行つてみようかしら……と彼はそのとき又思つてみた。いや〳〵そんなことでまぎらされる俺の心と思ふのか……そこで踵をかへすなり、畳の上に投げ出されてゐた雑誌をつかみとるやうな姿勢で倒れた。日曜でもない今は庭にさわぎ出す子供たちもなく、ひろいお寺のうちそとはまへのやうにシーンとしてしまつた。……

手の上に目をあてゝいた彼も、退屈のためにはやがて立ち上らねばならなかつた。するとまた、何もかもわかりすぎた部屋から、目はおのづと窓のそとに向けられる。そして、大方三十分以前にもならうことにふと気がついて、その方を見た――とたん、やさしい枝ぶりの松が集つたところから、青い海面めがけて白い一むれがパツと立ち、くの字に折れてとびちつた――

あ、プロペラーにおどろいたのだ、――さう思ふまもなく、壮快なエンジンの音がまたもやしづかな空気をふるはして、つたはつてきた。松の下から機首を沖に向けて現はれた飛行機は、凪いだ面に一つの波のすぢを引いて走り出し、かるやかにやがて浮び上つた。そして、のり出すやうに窓ぶちに手をかけた彼は、平行した二線のまんなかに黒点をおいたその小さな影がちゞまり、紫ばんだ島山のかすんだ左の空へきえてしまふまで、うつとりと見守つてゐた。

彼はそのことをもう後悔しなかつた。世に何事も信ずるなく、心をたくするしんじつも見あたらぬとは、気まぐれな俺の道楽気だ。何事もかくのごとく思ひどほりになるでないか！

小さいこのひと朝の事件で、よりどころなくむすぼれてゐた心もとけた。そして、対岸の燈台が真白く光る海峡の秋も、また面白くふけて行つた。

タルホと虚空

理屈つぽく夢想的な人々のための小品

……むき出しのお日さまが山に落ち、あたりがキネオラマの舞台のやうに灯にかざられ出すと、頭のなかに生々とよみがへつてくるといふわが友オツトオの考への二三をあげてみると、ある夜、宿題をとかうとしてふとひらいた字引のページに見つかつた抛物線を説明する図――それは上にかいたやうなものでしたが――について、オツトオはかう云ひま

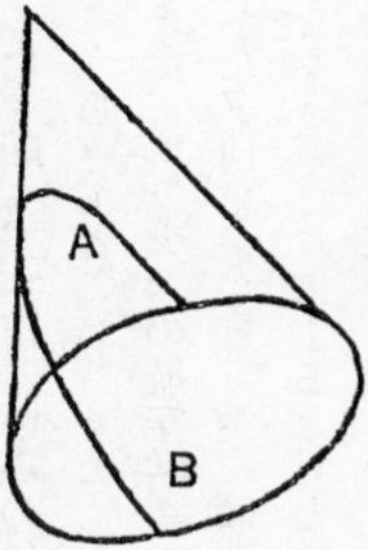

した。即ち、宇宙といふのはそんな円錐形で、地球は基底Bにそうてめぐつてゐるが、どこからきてどこへ行くともしれないホーキ星は、パラボラを意味すると云ふのです。――また、フランスの航空学者ペルテリー氏が、月へ行ける機械を発明したといふことをつたへた夕刊記事から、僕にはもつと嶄新な方法があると云つて、ノートの紙に上のやうな図をかき、これによると月と地球間の廿四万マイルも一瞬間で行けると云ひながら幾何の証明のやうに二つに折りかさねてしまひました。

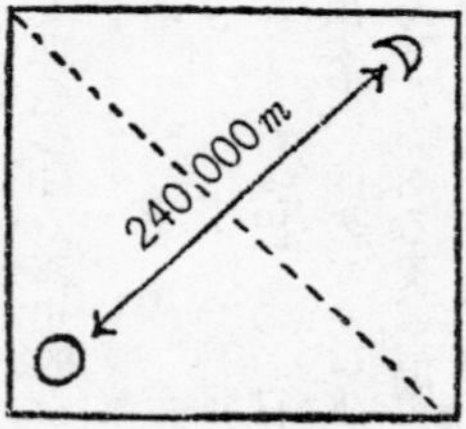

「シラノドベルジユラックの方法も、ジユールベルヌのやり方も、ウエールスの手段も、現実の実行にうつして大怪我をしたロードマン・ロー氏の流星花火仕掛の円筒もみんな古い」とその晩、私たちの愛してゐる山手の夜を散歩してゐるとき彼は云ひました。

「――一たい僕が考へてゐるのに、この世界には無数のうすい板がかさなつてゐるんだ。それは大へんにうすく、だからまつすぐに行く者には見えないが、横を向いたら見える。しかしその角度は最も微妙なところにあるからめつたにわからぬ。そして、この現実は吾々が知つてゐるとほり、何の奇もないものだが、薄板界は云はゞ夢の世界といふもので、そこへはいりこむと、どんなふしぎなことでも行はれる。僕の月世界旅行はこの別の存在をとほつて行くのだから、おそろしい明暗をもつてギラ〳〵とかゞやいたヘロドロタス山も虹の入江もすぐおとなりだ。一たい、こゝに僕と君といふ二人が、このかぎられた時間と空間のなかにゐるのがほんとうであつたら、同じやうに、同じ僕と君とが、又別の時間と空間とのなかに存在することも可能でないか――もしそれが夢なら、こゝにこの僕たちが歩いてゐるのも夢だよ。ねえ、でなけりや不合理」

坂でひろつたもの

A CURIOUS EPISODE

まつすぐにのぼりつめると公園で、そのさきが絶壁になつて下が海だ。が、僕の云はうとするのはそこまで行く間の坂——いやその坂の中途に、この間おひるすぎにあるいてゐたら、へんてこなものが落ちてゐたといふことだ。さうさな、長さは三インチぐらゐの青と赤とまだらのついた棒なんだ。何かいつて云ふんかい。そこが問題なんだ。コツンと靴の先へあたつたのと一しよに下を向いた僕は、オモチヤの笛ぐらゐに思つて行きすぎようとしたが、ひき返してよく見ると、どうも木の実らしくあるんだ——そんな植物の実だね。——と云つて、そんなものも考へてみるとないしね。さて何だらうなと鼻をおつつけるやうにしてみたが、見れば見るほどわからなくなつてきた。魚のはらわたみたいだし、機械の一部のやうだし、鉱物のやうでもある。ふしぎさは少々気味わるい思ひをさせたにか、はらず、僕をしてひろひあげさせてみたんだね。ゴムのやうにやはらかい。只筒なんだがね――中味のからつぽらしいことは手ざはりでわかる。といつて、つまり自然にできたものか人工にこしらへたものか、そこのところがさつぱりと見当がつかないんだ。むろんうごきはしないが、生きてゐるやうだし、全くさうではないやうにも思へる。そのまゝポケットに入れてかへつて、けふまで一週間、まがなすきがなにひねくりまはしてゐるが不審はいよ〳〵ますばかりだ。もちろん人にも見せたさ。が、意見はやはり僕と同様だ。今でももつてゐるかつて云ふんかい。いやそれはけさすてちやつた。海のなかへほうりこんでしまつたのだ。――といふのも他にあらず、もう大分まへのことだが、ある人があの坂でやはりネジのやうなものをひろつたんださうだ。ところが、それがまたオモチヤとも虫ともつかない代物で、他の人たちがそんなものはすてゝしまふが利口だと云つたにかゝはらず、その男はいや徹底的にしらべぬと承知ができないとがんばつて、P教授とやらに手紙を出し鑑定をねがはうといふところまですゝめたんだね。ところが君、この話を僕にきかせてくれた人の云ふところによると、その大学の先生がいよ〳〵品物を見にくるといふちやうどまへの暗の夜中に……いやこんな話は止さう。君がおつかながるとわるいし、僕も今どきつまらぬことで世間さはがせをしたくもないからね……で、つまりその事件があつて――いやそんな事件が発生したのだといふ話をきいた結果はだね、僕はれいのものを海のなかへすてざるを得なくなつたさ。いやそんな話をまるつきり信じたわけではない。しかし考へてみたまへ、世間の人は日に進んで行く科学といふことを説くが、あすといふ日がけふではないかぎり、この世のなかにはまだ〳〵どんな事柄がかくされてゐるか誰にもわかつたものぢやないからね。うつかりしたことをして、もちこむところもないやうな目に会つたら、結局その人は損をしたといふわけになるぢやないか……——何にせよ、他の人は何とも思つてゐないか知れないが、僕はあの坂へうつかり出かけるのは考へものだと思ふ。むろんまつぴるまだつてさ。ふしぎが夜とばかりかぎつてゐると思ふのはまちがひだよ。お日さまがてつてゐるときも、やはり同じやうなことが起つてゐるのだが、只それがいろんな音を事柄にまぎらはされて気がつきにくいといふのがほんとうでないかね。そこでくだんの件について僕の解釈はどうだと云ふのかね。そりやつまり化物さ——化物をひろつたのだ。その他には云ひやうがないぢやないか。今では僕はさうきめてすつかり安心してゐるよ。

芭蕉の葉

A MOONSHINE AFFAIR

薪を採る者

「鹿は何かにおどろいて走つてきたのを、私が斧で撃ちころしたのです。人に見られたらいけないと思つて芭蕉の葉でかくしたのですが、よろこびのあまりその場所をわすれてしまつたのです。で、夢を見たのだと思ひ、路々そのことを歌つて帰りました。ところが、こんどはそのかくしたところをほんとうに夢に見たのです。水のやうな月があたつてゐるところへ黒い影があらはれ、私の鹿をもつてかへりました。その家をさがすと見つかつたのですが、人の鹿をぬすみながら知らないと申すのです」

村の男

「私は歌をきいて鹿を取つてきたので、山の男はたゞその夢がほんとうにあたつたといふだけなのです。夢のなかのことでほんとうの鹿を取られてはなりません」

村の男の妻

「ゆうべはいゝお月夜でしたから、うちの人は、山の男のことを夢に見たのです。うちの人の夢こそほんとうなのです。どうしてそんなをかしな歌をうたつてとほつた人なんかゞゐませう」

役人

「ともかく、こゝに鹿があるから二人でわけたがいゝだらうと申してゐるのですが……」

もつとえらい役人

「このさばきもやはり、夢に人の鹿を分けようとしてゐるのではないでせうか?」

大臣

「どれが夢でどれが夢でないかはわしにもわからぬ。それをきめるのは黄帝と孔子の他にはない。黄帝と孔子が今日ゐないから、それは何人にもわかるまい。そこいゝやうに取りはからふがよからう」

秋五話

——魚眠洞主人によせる

詩をつくる李白

丘の木立がくれにのぼり出した月が、そこでうごかなくなつてしまつたので、ふしぎに思つて登つて行くと、それは月ではなく円窓であつた。で、一たい誰のすみかだらうとそーとのぞいてみると、李白が一生懸命に詩を造つてゐた。

僧と木の実

僧がひろい庭で、云はうやうもなく照り渡つた月を仰いでゐると、ポツンと額にあたつたものがある。ひろつてみると見なれぬ木の実であつた。しかもそんなにまでい丶香りのする実をもつ木はこの庭にもなかつたので、これはたぶん月の桂から落ちてきたのだらうと僧は考へた。

薬山と月

昔、英僧薬山は前峰月を吐くのを見てカラ〳〵と笑つた。

その声が五十里に聞えた。

杜甫が夜中に忍び足をきいた話

杜甫が夜おそく青い灯の下で本をよんでゐると、表をパサ〳〵と忍び足で行くものがあるのでどなつた。

「どこへそんなに急ぐのだ」

すると答へがした。

「冬へだ」

それで忍び足の者が秋であることに杜甫は気がついた。

竹林

七賢が酒と琴をもつて竹林へはいつたが、大へんな蚊のためにすぐ追ひ出されてしまつた。

散歩しながら

A

ある晩、街角をまがりかけたとたんに、ガボッ！　といつてその通り一めんの青い焔が立つた。ピタツと自分は煉瓦に身をくつつけた。しばらくして何があつたのだらうと近づくと、路のまんなかに赤い火がある。へんな蛍だと思つてとらうとすると、ひとりの男がうつ伏せにシガーをもつてゐたのだつた。ひき起して「どうしたのだ」と云ふと
「さつきここへくるときふにシガーのいぶり方がわるくなつたので、マッチをすつたとたんにやられたのだ」
「ふーん」と云つて、そのまつくろにこげた顔と手と服を見てゐると、黒い影が走つてきて
「君はマッチをすつたな」と云つた。

「いやこちらの男だ」

「さうか、なぜそんなことをしたのだ」

「道路でマッチをすつちやわるいか」

「わるいもわるくないもない。君は命がいらぬとでも云ふのか?」

「命がいらぬと誰が云つた」

喧嘩になりかけたのをとどめ、わけをきくと、あとからきた男は
「こんなことに気がつかぬ紳士方とは思はなかつた」と云つてむかうにあつた立札を示した。

当工場にをいて発散するLQガスは月光と混合の際爆発のおそれあれば風なき月夜ここにをいて喫煙を絶対に御遠慮下され度候
コツクス会社

「なるほど」自分は云つた「――これは見えにくいね」

「会社からひとりも挨拶にこないのはどうしたわけだ」

月光の下に相かはらずシユーシユーとガスを出してゐる黒い建物の方をすかしながら、ひとりが云つた。

「それを云ふなわしがつらい。――署長の経営だでな」

「君は?」

「ポリスだ」

「いいぢやないか君、あす署長のところへ行きたまへ」自分は他のひとりに云つた。

「さよなら」

「さよなら」

月夜の黒い影は三方へはなれた。

B

チヨコレートやウヰスキーがにぎやかに見えてゐるキラキラ灯のついたガラスのまへで、人形のやうな西洋の子供が縄とびをしてゐた。

私がとほりかかつたとき、店のなかから何かちひさい鳥のやうな白つぽいものがとんで出て、フワフワと低いところをまはり出したので、彼らは追ひまはさうとしてゐた。大さはぎの後みんなをいいかげんにからかつた白つぽいものは、そばのガス灯にとまつてしまつた。

さあしめたとひとりが鉄の棒をのぼり出したが、下からおしりを友だちがもちあげてゐるのに、中途からぐづぐづして下りてしまつた。

「手がとどかぬ」とその子は云つた。

「蝶だなあ」ガスの灯をまともにうけたのがつくづくながめてゐる。

「蛾だい」もうひとりが云つた。

「蝶だい」

「毒蝶だよ」

云ひ合ひをしながらのぼる者がない。こはいのらしい。そこで私はつかつかとよつて、ソーともつて行つたステツキのさきでバタツとはらつた。

白つぽいものはひらりと煉瓦の上に落ち、子供たちはまはりをとりまいた。

「銀紙だ！」と声がした。

「銀紙？」

「そうら」ひとりが他をわりこませるためにすきをあけた。

「やあ蝶かと思つたら紙だい」

そこでみんなドツと笑ひ出した。

私も近づいてみると、いかにも蛾でない。子供たちが手をつけずにゐるのをひろつてみると、なるほど——

「これは帽子の裏にはつてあるマークだよ」と私は云つた。みんなけげんな顔をしてみつめてゐる。

「バタースビイかい」

ひとりが云つた。

「バタースビイぢやない」

私はくらくてよく見えない英字をよまうと、ガスの光のあたるやうにかざしてみたが、ボルサノでもステツトソンでもない。ききおぼえのない会社だ。が、中折帽子のマークにはうたがひない。——それにしてもこれはたしかにガス灯から今落ちた。それがさつきまでツイツイととんでゐたのは、俺のみでなく子供たちもみとめてゐる。ハテナと私は考へかけた。

子供たちはまだ縄とびにうつつてゐる居留地の、春のやうな秋の夕べである。

僕はこんなことが好き

――赤い服とムービイを愛するあなたに

星のまれな夜、異様な服装をしてとほくに海の見える山の背をあるき、目を光らして「ツアラトストラはかく云へり」と叫びたい。

○

高いけはしい岩山のてつぺんにある天文台に、とがつた三角の帽子をかむつて不思議な機械で土星や月や銀河を研究したい。

○

山奥に立派な階段や大理石の円柱の立つ宮殿を建てて、緋いろの服をきて悪魔や家来の多くと大広間の酒宴をやつてみたい。

○

暗碧の空がまんまるい地球を抱くやうにのしかゝり、星が星座をみだしたが如く自由な位置をとつてかゞやいてる夜、ベルベンシエの花のやうなまつさをな空間へ、ホーキ星のやうにとんで行きたい。

○

銀星と三日月の黄金の弓がさやかにかゝつてる夜、王宮の裏門を音もなくあけ、紫のマントにきらりと剣を光らせ、白い馬にまたがつて椰子の葉かげをいづ方ともなく出てゆきたい。

○

ものやはらかな春の月が墓石や十字架や土饅頭をほの白くてらし、何物かゞ粉のやうにふるところに髑髏とむかひ合つてバークレイの認識論を語りたい。

○

とほい街角をまがるボギー電車のポールから緑いろの火花がこぼれ落ちる夜、リラの酒場でフランシスピカビアと青い花の秘密をかたつてみたい。

○

まつくらな晩、白い霧に包まれた街上をリムジンでとばす、ハーフムーンスツリート百廿五番、そこの屋根裏にローソクをともし、紫のマスクをつける「赤色彗星倶楽部」の会合につらなりたい。

○

エジプト巻にもう〳〵とけむつた地下室、カードが花のやうにまきちらされた床にころがつて、ラムをのみながらパンパン踊りを見物したい。

○

新月の夜、アゼンス森の妖精王になつて豆の精やヒナゲシの実やフエアリーやコボルトをあつめ、となり国の岩山に住むチタニヤ姫の寵愛するパツクを掠奪に行きたい。

戦争エピソード

　フオツカー大尉が上舵をとらうとして反射鏡を見ると後部の座席に「死」が乗つてゐた。大尉は身をねぢつてポケツトのコニヤツクを渡した。「死」は緑いろの眼を光らして瓶に口をあてがい、一呑にしてしまふとからからと笑ひながら黒雲を蹴立てて離れて行つた。

滑走機

トンミイハミルトンが何を思ひついてか、仕事をやすんでおとついから納屋のなかでせつせとこしらえてゐるものを何かと見たら、これはしたり、針金と布と木のワクからできた大きな鳥ではないか。
七つの秋からためたお金も、これですつかり引き出してしまつたのださうだ。けふもけふとて牧師さまが、山羊ひげの村長さんと郵便局のまえで会い
「あれは気でもふれたのか」
と問へば、牧師さまが云ふのに
「東の丘に前々週から立つてゐる天幕をごらうじだらう」
「あれは何者ぢやな」と目を光らせた山羊ひげどのをおさへつけ
「——道楽者の飛行機乗りが滑走機とやらの試験をやつてゐるのぢや。お月さまにあてら

れた可愛相なトンミイは、つまりそれにかぶれたのぢやと解釈するな」

　さすが牧師さまは物知りとうなづいた村長さんは
「さあて親御は心配なことぢやらう」

「笑いものぢや」と牧師さまはおつしやつたがすぐ眉をしかめ「――わしはそれよりトンミイが怪我でもせぬかと案じてな、政府はいやが上に税金をとつて飛行隊ちうものを拡張せんといけんと力んでゐるが、わしはどうもそれが間ちがうたことのやうに思へてならんのぢや。人間が宙に浮くつちう法があるもんかねお前さん。石を投げて落ちてくりや、わしは飛行機が落ちるのは正に理の当然ぢやと考へるのぢや」

「ぢやがあの鳥はな……」と理屈つぽい村長さんが、教会の塔の上をさしながら云ひかけた。

「鳥は鳥ぢや、人は人ぢや。神さまがそのやうにこしらへなされたのぢや。それをあらためようとしたら天罰はてきめんぢや、――ごらうじろ、けさの新聞によると、インデヤナでは六人乗りの飛行機が落つこつて、乗つてゐた者がみんなまつ黒焦げぢやとのつてゐるぢやないかな。よいバカ者のお手本で国ぢう大評判ぢや」

「ほんにな、若い者があれでたんと命を隕すな、わしもあの音をきいたらもう気が気で何事も手につかんのぢや」

「あんな危いもの各国の大臣方が相談して一どきに止すことにしたらよさゝうなものぢや

が……どういふものぢやらうな」

「さあて――」

そこで二人は別れたが、村長さんが時計台の下をまはらうとすると、むかうのトンミイの家の裏手から、そのなかにぬつと突き出て大きいトンミイが子供たちを集めて、やうやく出来上つたらしい飛行機を引つぱり出してゐるのが見えた。村長さんはとほりかゝつた子供から、今夜丘へ運んで一晩ジムとアートが見張りをし、あした日の出まへにトンミイが風に乗つてとぶであらうといふことをきいたとき、またいそいで牧師さまの家の方へ引き返した。もう誰が何と云つてもきかぬトンミイをもう一ぺん説伏するやうにしてもらはぬと、あすのお日さまが出るまでに村のひとりのいゝ若者の命は危いと考へたからだ。

その晩牧師さまがトンミイのところへ出かけたかどうか、とにかく試験は予定どほりに決行された。トンミイの飛行機の両はしについたつなを子供たちがひつぱり、トンミイが丘のてつぺんから風に向つて走らうとしたとちやうど同じ時刻に牧師さまはあわてゝ十字を切つた。

「主よ、この若きしもべの気まぐれを許させたまえ」

――が、また同じときにとなりの丘の天幕のまへからそれをうかゞつてゐた道楽者の飛行機乗りは、かうつぶやいてすひさしのタバコをすてた。「この工合ぢや怪我をするのも六つかしからうて」

即ち、トンミイの飛行機は、子供たちが頰つぺたを芝にくつゝけてみなければわからぬそれほどの高さにをいてとんだからである。そのあとにはきれいに咲きみだれてゐた白い花がなぎ倒されてゐた。丘の上に息をこらしてゐた可愛らしいメリちやんは、市場へおつかひに行く籠をかゝへたまゝ飛行機のあとを追つて、もはや折る世話のない花を籠に入れながら走つた。

あへぎ〳〵むかう側からやつと丘の上までのぼつてきた牧師さまは、ベツコー縁のメガネをはづして

「ふうん、これはしやれた野菊刈りぢやわい」とおつしやつた。

僕の五分間劇場

○僕の考へてゐる舞台です。劇場には細長い暗箱のやうなかんじがほしいと思つてゐます。四つかいてみましたが、さていづれもすぢは考へてをりません。一ばんはじめの「泥棒とコイン」といふのは、活動のビラを二人の子供が張りつけてゐる。つまんないからあそびに行かうと云つて去る。そのあとへ山高帽一ぱいの金貨銀貨をぬすんだ泥棒の三四人がにげてくる。警官に追つかけられてはさみうちにならうとしてゐる。あわて丶ゐるが金のかくし場がない。一ばん落ちついたのが子供がビラをはるに使つた梯子にのり、下にあつた刷毛でもつて塀の上の夜空へ糊をべたぬり、そこへ山高帽のお金をはりつける。それがすむかすまないかにお巡りが両方から出てきてつかまへる。が、しらべて見たら金をもつてゐない。どうも今夜はへんだぬすんだと思つた泥棒はぬすんでゐないし、曇つてゐたと見た空には星が出てゐるとつぶやいて去つたあとで、泥棒が大いそぎに塀にのぼつて金貨を取つてゐると、子供がかへつてきて、大へん！　星泥棒だと云ふ。泥棒が塀から落ちる、子供がにげようとする、引き返してきたお巡りさんと街の人々のびつくりとあわて方にこんがらかつた舞台一ぱいの大騒動になる。ピシヤと幕が落ちる、――これではつまらないがまあそんなやうなものにしたいつもりです。その下の都会の夜景はどこから役者が出てくるかとお思ひになるでせう。上から縄梯子にぶら下つて下りてくるのです。スモーキングに仮面をつけた紳士がね。そしてタバコをすつて中空にブランコをしながら、オールレヂースアンドゼントルメンアイケイムフロムノーホエヤ……といふやうなことから駄じやれとへちきりんなメタフイジツクスの講義をはじめ、女に逢ふ時間におくれるからと云つてあわて、のぼつてしまふといふやうなこと。「月と紳士」はガス灯の下でのぼりかけたお月さまと酔ひどれの男との冷やかし合ひから浮世話と人生論にうつる。話の最中一群の人が月がのぼるのを怠つたため仕事に手ちがひが出来たと叫んでやつてきて損害賠償をせまる。お月さまは責任はこの酔ひどれにあると云ふ。酔ひどれは酒屋のおやぢにあると云ふ。酒屋のおやぢはコニヤツクにあると云ふ。コニヤツクの瓶からどんな大乱痴気がおつぱじまるかはまだ考へてをりません。お次の「土星と子供」は僕だけが考へた魔術応用とだけ云つてをいて後は舞台面から感じられるすべてにお任せします。

○ドンドンパチン〳〵ラッパの音でキリ〳〵と幕があがる。ベルジユームの村に火がついてゐる。流散弾がハレツする。一方からドイツの兵隊が娘さんをかついでき、正面の木に高く足をひろげてしばりつける。そして一枚づゝ衣服をはぎとる。たくさん着てゐる。肩が出た、その下が出た、その下が出た、その下にはいたシユミーズ残るところ一枚になつてしまつた。それをパッとはぎ取る——とたんにストンと幕が落ちるはづであつたのです。ところが故障があつて幕が中途にひつかゝつてしまつた。ハット思つてみたら、その下に娘さんはもう一枚はいてゐた。そこへひつかゝつた幕のまへにあるほんとうの幕がスーと下りる。如何でございますみなさん？　とかいてある。……今日はまあこれくらゐでかんにんして下さい。

宇宙に就て

「雲に鳥をちらした空や、イナヅマの縞のついた空や、赤い夕やけの空や、それ〲いゝにはいゝがね」とその対話のなかでａ君が云つたものだ「――どうも飛行機のしみのついてゐる空は感心しないよ。空をじいつと見てゐるときでもあいつがブン〱云つてやつてくると邪魔つけだね。あんなやうな奴は結局うるさいばかりが能の手合ぢやないかな」

「さうさ」と相手のｂ君が云つた「つい先頃出てきたあいつは地球のビユテイスポツトといふわけなんだからね」

「ほんとうの美人を見るのにビユテイスポツトなんか関係しないからな、そんなものが何らかの効果を出すと考へるのは子僧のうちだからな」

ｂ君はそれにはうなづいたやうだつたが、ふいに云ひ出した「ところで星は何だね、星はイデーのビユテイスポツトさ。だからいくらプラトンが子僧でも一つでよかつたのだ。

馬鹿が多いさね——世間には。無駄なものをみんなが真似しようとしたね。ごらん！ 今ぢや宇宙は星だらけ」

「そばかすのことかね」

「ともかく世界が美人にぞくしてゐるといふことだけはわかるさ」とb君が云つた。

生命に就て

「或るぼんやりしたかたちのないものがさ」とb君が云つた「自己を実現しようとする努力——それを生命と云ふ」

「決定しようとするもの、なかへ、出来るだけの不決定をおしこんでゆかうとする傾向さ」

「つまり出たらめ？」

「さう、自由と云ひ、クリエーションと云ひすべて出たらめをやりたいといふ事のほかには解釈がつかないぢやないか」とa君が答へた。

「さういふ生命のかたちといふのは枝型とちがふかね」

「枝型？」とa君が怪げんな顔をした。

「かたちの本然は枝型さ、イナヅマの樹枝状——木は昏睡してゐる生命さね、樹枝状の自然白金や泥鉄鉱は凝固せる生命さ。この傾向（つまり生命を切断したもの）を逆にたどつて行けば樹枝状も水晶みたいな結晶にまで形式化されるね。それがさらに究極にまで到達すればプラトンの純粋形相さ」

「さうかもしれんね、第一おれたちのからだは或る形式を取つた電光形と云へるからな。手足、そこにくつゝいてゐる指などはすべて枝を暗示するものだ」

「らくな方へ河のながれができて行くことなども考へると、さういふ電光形は空間のすき間に向つて打ち出されるものらしいね。じつはおれ、この間の夢にギリシヤの神さまが手づなを取つてくれる馬車にのつて天空旅行をしたものだがね、近づいてみた星界はと云ふと」

「どうなのかね」とａ君がせいた。

「まるで珊瑚のやうな枝型にひろがつてゐるものでね、なんだかもつと清朗たるものであらうと云ふ予想が裏切られたよ。生々しくていやらしい気がした」

「そうだよ、空間なんてこれでまだ吾々が考へるほど確実に拡張してゐるものではないよ。生命なんてへんなものだね」「あつくるしくておれはいやさ」とａ君が云つた。

物質に就て

「みづからの意識といふことさ。なぜなら他を排除することができるといふ幻の上に立脚してゐるものだから」

「どうしてさういふことが起るかね、それはポイントといふものに対するあこがれなのだ——これは点になつたときにはじめて完全になると考へてゐる奴だ」

「より確実に自己を保存しようとする過去だよ。記憶と云つてもいゝね。即ちこゝにタバコなる物質は、つまりさういふ記憶のかたまりさ」

「自己さ」

「とらはれるといふことでないかね」

「さう云つてもいゝ。くせなのだから。一ぺんぐらゐお日さまは登るところをかへてもよさゝうなものなのに、やつぱり東から登るね——そりやつまりさういふくせさ。どうも仕方がないのさ」

「くせの徹底したところを取扱はうとするのが数学か」

「むろん、――だけど、物質はまだ幾何学までは行つてゐないものだ。幾何学は今のところ物質に対しての親切さ、物質の理想――有終の美、――墓さ、そこまで行かないところに物質の面白味がある」

「さうだそこが面白い」

「いそいだね」

「何しろあと五分間で締切だから。この次もう一ぺんやりなほすことにしよう」

「それがよからう」

人間に就て

「物質とは信用さ。くり反されてゐるものだからね。いつも同じことをやつてゐるならこそ、こゝにマッチならマッチといふものに対して信用がをけるわけよ。同じことをやつてゐなかつた日にや、一時間まへのマッチが、一時間のちに何になつてゐるか知れたものぢやないからな」

「しかしこういふ事もあるぢやないか。一時間まへに見たマッチなるものは一時間のうちに見てもやはりマッチなるものだ。それはそれで大いによろしいとして、こゝに二度目に見て、さきと同じものであるといふのは一たい何を立場にして云ふのかね。同じものだといふことは決して第一回にはなかつた。それは第二回目につけ加はつたものだ。すでにそれだけつけ加はつてゐて、どうして両者が同一であるのだ」

「そこに尊敬する先輩の言葉によれば四次元なる存在が証明されるわけだ」

「うつかりしたら胡魔かされるね」

「すべては時間が化けてゐるのだといふことに気が付かないとね。早い話が時間のない距離なんて考へられるかね」

「なるほど」

「カラクリはそのへんよ」

「さうすると吾々とは一たい何物かね」

「この二足無羽動物かい。――どいつもこいつもおしなべてニカワのお化さ。大したこともねえはさな」

薔薇（ダンセニイ）

　野薔薇がめづらしく茂つてゐる或る路を私は知つてゐる。その花のうつくしさにはどことなく異国的なところがあり、ピユリタンたちの花をおどろかせるに足る深紅の毒を持つてゐる。二百代のむかし（薔薇の一代一代のことを云つてるのだ）このころは村の路であつた。村人たちがその素樸な生活をすてたときすべての花は一時に衰へ、薔薇は人々の住ひのまはりを飾るために野原から移されたのであつた。

　そのちひさな村のあらゆる記憶、そこにあつたすべての農家、それに住んでゐた男と女、何もかも残つてはゐない。たゞ薔薇のうつくしい色だけがむかしのまゝに栄えてゐる。

　ロンドンの街がすつかり滅びてむかしどほりの野原になつたとき、戦争の後に避難民が帰つてくるやうにロンドンの市民が帰つてきて、むかしの都を忍ぶ何かうつくしいものを探すといふのは大へんに望ましいことだ。私共はその黒ずんだ古都をほとんど愛してゐなかつたから。

詩人対地球（ダンセニー）

或る夜、星の間をさまよつておそく帰つてきたとき、まつくらな空間に座つて子供たちの話をつぶやいてゐる母なる地球に出会つた。

「夢と戦争」とかの女は云つてゐた。「夢と戦争」そのほかには何も云はなかつた。私は云つた「お母さん、あなたの子供たちはおどろくべき事々を成し遂げましたよ」私はかの女にすべての機械と政治と科学について、それから人間の名高い発明について語つた。

それらの何物もかの女は気にとめてゐなかつた。

「蒸気機関」と私は叫んだ。「それから電気」

さう、全くかの女は何物も気にとめずに、たゞ詩人と英雄についてつぶやいてゐた。私たちの議会のことを云つてさへちつとも動じなかつた。

「夢と戦争」とかの女は云つてゐた。「夢と戦争」そしておしまひに詩句をさゝやき、むかしの戦争の唄を低い声でうたひ出した。

お母さん、お母さん、私たちに気をとめて下さい！

へんてこな三つの晩

パツパツと消えてしまつた話

或る晩ふと気がつくと、部屋中の品物がパツパツと順々に消えてゐる。びつくりしてゐるうちに、本もインキもイステーブルもなくなつて自分ひとりだけになつたので、あわて丶ドアをあけて逃げようとしたハヅミに自分もなくなつてしまつた。

すぢを引いて走つた話

或る晩キラ〳〵した街を散歩してゐたら、どうしても足がとまらなくなつて、自分のからだはだん〳〵速くなつた。止めようとするほど速くなつて、おしまひには自分の左右には灯や人影や自働車がゴーと云つてすぢを引き、おそろしい勢でうしろへとんで行つた——と思つたら、自分の家の二階の部屋に坐つてゐた。足にスリッパをひつかけてゐるので、おどろいて入口のところへ下りて行つたら、編上靴はちやんと緒をといて二つそろへてあつた。まあとそれを手にしてひねくりまはしてゐたら耳のそばで鉄砲が鳴つた——と思つたらその靴をはいて元の明るい街をあるいてゐた。

アセチリンがうまく点らなかつた話

このへんがよからうとT字形になつた街角のペーブメントの上で、自分は立ち止り、黒いシヤツきた男にアセチリンガスをともさせることにしたが、どうしてだかいくらネジをかげんしても、プス〳〵とけむつて火がともらない。ともつたかと思ふとパツと紅くもえて、緑いろにほそく吹き出して消えてしまふ、それでいら〳〵してきたが、いくらやつても同じことだ。「チエツ」と云つてとう〳〵黒いシヤツの男も使つてしまつたマツチを投げつけて立ち上つた。そしてあたりを見まはしながら私にさゝやいた。

「旦那、へんな奴がはびこつてきてゐるのです。こんな晩には切りあげた方が利口でげすよ」

それで自分がどこにも灯のない辻のむかうを見ると、その歩道には何かえたいの知れない、馬のやうな首をしたさむらひや、尻尾のあるドレスをきた男女や、その他何かえたいの知れないものがたくさんだまつて行きちがつてゐた。

もう一つ

A氏は或る晩パシーンと云つてそこらぢうが空ツぽになつてしまつたやうな気がしたと云つた。

ハイエナ追撃

……あさぎの月夜に星がすごくきらめく高原の夜がふける、とほくからハイエナの呻り、一つ二つ、群をよぶ、近づいてくる、燐色の目を光らした一群、高いレンガ塀に影を落してとび越える、大理石やきれいに刈られた木のある英国墓地、前日に埋められた司令官令嬢の墓、あたらしい十字架が斜めに倒れる煙のやうに土がとぶ、掘返された底に棺が見えてくる、青い月の下に生々しい白いもの、かなたの木影から月影を裂く紅い火の矢――ズドン！　駐屯軍の歩哨が発見した、呼子の笛、テントからヘルメットをかむつた英国の兵隊がとび出してくる、ハイエナはパツ〳〵と塀をこえる、装甲自動車の機関銃発砲、月下の沙漠、せいさんにして愉快なハイエナ追撃にうつる……この意想曲の題名はむろん「ハイエナ追撃」作曲者はタルホ氏。

カールと白い電灯

カールの好きなものは、クリケットと飛行機と活動写真です。

教会の友だちや姉さんは不良少年のやうに云ふが、僕は、あの何か云ふとすぐ耳を赤くするカールがどうして不良少年だと思ひます。全く教会の姉さんたちには「青い花」なんてわかりつこはないのです。

カールには緑色のマントが一等よく似合ひます。そして、女の子のやうな睫毛や、新式な眼が、薄化粧をしたやうにチヤーミングに見えます。それはちやうど昨夜泣いたやうな顔――そして又、友だちの画家が云つた「デリケートな白い卵がちよつとよごれてゐるやうな顔」で、そんなに高踏的に、そんなにクラフトエービング的です。

さう云へば僕は、廿世紀の悲しみが交錯したやうな夕方のツアイライトのなかで痙攣してゐる白い電灯を見ると、なぜかカールが泣いてゐるやうに思はれて仕方がないんです。

ヒューチユリストのA氏に云はせると目を光らせて「カールのリズムと電灯の線のリズムと同じ振動数なのだ。つまりアトモスフエヤーとして感ずれば少しの差異もない」

ムービイから帰りに、白い電灯をさして「よく似てゐる」と云ふと、カールはどこかに寂しい笑をもらして電灯を見つめました。その顔が又大へん僕の気に入りました。

もしあなたがムービイを愛し、オーケストラに胸をおどらす人であるなら、自動車の紅いテールライトに涙ぐむ人であるなら、僕が何を云ひ表はさうとしてゐるかわかつてゐるにちがひありません。そして、青い都会の夕べ、街角のプラタナスの下でふるへてゐる白い電灯から「カールのなげき」をきいて下さるでせう。

空中世界

夏の夕べの都会にパッと電灯がついて、バルコニーの上には銀星と三日月の黄金の弓がさやかにかゝつてゐた。吾々は飛行機について、又航空界の未来の可能について長い議論を戦はした後で、疲れてだまつてゐた。

「ね、さう思ひませんか」

といふ声が聞えたので、自分はおどろいて問ひ反した。

「え、何ですつて?」

「あなた私の云ふことにそれくらゐしか注意なさらないの――」

彼女は首をかしげながら云つた。

「いゝえ僕は空中国の事を考へてゐたんです」

自分はあはて、云ひわけをした。

「空中国ですつて！」

彼女は瞳を見張つて向き反つた。

「え、さうです、青くかゞやいた空中世界です」

「空中世界――まあ何て意味ふかい言葉でせう。そしてそれが実現される未来の世紀を想ふとどんなにかきれいでせう。私はうつくしい灯火に飾られた飛行機に充ちみちてゐる夜の空を想像します……」

彼女は感嘆したやうに云ひかけたが、この時、すべての物象は突然なくなつてしまつた。

家屋も、バルコニーとバルコニーとが縁取るキラ〳〵した下方の街も、自動車の交錯も、いつの間にかキネマの幻想のやうに消えて、二人のまはりには只真青な空間がひろがつてゐた。この静かな夜の空気に、リズミカルな騒音がオーケストラのやうにみちて、何物かゞ一面にとびはびこつてゐる……それらはすべてイルミネートされた巨大な飛行機飛行船である。その間を二人は長椅子にのつたま、スイ〳〵と走つてゐた。きふに白い靄のなかにとびこむと、下の方に泣いてゐるやうな都会の灯が見えた。そして、着物が香水のやうな露にビシヨ濡れになつた……

まあ、赤や緑や紫のサーチライトが入りまじつて飛行機の翼に映つてゐるのをごらんなさい。

イリユージヨンがすぎて、自分は、彼女の胸によりかゝりながら静かなハートの音をきいてゐた。それはあたかも新世界の呼吸に通じてゐるのかと思はれた。

「や」おどろいて自分は叫んだ――

「あなたの胸のなかにプロペラーの音が聞える」

それをきいて彼女は大声に笑ひ出した。

「僕の云ふことをいつも真に受けないんですね」

「そりやあなたがあまりかけ離れたことを考へるからですよ。――でも空中世界はほんとうに実現するでせうか」

彼女は心配さうにたづねた。

「勿論！　社会の進歩は常に人間の夢によるではありませんか」

自分は確信にみちた声で答へた。

月に就て

a「お月さまが出てゐるね」
b「そんな事わかるものか」
a「あしこに見えるぢやないか」
b「そんな事わかるものか」
a「ぢやあの円いものは何だね」
b「そんな事わかるものか」
a「何の根拠をもつて君はそんな事を云ふのだ」
b「そんな事わかるものか」
a「ぢや何も云へないぢやないか」
b「云へないのが当りまへよ」

a「そんな事わかるものか」
b「わかるかわからないかわかるもんか」
a「わかるかわからないかわかるもんかそんな事わかるものか」

晩二つ

1

或晩お月さまを見ると横を向いた顔になつてゐた
気がつくとその下にある煙突が六角形のエンピツであつた

2

子供が云つた
「チヨウチヨウはどこで寝るのか知ら」

自分が云つた
「お月さん君はシヤンですね」
お月さまは云つた
「今晩も星が足らん」

「けむりの昇つてゐる堤をめがけてまつさかさに下りて来た飛行機が、死骸の山にぶつ、かつてトンボ反りをしたのでげす。と、そこから血走つた目をした士官が匍ひ出してきやしたが、それがわしを引き起してたづねるのでげした」

――反射鏡を見ると、うしろの坐席に歯をくひしばつた先生が入つてござつた。俺はポケツトのコニヤツクを差し出したが、奴さんはそれをラツパ飲みにしながら黒雲のなかへ消えて行つた。そのとき鎌が落ちたのだ。キラ〳〵したのがたしかこのへんに落ちたのだ。

「なるほど――」

「又或夜中、私はコチン、コチン…………と、間をへだて、ひゞいてくる音に目を醒ましたのでげすが、てんと見当がつきましねえ。天幕を出てみると、さつきからのほの明るさも道理、久しくたれこめてゐた雲はぬぐふたやうになくなり、そこいらぢうまあキネオラマの舞台のやうな真青なお月夜でごんした。私は胸を張つて音のする方へ首を向けて見たのですが、何と！　そこに見えた格子塔のやうなものとは、四十珊《センチ》重砲に腰かけた巨きな骸骨でござんす、先生は歯にあて、指の数をかぞへてゐたのでございます」

「なあるほど――」

質屋のショーウインドー

三角辻にはバアがある
バアへは毎晩少年が
少年は昼間は歯車の間で眠つてゐる
歯車は時計のなかに
時計はポケツトに
ポケツトはおじいさんの上衣に
おじいさんは靴みがき
靴みがきは毎日倉庫の横に

倉庫の上には夜がくる

おじいさんは歯車の間で眠つてゐる
歯車は時計のなかに
時計はポケットに
ポケットは少年の上衣に
少年は初山滋の人形に似てゐる
人形に似た子は毎晩バアへ
バアは三角辻のまんなかに

或日椿事が持ち上つた
バアの少年がこなかつた
倉庫の横に靴みがきがゐなかつた
時計は質屋へ入つてゐた
質屋はひろい路にある
ひろい路は星の夜だ
星の夜には明るい窓が
質屋の窓とはしやれてゐる

タダ

宇宙のまんなかにともすランプとして
星を一つ注文なされようとしたときに
見つもりをきいてびつくりなされた
――がさすがは神さま
数でこなされるといふことにお気付きなされた
それで地球をつゝんだ銀砂子の壁は
あれはタダも同じねだんで出来てゐるのだと申す

一筆啓上

Mechanism をなくしようとするもの
形態は Mechanism である
Mechanism をなくしようとする Mechanism

君は気体にならうとする
僕は結晶しようとする
二つを一つにするのが
Abstractions であると Toshio が言ふ
地球と月との間をめぐりながら

地球のなかへ引っぱりこんでくれる手を
待つより他に仕方のなかつた男
ラフオルグ君の他にもう一人ある
ラリーシーモンだ

物質の将来

仮面の人々へ

・三日月の美学。
・蝶よりは蛾、宝石よりはガラス。
銀よりはブリキ、花よりは……。
昼よりは夜、しぐれよりは急雨。
ポプラよりはマロニエ、雲よりはガス。
陶酔よりは驚きと刺痛、踊子の足よりは少年の沓下。
・近頃は角のあるものが好きで、お月さまが三角形に、海は海色に、エントツがボール紙製に、夜が遠くの扉のやうに見えるのです。(手紙)
・芸術にをけるネガテイブの世界。
・すると普段は三日月に腰をかけてタバコを吸つてゐる紳士が云ふのでした。

・俺たちは三日月に腰をかけてゐる紳士の身方だ。
・星と泥、ゴム風船、セルロイドクリチック。
・急雨、星の夜ピカ〳〵した自動車で迎ひにきたお父さんらしい人。
・赤いスエター、飛行機。
・空中楼閣としての人間性。
・宇宙は星をたべすぎて……。
・名画、カステール鉛筆の城と赤い馬。
・ゼムの顔。
・真鍮の砲弾。
・Mr. Nowhere & Mdm. Moonshine ノクチユルヌ氏の見張所。
・木星族の人々。
・惑晩の話、月夜村のハム、少女、月の出。
・ホーキ星の時間貸（地球のとつぱしにて）
・ピーターパン、道化面、マーチヘアレス、動物。
・地上は思ひ出ならずや。
・世界の隅々に追ひこまれてゐる同志。
・ヒル・カール・デユイスベルグ博士（アスピリン発明者）

・菜の花の飛行機の翼に及ぼす影響、春の形而上学。
・一晩に出来た街からきた人。
・二日月の夜の話。
・コルクの原理。
・物質の将来。
・夜間従業者の頭脳に及す電灯と月光との関係。
・思ひ出のラーリーシモンへ。先駆者、宇宙の市民、ジユールラフオルグへ。
・芸術とはノリのついたキモノをきらふ。
・幾何学としての時及び自己（ハンドル及び車輪のうそ）
・I氏、黒頭巾、ウーフア、夜、人形、金曜会、マンレイ。
・前半球への郷愁。
・寄席の舞台から——へまで突きぬけた人。
・薄板界（ドイツセン博士切断法による）
・月高き刻限の話。
・活動役者R・S氏の純粋に対する世俗の内的攻撃（デービイルサイト）
・首を出す人（ハリー）
・銀くさい人々。

・コカインと函数の誘惑。
・ヒユーチユアリズムの画中にある夕方、ムービイ街。
・蜘蛛のクラブ。
・リグレイチユーイングガムの小鬼とステツドレルペンシルのお三日月さまとの対話。
・丸山薫氏の築城術。
・小品フイルム、月界の夢、インク瓶やエンピツばかりがうつるやうなもの、三分間作品。
・人と影。

羽根なしの歌へる

A

考へと行ひとはちがふからな
それは分量ではなく性質の上のちがひだからな
いくらうまい事をあんたが考えつかうと
どうにもならぬそれつたけさ
同じやうにあたいがいくら努めても
気の利いた一つも思ひ付けるはづはない
だがなこゝにたつた一つ習慣がある

そこで俺らが今の身分を嘆いてゐるなら
別な習慣をつければいゝといふものさ
これなら絶望でもなからういや俺らに出来る唯一のもの
だがその習慣にとらはれたくないのか
とらへないやうなものなら習慣でも儀礼でもないが
そこで——と
えゝい面倒くさいな
一そ月の方へでも行つてしまへ！

B

こつちがこつちならむかうもむかうよ
両方ともこんな習慣にとらはれてゐるんだし
両方ともそんな習慣にとらはれてはゐらつしやらぬのだ
一たいこの自分のやつてゐる他に
何かいゝ事があるなんて思ふのが間違ひさ
だが俺たちとはさういふことを思ふ台だからな

さういふものを指して俺たちと名付けるんだからな

C

髪の毛だの爪だのはまあ彼だな
切つても何ともないんだもの
脚や手なんかは、君だな
君がゐなくても不便だがまあ差支へはないと云ふもの
そこで胴は——?
いやこれとて、君の部類かも知れぬ
必要だけで暮してゐる人間ならなくても辛抱する
ところで頭だな
これはもう全く僕だな
だのに——だのに
僕がちつちやな弾丸でこの僕を撃ち抜いて見たまへ
さうしたら
この僕はやつぱりすて丶い丶彼になつちまふでないか

青い壺

Ein Märchen

夏の晩、大分遅い刻限でした。私は、広いアスファルトの坂道を、碇泊船の灯を眺め乍ら、ぶらぶらと下りてゐました。

向つて左側に、仕舞遅れた一軒の飾窓がありました。そこには錦絵だの、象牙の観音様だの、又、刺繍だの、イミテーションパールだのが、一杯ゴチヤ〳〵と並べられてありました。その中に、古びた青い壺がありました。壺の口からは、まるで蛍籠を見るやうな、何とも云へぬ涼しげな光が放たれてゐます、オヤ、あれは何だらうと私は窓に近付いて、ひたゐをガラスにくつつけました。

古びた壺の中には、何か、赤や緑やむらさき色をしたキラ〳〵する金米糖が一杯入つてゐるのです。しかもそれらは、ガラスで拵へられたそんな風な装身具であるとも、又、実際の宝石の一種であるとも考へられません。何故つて、宝石やガラスは他から来た光を反

射して光るのに、この不思議な金米糖においては、――左様！　あなたは真暗な海べでバクテリアが光つてゐるのを見た事があるでせう。ちやうどあれなんです。あんな風な工合に、金米糖はそれ自身が半分は生物であるかのやうな光を放つてゐるのです。蛍籠のやうだと云つたが、全くその通りなんで、これらの金米糖共が若し息をしてゐるものなら、その呼吸の度毎に光は弱くなつたり強くなつたりするのに違ひない！　と、こんな事も考へられる程、世にもかすかな、綺麗な光を出してゐます。それだから、こいつ共はクラゲのやうに柔らかいか、石みたいに堅いのかと思つた時、私の肩は、窓のとなりにあるすけた金文字の入つたドアをギーと圧しました。

店の中には、やはり仏像だの香炉だのいふ細かな品物がガラス箱に入れて並べられてゐます。店を閉じようとしてゐた所でせう。天井に一つだけガスがともつて、その下で、桃色の荒い縞シヤツを着たインド人かユダヤ人か判らぬやうな男が、乳棒を持つて何か薬を調合してゐました。彼は私に気付くと、年寄なのか青年なのかこれも見当が付きかねるやうな顔を上げて、うさん臭さうにこちらを見ました。私は窓を指して、獺獣《なまけもの》めいた男へ口早に話しかけました。

「今、目に止つたのでお邪魔をするが、あの青い壺に入つてゐるキラ〲した粒は何物かね。途方もなく高価なものでなければ貰つてもよろしいが」

するると、いや私がそんな事を云つてゐる間に、件の男は機嫌わるさうな眉の間を一そう

陰気にゆがめて、ムグヤ〳〵と云ひました。それは「まあうるさい事だ。あの壺を見て店へ入つて来た奴はこれで十三人だ」と、何かそんな意味の言葉であるやうに私に感じられましたが、果してその次に、彼はハツキリと横柄に私に返事をしました。

「あれは売物ではない」

そして邪魔な鼠奴早く帰りやがれと云ふ風に、再び乳棒を白い粉の上に廻しかけました。私は出鼻をくぢかれてそこへ突立つてゐましたが、この儘引込むのも残念千万です。

「売物でもないものを何故陳列するのだ」

と私は云ひ返しました。

「お前の店といふ訳ではないから、そんな御心配は無用だらう」

と相手は至極あつさりと答へるのです。

「成程」と私は云ひました「然し乍ら、あの壺を君が店の奥に仕舞ひ込んでゐるといふなら兎も角、窓に出して公衆の眼にさらしてゐる以上、それを見て入つて来た客について何等の責任もないとは道理に合はんぞ」

「成程」と今度は彼が相変らずムツチリして云ひました「そんならお前は私に何をせよと申込まれるのか」

「僕はあの壺の中に入つてゐるのが何物かと訊ねてゐるのだ」

「星だ！」

と彼はハキ出すやうに答へるのです。

「星とは天の星の事か」

と私もすかさずに申しました。

「あれらが活動写真のスターに見えるかね」

「バカめ」と私は覚えずどならうとしました。けれどもわめいた所で、品物の不思議さには変りはない。

さうすると今少し辛抱して頑張つてみようと思ひ返しました。それから彼と私との間には、大体次のやうな問答が交されました。

「それではその星は、何処から採れたのか」と私は問ひました。

「エチオピヤの奥地である」

「アビシニアぢやないか。そんならライオンの聞き違ひではないか、ライオンと星とは、活動役者以上に縁がなさゝうだ」

「あそこにライオンが沢山ゐるわけも、一つにうつくしい星のせゐなのだ。といふのは、虎が月の光を好むやうに、ライオンは星の瞬きを好いて星を呼ぶからだ。そしてエチオピヤは世界で一等天に近い所なのだ」

「成程、あそこにはタンガインカか、そんな風な名前の白雪を戴いた山があるね。しかしそいつを持ち出せばヒマラヤ地方はどうなんだ」

「いくら背つぎをしても肝心の天井が高ければお話にならぬではないか。エチオピヤが天に近いといふ事は、そこがその儘で一箇の踏台であるばかりでなく、又その上にかぶさつてゐる天が他方よりも一段と低くなつてゐるといふ意味なのだ。我等の長ハッサン・サリマン・エラブザは夙にその事実を知つて、その土地から竹竿をもつて星をはたき落したのだ」

「へーエ、竹竿が天へ届くのかね」

「竹竿であるか、それとも梯子のやうなものであるかは場合によつて異るであらうが、現にあの壺の中のものは、そんな方法によつて採集されたのだ」

「それなら、そこから星を三つ採ると従つて天から三つ星が減るといふ訳だね」

「勿論！　だから、エチオピヤでは余りに星を取り過ぎた為に、近頃では只遠方にあるものだけが、ライオンの叫びに応じてチラホラ光つてゐるにすぎぬと云ふ。然し候補地は、パミール高原、アンデス山地その他に続々と見付かつてゐるから、吾々に星の欠乏が感じられるといふやうな事は当分あるまい。この星が落され出したのはつひ近頃であるが、これも天といふものが次第に吾々の頭上に落ちつゝある事によると、我等の長ハッサン・サリマン・エラブザに解釈されてゐる」

「採集品は一体何に使用するのか」

「吾々の手に入り出して以来、星は食料にあてられた」

「何、たべられると申すか」

「如何にも！　エチオピヤの村では老幼男女を問はず星をたべてゐる。それは、あんな壺の中へ二三箇入れて、火であぶり乍らパイプによつて吸ふのである」

「それは誰にでも行へるのか」

「勿論である。然し吸ひ過ぎると風邪を引くおそれがある。慣れぬ間は一種独特の匂ひが鼻に付く事も確かであるが、やがてその匂ひから離れるのが片時も辛抱出来ぬやうになる。私が今かうして磨つてゐるのはメヨーバンであるが、この粉をふりかけて置くと地上に落した星も一年位は保つ。お仕舞には昇華して了ふ」

かういふ話を聞いてゐた時に、私は云ひました。

「星とは面白い名をつけた。如何にもさう呼んで差支へない代物らしいな。所で本当の所は一体何者なのかね。人工品とは受取れぬが、君の方の地方に産するものだらうか。それは鉱物なのか海産物なのかそれ共樹の上に熟るものなのか？　その虫は一体何だね」

「天の虫だ」

「天の虫とは何だ」

「天はくさつてこの虫が湧いたのだ。昔、聖なりし時代、神々の住居として時間と共に栄えてゆるぎなきものと考へられてゐた天も、久しい間打ち続く善と悪との息詰るやうな闘争の結果、今日見らるゝ如きバラバラなものに分裂してこの星を生んだのだ。これがお痛ましい事でなくて何であらうか。これが英雄劇の最たるものでなくて果して何であらう。しかも、白人や、東洋に生れ乍らも身の程忘れたお前らは何事も知らない。けれどもお前らの罪を引受けてとう〳〵重荷に堪へかねた天が下つて来て、星々をいづこの立木にも煙突にも宿らせ給ふに及んでは、流石お前らもびつくりして、自分らの罪障の重い事に今更に気付かずには居られまい。さうだ、この時になつて人間と名の付くすべて、又人間に近いすべての獣と鳥共は星の世話になる。そこではこれまでのやうな食物が最早不要になる。何故にか、それら天の屑をたべる事は、又その儘に吾々の身心を浄め、今日までの罪をあがなふ所以になるによつて！　しかもよく覚えて置くがい〻。天の恵みの広い事は……左様！　天の恵みのいと宏大にして浅智の測り知れざる事は……」

から云ひかけて、我等の長ハッサン・サリマン・エラブザの弟子は眼からポロ〳〵と大粒の涙をこぼしました。身を顫はせて両手を打ち振つて、彼は私にやつと聞取れた泣声でもつてあとを続けたのです――

「聞くがい〻！　お前ら罰当りの前にも天の恵みの広い事は、お〻紅い星にはストロベリー、青い星にはペパアミント、黄いろい星にはシトロンの味が与へられてあるのぢや」

「バカめ！」

と私はどなつて了ひました。私は手を伸して汗でニチヤ〳〵してゐる道化の首すぢをつかみました。彼を表へ引き出して、今もキラ〳〵と涼しさをいや増して頭上に燦いてゐる星座を示してガン！　とやつてやらうとしたのです。所が矢庭に私の両腕は表から入つて来た頑丈なお巡りさんにつかまれました。

「何が僕が悪い」と引立てられようとした私は叫びました「僕は折角考へ付いたお伽噺の筋を滅茶苦茶にして了つただけぢやないか！」

東洋更紗

1　私と木の竜

「誰が聖人であるか」

と、私は、その古ぼけた骨董店の軒先に立つて訊ねた。すると、奥の方の塵まみれの戸棚の上に載つてゐた青い木の竜が答へた――

「まづ三皇、五帝、堯舜である。武王や周公や伯夷や、伊尹太公望孔子なんかはこの部には入らない」

2 老子と藁の犬

或時、老子は路ばたに転つてゐる祭りに使はれた藁の犬を見た。それから又或時空を眺めた。

人は藁の犬のやうなものであり、空間とは大いなるフイゴであるといふあの大思想は、実に這般《しやはん》の消息から生れたものである。

3 黄帝と谷

黄帝は山の上から、紫色に煙つた底の方へ声を掛けた。すると下の方からも同じ声が黄帝に向つて掛けられた。黄帝は幾回も同じ事を繰返した。

黄帝は宮殿へ帰つてから一言も口を利かなかつたが、とうとう三日目に家来に向つて云つた——

「谷といふものはいゝものだ」

4　ロバチエウスキイの箱

ロバチエウスキイは、四角い箱を大切にしてゐた。所が或る日ふと気付くとその箱が少し歪になつてゐた。不審に思つて人々に問ひ正したが、誰もロバチエウスキイの箱なんかに手を触れた者は居なかつた。それでロバチエウスキイは、箱は始めからあんなにゆがんでゐたのだと思ひ込むやうになつた。

×註　ニコライロバチエウスキイ、ヨハンボリアイと共に双曲線的幾何学の発見者として知らる。

犬の館

1　犬の館

夜中過ぎに、私はマントを着てシヤトオ・デ・シヤンへ出掛けて行つた。

丘の上に大きな黒い塔のやうなものが立つてゐた。

入り込んで行くと、月の光は建物の高い所ばかり照してゐるので、何があるか判らなかつたが、眼が馴れて来ると、この広い庭を埋めて一面に白いものが動いてゐる。こんなに沢山居るのに判るだらうかと案じ乍ら、私はいつもの口笛を甲高く続けさまに鳴らした。と、忽ち横合から飛び懸つた真白い布のやうなものがあつた。

「久し振りだつたな」と私は、込み上げて来るものを圧へ乍ら、一方白い布を摑へて云つた「お前には男の名前が付いてゐるがお前は女だ。それでお前が幾回も沢山な赤ん坊を生んで行くより、お前一人が此処へ来てゐる方がい丶のかも知れぬ」

私は、フランネルのキレを圧へ付け乍ら云つた。

建物の高い所に水のやうな光が流れて、その下の方では数知れずに白いものが、相変らず音もなく動いてゐた。眼を閉じると、まるで周囲には猫の子一匹居ないやうな静けさなのである。私はこれはどういふ訳だらうなと考へてゐた。そのうちに、もう番人が見廻りに来る時刻である事に気付いたので、私は立上つた。そしてフランネルのキレにはビスケツトをやつた。

「ぢや又来るよ」と白い布を追ひ返し乍ら、もう一つビスケツトを投げて、そして柵の所から振り返ると、フランネルは随いて来ず、向うでビスケツトを食べてゐるらしい白い尻尾が跳ね上つて、チラチラしてゐるのが見えた。

「さよなら、ジヨイよ！」

私は、青い月夜の館を下りて行つた。

2　月夜の不思議

夜中にふと眼を醒まして顔を擡げました。正面の障子に嵌められた細長いガラスの向うが、お昼みたいな月夜です。そこには木立があり、そして更に先方には板塀があるのですが、今夜はどうした訳か、それらのものが悉く取除かれて、そこは浅黄色に煙つたカンツリーの景色になつてゐます。実際これはうそではないので、木立と板塀を取除けてオペラグラスでも眼に当てれば、そつくりその儘青いフエアリーランドが見える筈なのです。その——何処かで笛を吹いてゐる者があるやうな気がする丘々が重り合つてゐる麓に、オレンヂ色の淡い灯影を零した村里があります。

然し、外見に依らずこの村は、余り気持のよい村ではありません。そこに住んでいる男も女も子供も、みんな瞼が紅く上下にめくれ上つてゐます。そしてこんな村の何処かには、幌馬車のやうなカマボコ形をした幾つかの小舎が立つてゐる筈です。そこへは毎日町から、大きな木箱に詰め込まれた犬が何十匹何百匹となく、ガタガタいふ車に載つけられて運び込まれます。そしてカマボコ形の奥の方へ引き入れられた箱は、翌朝早く又車の上に載つけられてゐますが、犬共はもう再び姿を現はしません。私の飼つてゐた犬も、五匹余りはこのカマボコ形の小舎へ連れて行かれた筈です。

さてこんな村のこんなお月夜、丁度月が村の真上を行き過ぎようとしてゐた刻限でした。月の影になつた一軒の破れ戸が荒々しく靴でもつて蹴られました。車座になつてバクチを打つてゐた瞼のむくれ上つた人々は、一勢に顔を見合して青いランプを吹き消さうとしました。が、揉みほぐした黄いろい紙を又伸ばしたやうな老婆がシツとそれを制して、土間に辷り下りました。土間には三人の黒い影が立つてゐるのです。途端、老婆は釘付になつて了ひ、短刀を抜かうとしたビッコの男も、シヤツ一枚になつたメッカチも、申し合はしたやうにその場に突立つて了ひました。青いランプがほのかに照し出した所には、この世の者かと怪まれるばかりに気高い、若い婦人が立つてゐるのです。その人は全身黒づくめでした。そして顔も半は黒絹でもつて覆はれてゐましたが、それでも窺はれる星のやうな眸や、神々しいばかりの鼻筋は、どんな荒くれ者をもたじろがせるに充分なものでした。婦人の後には、矢張り黒いマントを纏つた覆面の二人が差し据へてゐます。マスクの一人が老婆に近付いて、早口に何か囁きました。すると老婆はひどく慌て、審かる仲間には眼もくれず、三人の客を案内して、月の影がいろんな面白い縞を織り出してゐる迷宮のやうな露路の中へ吸ひ込まれて了ひました。

家の影に小流れの音が聞えて、月はそこに懸けられてゐるアーチを白く照してゐました。三人の影がその上に見えました。すると、筋向うの狭苦しい路から別な影が二つ現はれました。先程の老婆と、歩くのが大儀さうに見える肥つたドテラ姿とで、これはこの村の親方なのでした。三人の影の前で親方の影がひれ伏して了ひました。従者が早口で何か云ひ掛けたやうですが、影は益々へい蹲るばかりです。老婆がその耳元に口を寄せてしきりに何事かを諭してゐました。影は漸く立上つて、今度は老婆に入れ代りに、自分が先頭に立つて、ヨロヨロと曲りくねつた道を進んで行きました。そしてとある家と家との隙間へ、蝙蝠のやうに一行が消え失せたのでした。

それから一時間も経つたでせうか、何事もなかつたやうに村は眠りに沈んでゐましたが、もう一番鶏が鳴かうといふ時、カマボコ小舎の方角に当つて凄まじい火柱が立ちました。同時に大爆音が続け様に青い幻灯のカンツリーに轟き渡りました。そして月に照らされた路上や露路の奥は激しい罵りや叫びに充されて来ました……

次の朝、親方の寝床は空つぽでした。老婆の姿もどこにも見当りませんでした。親方だけは、三日目の夜遅く腑抜けのやうになつて帰つて来ましたが、大変物に怯えて殆んど一月の間は人と話をする事が出来ませんでした。口が利けるやうになつても、あの夜の三人の事は勿論、カマボコ小舎の爆発や自分の失踪については一言も口に出しませんでした。さう云へば、このとき、待ちあぐんでゐた町の警察官が訊問をしたけれども、親方は、もつと偉い人に来て貰つてくれと、苦しげに述べただけでした。その偉い人は間もなく知事さんがゐる都会から、ピカピカした自動車でやつて来ました。が、直ぐに、親方の家から出て自動車に乗ると、あたふたと帰つて行つて了ひました。同時に、町の警察の方も「それは月夜の夢であつたらう」と云つて、村の人がいくら取調べについて掛合つても相手にしませんでした。親方は間もなく死んで了ひました。

——それは(四次元帆走機)とでも名付くべき奇怪な機械によつて為された。

と、通信員Hソリツド氏は私に語るのであつた。

——君は、大学の純粋数学の教室へ行つた事があるだらうが、あそこの廊下の硝子棚には、熱伝導だのベツセル函数だの、ラーメ乗積だのいふもの、模型がずらりと並べられてゐる。詰りさういふ風な代物——ではない、さういふ種類を想はせるやうなヨットなんだ。それはセルロイド製のやうだし、又何か軽金属の一種から構成されてゐるやうに受取られる機械の底部には、車輪のやうな工合になつて球が取付けられてゐた。こんな怪物が、当夜、大学の円屋根の内部に作られた、ウオターシユートめいた台上に載つけられてゐた。明りが消されると、傾斜軌道の正面に張られたスクリーンが、薄緑色に光つてゐるだけである。三名の実験者を載せたヨットは、それを繋ぎ止めてゐたピンが外されると同時に、傾斜を辷り落ちて緑色に瞬くスクリーンに衝突した！　と見る間に、其処がそんな青い不思議な窓であつたかの如く、何処へか消失して了つた……と。

かう云つたからとて、Hソリッド氏は、何もその場に立合つた訳ではない。彼は、ピエールペップといふ当夜の実験者の一人から、その事を聞いたのである。他に二名あつた実験者は物理学者と生理学の大家だといふが、試験が極く秘密裡に行はれたが如くその姓名などは判明しない。ピエールペップといふ飛行家とHソリッド氏とは、多分昵懇の間柄とでも云ふのだらう。

そこで、こんなヨットによる帆走が、如何なる領域に行はれたかは、ちよつと簡単な言葉では説明が出来ないらしい。只、Hソリッド君の語る所によると、ペップ大尉は、そこで、大体、次のやうな経験を持つたと云ふのである。

——ヨットが将に出発しようとしたとき、眼前にあるスクリーンは、恰も立体キネマが映つてゐるやうな工合になつてゐた。大尉に取つて、その風景は曾て学んだサンシール航空学校の庭のやうに見受けられたが、このときヨットは既に其処へ突入してゐて、風車みたいなものや、幌馬車のやうなものや、蝶の化物みたいなものが、祭日の山車のやうにやつて来るのである。それらのものは大尉には、何れも、古来から無数の学者や夢想家や奇人の頭脳の中を去来した、空中飛行の観念を具体化したものであると解釈された。大尉が現下取り懸つてゐる仕事の上にをいて、それは貴重な研究資料となるものであつたから、自分がノートを持つて来なかつた事がしきりに後悔された。しかも、際限もなく繰り出されて来る一つ一つを頭に入れようと務めてゐるうちに、ヨットは高い崖に挟まれた道を走つてゐた。やがて右方がひらけた。其処は途方もない、底知れぬ、ヨセミテの絶壁を聯想させるやうな大谿谷である。

するると行手から、今度は何か魚雷型の競争自転車か、それ共車輪の付いた巨大な矢ともおぼしいものが、まつしぐらに此方へ飛んで来るのである。ヨットに衝突しさうになると、スツーと、深い紫色に煙つた絶壁の方へそれて了ふ。と、又同様なものが向うから飛んで来る……五六回も同じ事が繰反されてから大尉には、これは、実は一箇のそんな機械が、大速力をもつて谿谷上を旋廻してゐるのだといふ事が判つた。そして勿論これも一種の飛行装置であるが、先刻見たものが過去に属してゐるのに較べて、これは未だ発明されぬ未来の機械の実験であるやうに察せられた。

それにしても、途方もない谷は、一体何処迄続いてゐるのだらうと思つて大尉は見渡した。行手は山岳重畳としてゐたが、振返つた方は、遥かの先でひらけてゐるやうに見えた。その辺り一帯の薄曇つた空気の中に、何か大都会の摩天楼めいたものが立連つてゐたからである。ハテ何処だつたらうと瞳を凝らすと、それらは、何れも素晴らしい大伽藍の円屋根であり又尖塔であつて、その上空には、渡鳥の大群のやうに、あちらこちらに遊弋してゐる空中艦隊があつた。オヤ、あれは……セナンドア号でないのか？　幽霊のやうにぼやけてゐる葉巻形に気付いたとき大尉は呟いた。さうと見れば、左の方にある奇怪な雲片は、よれ〳〵になつて靡つてゐるけれども、そこにくつゝいてゐる舵機や船室の形から推して、紛ふ方もないR一〇一号である。更にその向ふを進んでゐる鯨の一団は、ロンドン襲撃に携つたツエツペリンである。メーコンらしい尨大な影も浮んでゐる。面白い格好をした気球や古風なヘリコプタアや、オニソプタアや又三葉四葉を持つたものから編成されてゐる一団もあつた。総ては、その大伽藍から立昇る香煙かとまがふ薄曇に閉されて、ひよろ〳〵とし乍ら眼路の届く限りに浮んでゐた。そして各集団から発せられる爆音は、互にハーモニーして、恰も荘麗無類な聖歌の合唱のやうに全谿谷にみち充ちてゐるのであつた。折から四辺が異様に暗くなつて来たので、どうしたのかと大尉が後を振り向いた途端であつた。一きわ目醒ましい爆音と共に、ヨットを追掛けるやうに低く、フランス飛行機の集団が頭上に迫つて来た。

最初にアルプスを越えたブレリオであつた。嵐の日の練兵場で粉砕したニユーポールであつた。ラタムの操るアントアネットであつた。片羽根しかないものもあり、尻尾のもぎ取られたのもあり、又、火焔に包まれてゐるのもあつたし、全く翼布がはがれて骸骨さながらのものもあつた。けれどもそれらは何れも、ヴイラコブレーの春空に寄せる幼きピエールの青い憧れの的であつたもの共であつた。かくて、その前方に突出した座席に血と砂塵にまみれた白い服の人が見えるファルマン機が迫つて来た――

お、デラグランジ！　私の英雄！

大尉はさう叫んで、我を忘れて、件の飛行機の滑走車めがけて飛び付いた！

丁度、此処までかいて来たとき、号外が窓からほうり込まれた。それは、吾々の常識をもつては判断出来ぬ空中事故についての報道である。

即ち、日本午前十一時卅五分、ポン戦闘飛行学校の上空にをいて突発した。ピエールペツプ大尉の操縦せる単座機は、突如、この遊星上に曾て生れたる如何なる曲技飛行家も試みなかつた奇々怪々な運動を開始すると見るうちに、空間の一点にピタリと停止した――途端、掻き消されたが如く、雲片一つない碧空の真只中に消滅して了つた！

仙境

――夏至のお祝ひに――

三日月の角と金星とが向ひ合つて、土耳古《トルコ》の旗になつた刻限、私は二頭の白馬を付けた馬車を仕立て、、銀貨の入つた袋を腰にして、王女様と東の方へ出発しました。

聖ヨハネのお祭をひかへて、私はパックやエルフたちの為に、さ、やかな衣服店を開く事を目論んでゐるのでした。王女様は私一人では心許ないからと云つて、丘の住民たちの身に付けるもの、即ち、三角帽子だの、ガラス製の靴だの、黄色いチヨッキだの、赤い布だのいふ種類を仕入れるについて、お忍びで私に従いて来てくれるのでした。

淋しい野を横切ると、直立に聳えた岩山の下に差か、りました。昼中は打合せに忙しかつたので私たちは疲れて一様に黙りこくつてゐましたが、王女様はこのとき、金の冠の下に髪をパサリと動かして、高い山のてつぺんへ首を擡げました――

「あれ、星？　灯台なの？」

頂きの方に、大きく光つてゐるものがあります。

「あ、あれ」と私もそれに気付いて云ひました「星です、木星……いや土星かな」

私は直ぐには返答が出来ないのでまごつきました。そして呟きました（俺は近頃遊星共なんか相手にはしてゐないんだ。木星か土星かどちらかである事は確かで、それは子僧だつて暦を開けたら一目瞭然だ）

「今晩は点いてゐないのね」

と王女様が云ひました。山の上には、この方面を飛び交ふフエアリーたちの為に、灯台が設けられてゐる筈でした。

「休んでゐます」

と私は、星よりはや、小さな緑色の光を見乍ら云ひました。そして近頃フエアリーたちは夜は余り飛ばないし、従つて灯をともして置くのも不経済だと、スクラッテルは考へてゐるのだらうと附け足しました。スクラッテルといふのは、元は北の方で相当な神様でしたが、余りに悪戯が過ぎてその罪障を消すために、今ではこんな場所の灯台守を引受けてゐるのでした。

暗い谷を出ると、何か知ら楽しい気持になつて来ました。それは、今晩私たちを待ち設けてゐる燦びやかな問屋の店先の事だとも、又その帰り途に出食す事だとも、もつと違つた事柄であるとも見当が付けられませんでした。

「あれ、タラの山？」

と、王女様は長い睫毛の瞳を遠退いた山並の方へ移し乍ら問い掛けました。

「違ひます、それより手前にある丘です。もう一つ先に、矢張り灯に綴られてうね〳〵と伸びてゐるのが……」

と私は、点々とイルミネートされた小山と、更にその向ふに見える高い、犢《こうし》の頭に似た、灯の線の起伏を指して――

「そら、馬車が進むにつれて、一つの丘は右手へ動くが、もう一つの方は動かないでせう、そのじいつとしてゐるのがタラです」

以前はフエアリー仲間も国を持つてゐました。が、追々にひらけて、今日では縄張りなんていふ事も流行らなくなり、何処へでも好きな所へ出掛けて住んでゐます。このタラの麓はそれらの集合地として有名でした。即ちパックや、コボルトやエルフや、マイムや、ノームや、ボブゴリンや、ロビングッドフエローや、ニックオリンコルンや、ロブリーバイザフアイヤーや、ウイルオブウイスプの家々があつて、その光景をお昼の明りの下に見たなら、どんな人だつて胆を消すでせう。今はそれらに灯が入つてゐます。これが又目茶苦茶な蛍籠です。しかも勝手放題の中には、それ〴〵の住人のマメで掃除好きな事をよく現はしてゐる整頓さが含まれてゐるのですから、丁度、この馬車に付いてゐる澄んだ鈴の音が、ちり、こぼれ、拡つて、そしてそんな愛らしい灯火になつて行くのではないかと怪しまれるばかりです。そのくせ灯でない個所と云つたらしんの闇です。お耳を立てた白馬は躓きもせずに進んで行くが、鼻をつままれたつて判りつこはありません。只ワダチに轢かれる化蕈がパツパツと燃えるだけなのでした。

「まあ!」

と云ふ声が私をびつくらさせました。王女様は目をまんまるにして振反つてゐます。そこには、馬車の周りには、何時の間にか、薄い羽根の生えた小つちやな先生が、ヒラリ〳〵とヨチ〳〵と、飛び交したり駆けたりし乍ら、一生懸命に追つかけて来るのでした。嬌嫣と王女様の顔がほころびました――

「お前たち――豆の花や、芥子の実や――蜘蛛の巣も火取虫も、みんなおいで! 親方さんの店開きぢやないか。仕入の見立をするんだよ」

ピエトフ

空は何時もサフアイヤ色で、青い並木の下には、燦びやかな装をした男女が行き交うてゐました。

私はその土地に、特派員として滞在してゐたのでしたが、或夜、公園の奥まつた所にあつた倶楽部めいた館を訪れたことがありました。全館皎々と照り輝いて、この晩私は、巾広い階段をいくつも上下しました。広間々々には、乾盃や歌留多が行はれてゐましたが、それらの人々は大層立派な服を付けて、その胸や襟元には宝石が光つてゐました。それのみか、或紳士のひたいの真中には、印度の洞窟にある仏像のやうに、大きなダイヤモンドが嵌め込まれてありましたし、又或老婦人の口元には、櫛のやうな工合に、真珠を鏤めた金の三日月型が差してあるのでした。

私が広間の入口に立つてゐた時、三人連れの紳士が入つて来て、傍のソフアにゐた老人を廊下へ連れ出したと思つたら、何かピシユと云ふ、絹を裂くやうな音がしました。私は、そこに、仰伏せに倒れてゐる禿頭の紳士を見ました。正面の壁がひとりでに開いて、五六人の別な紳士連れが現はれるなり、廊下にゐた二人を壁の中へ拉し去りました。と思つたら、階段の上から今の一団のなかにゐた幹部めいた赤髯の男が、両腕を扼されて下りて来ました。それを広間にゐた人々が取巻くとピシユ！といふ音がしました。そして人々が元の座に付いた時、そこには、手足をピクピク痙攣させてゐる赤髯と、零れた赤インクのやうな血がありました。しかもそれは、私がふと眼をそらした隙に、老人の死体諸共、魔法のやうに取片付けられてゐたのでした……

光景は、この館全体が一つのカレイドスコープになつて、ピシユピシユと響く音につれて廻転してゐるのではないかと疑はせました。私はその後、それらの人々の使用するピストルからは、白金の弾丸が出るのだといふ事を聞きましたが、その他の事は一切不明でした。

私がその次に館を訪れたのは、青いお昼でした。そこは大層混雑してゐました。何の階にも人々が充ち溢れて、白い、何も記してない紙片を見て喚いてゐるのでした。そして互に競争するやうに、高い窓から頭を下に身を投げてゐるのでした。私が呆気に取られて立尽してゐた数分の間にも、五ツ六ツの影が傍の窓を掠めて落ちて行きました。窓から首を出すと、館の周囲は折重つた死体のために、地面が見えないのでした。

茶亭のある所まで来た時、私は背後を顧みました。もく〳〵と黄褐色の煙が立昇つて、青い天頂を呑み尽くさうとしてゐるのでした。館は爆発したのです。

大通りには号外売りの声がしてゐました。あちらこちらに張紙が出て、×××党が崩壊して我党の万々歳に帰した、市民よ安心せよ！　といふ意味の事が読まれましたが、青い梢の下を行き交うてゐる男女には、まるで何事もないかのやうでした。張紙に気の付く者もなく、号外は紙屑になつて綺麗な場所に散らかるばかりでした。

あれは一体何処であつたか知ら？　といふ事を験べるために、私は毎日図書館へ通つてゐました。仲々に判りませんでしたが、或日、其処で先生に逢ひました。話をすると先生は、直ぐにも傍の書棚の中に見付ける様子でした。しかし既に私が験べてゐる通り、そこにはありませんでした。すると先生は、確かにあつたから君はその中に見付けるだらうと云つて、驚いた事に、私の経験をもつてそれは小説だと云ふではありませんか。そしてピエトフといふのは、そんなふうな事ばかり書く作家だと附け加へるのでした。

青い独楽

私の乗つてゐる汽車が、青い夕景の山麓に沿うて進んでゐます。車掌がやつて来てみなさん灯をともしますと云ふと、忽ち周囲から「駄目だ！」「灯をつけてはならん」といふ怒号が起りました。窓の明りにすかしてみると、乗客と云ふのがみんな、尻尾や角の生えた者に変つてゐる……かと思ふと、急に汽笛を上げて汽車が停ると、辺りの山々からは火と煙が立昇つてゐて、馬に乗つた、青や金箔の装ひを付けた異形の者共が列車を取巻いてゐたり……さうかと思ふと、私の下りた侘しい海辺のプラットホームの椅子に、手のひらで顔をおほうて待つてゐた人があつて、私の買立の山高帽を取るなり、クシヤ〳〵揉んでくるりと裏反して、そこを一擦でして真白いしやれたダビーに一変させたり……

勿論、これらは私の夢なのです。私は一度お父さんの家へ帰らなければならぬのですけれど、つひ臆劫さに数年も音信不通の儘に過して来てゐるので、その気懸りが多分そんな夢々となつて現はれるのでせう。

然しこの夏、私にはやつと、あのしよつちう雲の影によつて、明るくなつたり暗くなつたりしてゐる海辺の小都会へ帰つてみる機会が与へられました。お父さんは私の顔を見るなり「丈夫なのが何より」と云つた切りでしたが、その晩私は「――やつぱり家であつた！」と、そんなことを叫び乍らうたゝねからハネ起きました。廊下の方で涼んでゐたお母さんや、海水浴に来てゐる姪などが入つて来て、ドツと笑ひました。

つまり私は、自分の家へ帰つてゐる夢を見てゐて、そしてその夢の中で、これも何時ものやうに夢ではないのだらうかと疑つてゐたらしいのです。然しそれは夢ではなかつたのでした。そしてこの奇異な事は、お母さんをして大そう上機嫌にさせたやうでした。お母さんは後刻、岐阜提灯の下で、お父さんにそつと云つてゐました――

「やつぱりあれを廻したからですよ」

すると、丁度傍に居合した年寄のおばあさんが、

「ふーん、あれを廻したのか」

と感服した様子で云ひました。

私にはそれが、つまり私が一度顔を見せるやうにとのお咒《まじな》ひみたいな事が、お母さんからお父さんをそゝのかして行はれたので、そのタネと云ふのは、何か青い、小さい独楽であるやうに感じられました。このときおばあさんが私の方へ云ひかけたものです「こんな

事、本に出るのか」

多分、そこに放り出されてあつた婦人雑誌から気付いたのでせうが、私は、別に差支へはなからうと考へて「この霊験あらたかな話も、若し誰か東京の本屋の人の耳に入つたら出るかも知れない」と返事をしました。お父さんとお母さんとは、聞かないふりをしてゐました。

※
※　※
※

これが矢張り私の夢に過ぎませんでした。ところが、今度は本当に、自分の家に帰つてゐたときに、私は独楽をひねる手付をお父さんの前でしてみせました。「何?」とお父さんは振向きましたが、もう一ぺん独楽をひねる真似をすると、ひどく慌て、「イヤー」と云つて笑つて了ひました。

時計奇談

ロドリグエス島を左舷に見てから幾日経つたであらう。私はいやにギラつくカノープスを見守つてゐた……。

――ヒヨットコ奴！　走つてゐる汽車を、レールの向う側からとこちら側からと眺めたときの区別が付かねえかよ。

と云ふ声がうしろの方でした。別の声が速答をした――

――おら、お天道のレールなんか知らねえ。

――チエツ、先日通つた赤道といふのが、そのレールさね。ヒヨットコ奴！　何べん同じ事を喋らせやがるんでい。

私は肯いた。実際、右から左へ動く太陽なんて奇妙で、どうしても西から昇つて東へ沈むとしか思へない。うしろでは第三の声がした――

――元来時計といふものは北半球で発明された。棒を立て、その下に出来る影を見てゐると、西の方から北寄りに巡つて昼には一等短かい。これが東へ伸びたら日の入だ。この影の通路に目モリを附けて、時刻を判るやうにしたのが日時計で、この日時計をゼンマイ仕掛に改良したのが時計だ。

——と云ふと、南半球で発明されてゐたなら、針の動きは逆であつたかも知れないつていふ寸法でがすな。

——さやう！　現に南半球で使用されてゐる時計は、みんな針が逆に廻るやうになつてゐる。北半球式の時計は赤道近ぺん、それも南を向いたときだけにしか通用しない。北の方を向いたときなら南半球式に依らねばならぬ。尤もこんな使ひ分けは一年中で二日に限られてゐる。これは正午に太陽がちやうど頭の真上にあつて、影が足の下に煎餅になる日であつて、他のときは北か南かどちらかへずれてゐるから、北のときなら南半球式、南であつたら北半球式といふふうに決められてゐる。だから懐中時計には両面に針があるし、針は片面だけだが目モリだけで、数字がないといふ狭いのもある。

——西か東かを向いて時計を見たら、どうなんですかい。

——見付かつちや大変だ。軽ければ立小便といふ所だが、わるくドヂると、グリンニッチ天文台にある万国時計委員会の審問といふのに廻さなければならんからな、何しろうるさい所だよ。

——全くだ！　第一熱いしね。

兎の巣

あの見窄らしい街角のカフエ、それは世間への申しわけ、トイレツトの大鏡を抜けると、其処は二丁目がない**クラブランフエル**！　青い光がクルクルと棕梠《しゆろ》に縺れるあたり、一通りのナイトクラブとは聞いた。が、子供偽しのムービイぢやあるまいし、登つてから梯子を取外して了ふやうな芸当が、さう続けられやう訳はなし、続けられては堪るかい。月高き刻限、甲虫隊の包囲、街が桃色に明けた時、ビール腹の署長殿を取巻いて、先づは目出度い乾盃であつた。

が、今一杯のバケツの水を惜んだのが手ぬかりだつた。薄らぐ筈のほとぼりがだんだんと煙を上げ出して、**クラブランフエル**はそのドンデン返し、鏡仕掛のカラクリに磨きをかけて蘇生した。検挙はぬからず行はれたが、入口を探すのに小一時間は手間取つた。鼠は逃げて了つた。イタチゴツコが性懲りもなく、三回四回と重ねられると、其処には入口がなかつた。それは入口が無数にあるといふ事であつた。かくて現場は抜け路であり、逃げ路は捕へ場所、見付けた場所は探す所、何と呆れた穴だらけで、穴ばつかりのやうなもので、あの界隈一帯のバルコニーや地下室、下水の底から倉庫の天井まで、ひつくるめてのラビリンスだと報告されたから、しかも縦横無尽の立廻りは、市街戦に異ならぬと附加へられたからには、流石のビア樽先生も、ウーンと腕を組んで了はずには居られまい。かてて加へて鴨が荒鷲であり、獅子と見たのが栗鼠であり、互に取つたり取られたり、やられたと見せてしてやつたり、落した途端にひろつたり、ひろふと掛けて落したりなどしてゐたのも、今は懐かしの昔噺になつた空おそろしさに、まんざら別荘を知らぬ御人態にも見受けられなかつた。マネジヤーも経営者も茫然として魔宮の渦に陥没して了つた。かうなれば、支配人も、パトロンも、踊子も、バーテンダーも、楽士も、カウンターも、お客様も、給仕人も、コックも、用人棒も、玄関番も、誰が誰やら、何が何やら、どれが贋者で、どれが本物やら……掃除人は客になり、ボーイは支配人になり、踊子は貴婦人に変り、紳士は御用聞に化け、靴磨きは探偵になり——なつたはづみにはコンダクタアに早変りして、入れ変り立ち変り、あちらから出てこちらに入り、向うに隠れて上から降りて来る。帰つたと見せて入つて来たり、入つた途端に消滅したり、芝居の裏には芝居があり、その芝居の大詰が一等始めの手品の幕開きになり、その又手品にはタネがなく、タネのないのがタネになる……検挙は続けられてゐる様子だが、夜ピテの大乱痴気には何の変りも

ない。不思議、不思議、何処かには大きな穴があいてゐるに相違ない。が、それは誰にも判らぬ。その誰が誰やらさへも判らぬのだ。何しろ**クラブランフエル**は御はんじようだ。摩訶不思議なる御はんじよう！　御はんじよう！

円錐帽氏と空鑵君の銷夏法

――あれから鶏を集めようと云ふ計画が企てられたが、怖気付いてトキを造らない、いやてんでに雛が育たぬ。で、失敗に帰した。然し間もなくコリント市から、エディポスならぬ、テインハツト及びデツドメンと云ふ途方もない最新式の青年がやつて来て、幾十世紀間に渡つてこの土地に巣喰つてゐた陰気な者共を、すつかり掃除して呉れた。今日はその更生の祝ひ日であると、かう再会の紳士は私に説くのであつた。――陰気の者共とは、私もこの前に一寸耳にした事があるが、それは、歴史的に由緒のある此土地から発散してゐる一種の憂鬱なる磁気とでも説明したらよからうか。

「――で或晩、終列車が着くと、停車場から、ブリキ帽を冠つた男とビール鑵の束を下げた男とが出て来て、暑気の為に茹つてゐる人々の間を縫つて、何処へか姿を消して了つたと申します。先づ小手調べにこの町を選んだとは流石だわいと、拙者は今もつて感心して

居りますが、貴殿は外国の御方だから御存じないけれども、一体この町にある墓地は云ふ迄もなく、その他の家や曲り角や坂路などで、妙な噂を持つてゐない所なんて一つだつてありはしません。市民は互に隠しつこをしてゐるもの、それは公然の秘密なのです。――だから次の明方になると、当然の結果として、前夜の異形な二人の客は蜘蛛の巣だらけになつてゐたが、兎も角、五六匹は確実に捕へたと云ふんです。如何なる方法に依つて……」

「一寸お待ち下さい！」と私は口を挟んだ。どうやら、この町に巣喰つてゐた悪地主や坊様連を指す丈ではないらしい。「いやもう少し喋らせて下さい。これは洒落ではないのですから」と紳士は云つた。そして私の態度如何に一向に構はずに、話を進めた。「その捕獲法は秘密にされてゐますが、まあこんな所を想像してみたら、大体に於て間違ひなからうと、拙者は考へるのです。即ち、今申し上げた最初の夜にしてもです、客人は屹度、久しい間打棄てられてゐる様な空屋か、或は水車小舎へ入込んだものに相違ありません。それも詰り、町全体が今も云つた事情の下に在つたのですから、何処へ忍び込んでもよかつた訳です。そこで彼等は、梯子段の下とか、地下室とか、天井の隅つことかを捜し廻つたのです。それ居た！　ブリキ帽です。此が実は口元へ短かいチユーブを蠟付にしたメガフオンなんですが、こいつを持ち直して、件の相手の上へサツとおつ被せる。シヤボツ！と云つて、圧へ付けられた奴が上方の穴から脱出しようとする。然し其処には逸早くビー

ル罐の口が差込まれてあるから、奴さんはまんまと罐の中に納まつて了ふと云ふ段取になります。ではその相手とは一体どんな風なものか？　拙者の考へる所、先づ湯の中で溶いた卵黄と云ふ所ですな。モヤ〳〵とした廻転楕円体？　左様、そのネビユラです。かう云ふと貴殿は、成程、話は少しく奇妙な様だが、それは只それつ丈の事でないかと受取られるかも知れません。が、今の様な事があつて、一週間目に当る暗夜には、公園の広場で捕獲物の公開実験が行はれたのだから、先づ相当に買ふ必要があるのではないでせうか。――空気に中和して了ふのが大半でしたが、それでもテインハツト氏が創製したネビユラ状に対する凝結素が効を奏して、或程度の光りものや、煙の渦巻や、又、核のある靄のかたまりなどが罐から飛出したのです。勿論、それが手品などであらう筈はありません。本物なのです。それは、祖先代々からこの品目に対する眼識を養つて来た人々に依つて確められました。この一夜を機会にして、裏側のものが表側に入替つた、と云ふのは、斯様な催しを毎晩やつて、近年稀な暑気に悩まされてゐる市民を慰安して呉れと云ふ申出を手初めに、コリントから来た狩猟家の前には続々と申込みが殺到した。引張り凧になつた二人は、毎晩多くの地主達の屋敷や、庭園や、寺院を駆けずり廻らねばなりませんでした。貴殿は惜しい事をされましたよ。今一週間早くやつて来られたら、政府の依頼に依つて再び此処へ出張してゐたテインハツト並びにデツドメン両氏の大懸りな仕事が御覧になれる筈であつたからです。夜通し塩酸ストロンチユームの発光器を使つて、盛んにやつてゐまし

たからね。――この赤色の光線を使用すると、発見に大層便利であるばかりか、対象を毀損する惧れは殆んどないと云ふのですが、さう云へば、別に一種の磁気発生器が併用されました。詰り、テインハツト氏に依ると、かう云ふのです、出没する者共はそれ自体としては、何の意味も有つてゐない影に過ぎぬが、只外部から働き掛けるWILLに操られて活動をする。所で当地方に残存してゐる発動力と云ふのは、その最も執拗なものでさへ近来は頓《とみ》に衰滅に近付いてゐるから、此等を振興させる――と云ふよりも其等に替るべき別の原動力を求める必要があると。この見解の下に案出されたのが、奇妙なマグネツトであつて、そいつを利用して狩出しが始まつたものですから、さあ奴さんの間には大恐慌が起りました。遁れようとして騒ぐので、彼方此方に火が燃えたり、物音がしたり、扉や窓が開いたり閉つたり、家具がふわ〳〵と宙に浮上つたり、いや早夜ぴての大騒動で、そんな始末が一斉に起つたものですから、町ぢうが一遍に涼しくなつて、為に氷の需要もパツタリと止つて了つた様な次第でした。この三週中に捉つた者共は総てアテネの博物館へ廻されました。中には大した時代物も混つてゐます。ボロ〳〵になつてゐるが、王様だとか、皇后だとか、一群の親衛隊らしい者がそれですが、比較的新らしいものとても、精々十九世紀止りだ相です。全世界を通じて近来、殊に大戦以来はめつきりと発生率が減少してゐるとの事です。その筈でせう、吾々が一寸考へてみても、土饅頭や十字架の辺りにはもう大して営養物もなからうし、その為にこそ反つてこんな特別保護地帯を指して移住して来

るのでもありませうが、然しこの忘れられたトレミイの遺跡とて何時迄もランプや蠟燭ではありません。薄暗い木立や池も日増しに取払はれ、埋められて行く一方には、昔堅気の正直者も減じるから、如何に活潑な原動力だつて機能を発揮するには困難でせう。それに凡そ現実生活に働き掛けない WILL なんて、近頃は犬だつて食ひやしません。そんなら大戦で埋合せが付いたらうと云ふ疑念ですが、これも、あの科学戦の振動と攪乱を以てやられた日には、完全に、瞬間に電離されて、それこそ本当にお芽出度なつて了つたであらう事は推量が出来ます。さう云へば或晩、テインハツト氏は、自動車のライトの為に真二つに引裂かれたのが、墓地の塀の上から顚落するのを目撃しましたが、この事に依つて、試みに小型のサーチライトを天空に差し向けた所、不意の打撃を食つて粉々になつたのが雪片の様に降り始めたと申します。――かう云ふ事がありました。レスボス島にある某氏の別荘に於ける饗宴にですね、幽冥の彼方から招かれた亡人の賓客が列席して、数名の婦人を気絶させ残る数十人をして悉く風邪を引かせて了つたと云ふのです。しかも涼しい客人の紹介者には莫大な報酬が与へられました。以来この種のフアンシイは其処此処で流行してゐますが、貴殿は街をお歩きになつたら、飾窓の中に、青レツテルを貼つた奇妙なシヤンパンを認められるに相違ありません。これはそんな夜会用に発売されてゐるものであつて、如何なるものが封じ込めてあるか、コルクを抜いてのお慰みですから、此処では申し上げますまい。尤も此等はレモナーデや、シヤンペンサイダーの様に手軽には手に入れ

られません。然し、だからと云つてそれが贅沢品であるなど、は、麦酒工場乃至製氷会社の中傷でしかありません。拙者は至極公平なる立場からその様に判断をするのです。何故ならこの夏の盛りには、バケツ一杯の氷だつて優に同様な値段を踏んでゐたのです。成程、此方にはレモンの香りがしないのみか、少々癖のある妙な匂ひのする事は拙者も認めます。が、さうだからと云つて、それが害になるなど云ふ結論は何処からも引き出せませんね。さうなのです、テインハツト氏に依ると、この辺りは世界中から集つて来た者共がウヨ〳〵と混み合つてゐる。そして現に吾々はそれを吸つて生きてゐる様なものだから、若しも有害であつたなら、今日まで無事に過されて来た筈はないではありませんか。それから又、喉元過ぎる丈の清涼飲料に較べて、此方はその為に腹を毀すと云ふ様な懸念は絶対にありません。冷気と来たら東西無類で、朝夕は些か寒い今日此頃までも居残つて、不意に部屋を横切つたり、曲り角で正面衝突をやつたりするのですから、これは効果が有り過ぎる程だと申さねばなりますまい。正直な所、誰しもこれには持て余してゐるのです。今晩にも貴殿はそれを体験なさるでせうが、皮膚の弱い人に取つては実際冗談事ではないのですからね。テインハツト氏も流石《さすが》に狼狽して、対策として分散液の放射と云ふ事を思付きましたが、何しろ目下多忙を極めてゐるので、充分その方に手が廻り兼ねてゐる模様です。……」

ポオやホフマンやビアースが空想してゐる様なものが、美術品として製造されようとし

てゐる事や、又、囚へられた者共は、或種のメロデーや、花や、花では蘭と百合とを特に好んでその近辺では頓に活気付くと云ふ事や、そんな訳で町ぢうに咲く蘭も、この機会に全部刈取られて了ふ事になつたが、これに対して老人連が異議を差挟まなかつたのも、一つの罏の中から出る冷気が、彼等のリウマチスに効用があつたからであらう……そんな事柄が話された。

又、テインハツト氏とその最近発明した、全国の墓地や化物屋敷に供へる為の一種の捕鼠器が、飾窓に出されてゐると云ふ事であつたから、後刻、私はその店へ出掛けてみた。特別廉売日だつたので、それを一組、奇妙なシヤンパン一打と共に手に入れた。それは今私の傍にある。内部を白く、外側を青く塗つたレンズのない簡単な幻灯器みたいなものである。罏の方は見た所水の様なものも煙みたいなものも入つてゐないが、説明書には、冷暗の所に蔵して折々月光に晒すと五年間は保証するとある。附属品に、濃いコバルト色をした小罏が付いてゐる。これは現像液と云ふ風なもので、何かドロ〳〵した少し臭素加里の匂ひのする液体が入つてゐる。何れ実験の結果は別に報告しよう。

善海（ぜかい）

日の本とはいふが、たかゞ東海の粟つぶのやうな国だ、何ほどのことがあらう、と唐の大天狗善海坊は、海をこえて乗込んできた。まづ同業の愛宕山の太郎坊に案内をたのんで、比叡山へやつてきた。内裏の御修法のために山を下つてゐた僧は、松の梢に稲妻とけむりを見て立ち止つた。数刻後、善海坊は岩の根つこに叩きつけられてゐた。くだんの法師と問答をかはしてゐるうちに吹き募つてきた、あんな恐ろしい風は、まだ覚えもつかなかつた。邪魔をしてやるどころの話ぢやない、此方の生命が危いとさとつて、さつそくに退去することにしたが、思ひなほしてまた戻つてきた。

「こんな神国だとは知らなんだ、もうやつてこまいぞ。」

といふ声ばかりが虚空に残つて、姿は再び雲間に隠れてしまつた。

星は北にたんだく夜の記

烏鵲《うじやく》の橋のもとに紅葉を敷き、二星《じせい》のやかたのまへに、風冷やゝかに夜もふけて……ですけれども、これは夜もずつとおそくなつてからのことで、夕がたは、まだ八月のか、りの昼間の汗が残つてゐました。赤いランターンのならんだ海岸通りのビルデイングの屋上の受付で、同窓会名簿を貰ひましたが、会が始まるまへに、鉢植の棕櫚の蔭でちよつとひらいてみて、黒丸のついたそのひとの名を見つけました。もくせゐの人も世を去つたのか、とわたしはなにかなしに心の中で歎息するのでした。、、、、

お天気の日には芝生でおこなはれたチヤペルの時間に、わたしたちのすぐ前の所にならぶひとなのです。

両手を小わきにやつて、片方の靴先で軽く土をけりながら、くだんのひとは正面のむら

さき色の山並を見やつてゐました。こちらから少しなゝめに、長い睫毛のあるその棗色《なつめ》の頬の線をながめてゐると、音楽に似た幻想がわき上つてきました。テニスコートの端でひろつた白いボール、くぬぎ林に置き忘れられたロングフエロウー、峯つゞきの六甲山のびらうど張の山肌をひつきりなしに越えてゆく雲の影……いつかわたしのクラスメートが、その前方のひと、そつくりな姿勢をしてゐたことがあつて、たれのまねをしていらつしやるのと此方から声をかけると、相手はひどくあはてゝ真赤になり、それから二人のあひだに妙なわだかまりができてしまつたことがありましたが、わたしも一度、六甲山の池でスケート沓をつけて立上つたはづみに、よろ〳〵としてすぐ前に居合せたその同じひとの肩先に摑つたものでした。どうなすつたの、ゆめでもごらんになつて、とわきの者に云はれたのでまごついてしまひ、そのまゝ氷の下へ潜りこみたくなりました。どういふ理由か、みんなはこのひとのことは、いつも決して触れたがりませんでした。あるお昼休みにうはさが出たことがあります。さうすると日比《ひごろ》こんな話題を牛耳つてゐるそれがしさんが、キリリと肩の所を痙攣させたと思つたら、そんなことを話し合つていつたいどうしようといふつもりなの、と詰問するやうに云ひ放ちました。それで座が白けてしまつたのです。

秋十月、正門前に並木になつた古い金もくせゐの樹々は、脆い粉をこぼす小さな星形の花をいつぱいつけます。この道の両側に跨がつて僧院めく広い、西洋人の屋敷があつて、

紅殻《べんがら》色のバンガロウが見えてゐるはうから、いつも怕い緑色の目を光らせた老人が立現はれて呶鳴りつけるのでしたが、それでもみんなはあの小枝をほしがりました。とび上りさへすれば一等下の枝に手が届いたからです。けさも登校の途でそんな冒険がなされたことが、たゞちに知れるのです。あの小枝はどこに匿されてゐても、隣りの隣りのその隣りの教室まで香るのでしたから。遥か敏馬《みぬめ》沖のそらを行く定期航空のアエロのひゞきが澄んで、かのひとの瞳もいよいよ冴えてゆく日に、金木犀のかほりは似合ひました。そこから十四五マイルを距てたわたしの家にまでそれは持ち越されることがあるくらゐです。郊外の高台にある家で鳴つてゐる小鼓の音が、韻を籠めて、あをい傘のついたスタンドの許まできこえてくる夜、わたしはまだどこやらに微かに残つてゐる昼間の花のかほりを意識しながら、そのひとの名を呼んでみることがありました。こんな季節のある朝、たいそう遅くなつたので、汽車と平行に走つて郊外電車に乗りました。途中にある磯馴松《そなれまつ》にかこまれた停留所にとまつたとき、前方のドアからはいつてくるなり、わたしのちやうど前に腰を下したのが、鴇《とき》色の教科書の包みを小わきにした和服姿のそのひとでした。アツとおどろいたふうをして頭を下げたひと、同時に、わたしもおじぎをしました。気を鎮めよう〳〵とつとめながら、いま時分どうしてこのひとがこんな所から乗りこんできたのだろう、とわたしは考へないでをられません。そのひとのうちはお米の仲買店で、わたしはまだ知らないけれども三階の音楽教室の窓べに倚つてゐるときなど、その方角に視線をのばすと、

ごちや〳〵と甍をつめ合せてゐるその都会の西方のそらが、云はうやうない色合に霞んでゐたことを憶えてゐます。しかしほかに、須磨に別宅があるといふことをわたしは耳にしてゐました。それでその別宅へゆうべ泊つたのだなと解釈されました。わたしにも海寄りの方にふだん使つてゐない小さな家がありました。こゝへ友だちを呼んで、わたしは月曜日のあさ一緒に登校することがあつたので、きつとさういふ場合なのだと考へましたが、それにしてはその相手の友だちとは何人であらう、といふ方へ気をめぐらせないわけにはまいりません。

よその学校でしたが、仕立卸のキモノを着て坐つたをりには、向つて右側から、裾前の所へ、ジヨキツ！　とひとはさみ加へないではをられぬといふ性分の人がゐました。わたしの級友がそこへあそびに行つて、勝手がわかつてゐるものですからつか〳〵と廊下を進んで、ドアか襖かをあけたところが、皎々ともつてゐる電灯の下、アツと云つたまゝ双方ともに立ちつくしてしまひました……。この話をわたしは引き合ひにしないでをられません。けれども、あらせるべく、あらせまじく、歎きはあまりに優しいのでした。市電に乗換へると、深傷のソナタはやうやくタランテラに転調してゐました。かうして上筒井の終点を下りてからは、互ひに先となりあとになり、もくせゐの並木のあひだをすぎて門をはいりました。グラウンドの上を弓形に廻つて、静まり返つてゐる校舎にはいると、もくせゐが咲いてゐる場所から先に立つてゐた相手は、きふにうしろを顧みました。そして宝塚のたれかであるやうな笑をうかべて会釈をすると、そのまゝ緑色の袴のすそを飜して階段を駆け上つてしまひました。

秋々のアメサン屋形の金もくせゐとよく似合つたひとは、わたしより一つ級下で、このひとに気づいてからは足かけ三年の月日がかぞへられます。しかしわたしはまだ一度だつて話をしたことはありません。年をへし祈るちぎりも初瀬山をのへの鐘のよその夕ぐれでしかありませんでした。

これに反して、わたしがそのお昼休みに見たといふのは、初年級のひとりで、やがて話をするやうになつたと思つたらもう別れなければなりませんでした。だから、いそのかみです——いそのかみふるのわさ田を打ち返し恨みかねたる春のくれかな。

なんでも卒業式を目の前にひかへて、何か催物の下相談に神学部の前の芝生に集つてゐたときでした。かたへで遊んでゐた一群の中で、みんなからしきりにからかはれてゐる生徒があるのに、わたしは気がついたのでした。心持ち上向きの三日月形の口元に片ゑくぼがあつて、喉元のきれいな子でした。いよう、いよう、そりやあなたは天使だから、学校の七ふしぎだから……さう友だちにあびせかけられてゐたのは、わたしによくうなづけるので、見てゐますと、先方はわたしに気がついて、相手の肩をおして制めようとしてゐましたが、つひに居溜らなくなつて立ち上つて、この二人は縺れながら芝生の外れまで駆けて行つてしまひました。これから数日たつて、放課後に音楽室へ上つてゆくと、何かの予行が始まつてゐました。片すみに先日の喉のきれいな生徒が坐つてゐるのを見ましたが、ちやうど司会者が次の番を指さうとしてゐるときだつたので、くだんの子供はわたしがはいつてきたのをちらりと見て、指先を自身の鼻がしらに当て、こんどはうちの番だと隣りの者に示してゐました。うちとは云ひましたが、この主人公は東京弁でした。それはわたしがさらに数週たつて、風景画のエハガキを手にして下級生に取りかこまれてゐたとき、あたしにも頂戴ねといふ正確な発言がうしろにきこえ、振り返つて喉のきれいな子だと判つたからでした。

ジャンピンだといふことが知れました。これはテニスに関係した多少皮肉なわけからきてゐるあだ名です。ジャンピンの家は、正門前通りの一つ下の道の中ほどにあつて、石垣の上にある二軒つゞきの平屋のひとつで、しかし標札は二つ出てゐました。お父さんは年ぢゆう留守で、お母さんとふたり暮し。お母さんは毎あさジャンピンを表まで出て見送る風習がありました。わたしはそれからこの道を毎日のやうにとほつてゐましたが、一等初めの日、ちやうど石段の上から往来の友だちと立話をしてゐて、わたしを見かけてたいそうませたお辞儀をしたジャンピンには、どういふわけか決してそこでは逢はれないのでした。卒業証書を手にして、みんなから遅れてこの道を通つた日のことをわたしはよく憶えてゐます。近隣の村里に咲いてゐた紅椿は、あちらこちらに盛上つた桃に圧倒されてゐました。空はむらさきばんで、地平に近い所は胡粉と代赭《たいしや》の入りまじつた色をしてゐました。この日も、セメントの段々の上の鈴のついた小門は、まるで無人の住ひであるかのやうにとざされてゐたのです。

上京したわたしの許に、ジャンピンから百合の花のついたアルバムと、クリスマス用の広重のカードを綴つたのとが送られてきました。わたしが贈つた小匣に対するお返しのつもりだつたのでせう。その小匣をジャンピンに手渡した日、早朝から泣き出しさうであつた空からポツリと最初のひとしづくが落ちて、いまし方の署名のインキをにじませました。春雨はそれから降りつゞきました。

次の年の春浅い頃、わたしは山手通の青年会館でジャンピンに逢ひました。一年ぶりに目の前にしたジャンピンは、見ちがへるやうに大きくなり、物の云ひかたにも動作にも大人びたところが加はつてゐました。この夜更、青いシグナルが光つてゐる電車道まで一緒に歩いたとき、両がはの家々の門灯が四月の晩のやうにうるんでゐました。急進派としてきこえた東北の和尚さんが、わたしの町の東はづれにある寺へきてゐることを耳にして出かけたのも、やはりこの時分です。「なにがそのやうにおもしろくないといふのか」と昼食後の微醺をおびた頬を妻楊子をつかふことによつて顰ませながら、A師は云ふのでした。「わしが見てゐてあげるから、この前の海へとび込むがよい」それから暫く間をおいて、「どうしてそれができない。何故できないと云ふのか。それが不生不滅です。楠公をしてあへて湊川へ赴かしめたそのものだ」とたゝみ重ねるのでした。何かをしへられたと思つたのも当座です。その後の春にはいづれもわたしには似たり寄つたりのものでした。尾上の鐘の夕ぐれではなくとも、いそのかみふるのわさ田を打ち返すのでないとしても、わたしには世界は無味でした。かうして足かけ七年の月日がたつてしまつたのです。

ジャンピンについては、その後せつかく入学した上の学校も、感情問題から止してしまひ、いまは家でぶら〳〵してゐるのだときいてゐましたが、時折申しわけだけによこす便りにも、あたしはへんくつです、などいふ走りがきが見えたりしました。ジャンピンはしかし、この日、西灘駅までわたしを出迎へてくれました。

以前の筒井台の家からはずつと海寄りの工場地帯に近い、真新らしい二階屋でした。愛人とは狭つ苦しい所に住んでゐて、きやうだいがたくさんあるものではないのでせうか？ジャンピンでは、工場寄りのごちや〳〵界隈だといふことがそれとは一致してゐました。わたしは、お母さんだといふ案外に若い、やさしい物の云ひ方をする人に初対面をしました。階下から飲物やたべものがひつきりなしに運ばれました。わたしはジャンピンの悩みについてきかされぬわけではありませんでした。それはね、とわたしはスプーンと箸とでもつてお盆の上に鋭角を作つて、云ひました。この一本からあちらの一本へあなたは一足とびに移らうとしてゐるがそれは無理だ、元も見返さなくちや……この二本が行き合つてゐる箇所へ立帰りさへすれば、お隣りの匙まで行くのはわけはないし、そのほか、こゝから出てゐるどんな世界にだつて行ける……

黙つて耳をかたむけてゐたジャンピンは、まあどこでそんなことがお判りになつて。近頃あたしの思つてゐることと同じよ、と、汗つぶの光つてゐる鼻がしらにのつけた飴色のふちの近眼鏡のおくで目を光らせました。紅い花が咲いてゐて、そのはうへたれかの手がそろ〳〵と伸びてゆくと昔かたられたことを、わたしは喚びおこしました。その花を摑んだならば世界はおしまひなの、破滅なの、それなのに手は少うしづつ伸びてゆくのよ……まあどうしませう、といふゆめです。手は、ジャンピンがゆめ結ばぬ夜の間に伸びて花を捉へたのだ、ですから、ジャンピンはけふはそのやうな話題には何もふれないし、自身またすでに花ではありません。わたしのうたはよし野山、花のふるさと趾たえて空しき枝に春風ぞ吹く。嵐のやうなものがひと吹き過ぎたやうな、いく分呆れた、あきらめたところがあり、目の前にゐるのはふくら雀めいた、女医にしくじつた只の娘にすぎなかつたからです。あたしはまだこれからだといふのに、そんな晴れがましい場所へはとてものことだ、とさう云ふので、それではとお暇して、見送りをことはり、わたしは狆がつないである玄関を出ました。

もくせゐのひとには数年前に逢つたことがあります。湊川神社の前から市電に乗りこんできて、つれの妹らしい女の子と共に私の前に坐つたのを見たからです。十月の朝のやうに、けれどもこんどは取澄した素気ない会釈と共に、向ひ合つて腰かけた人を、これがあのひとだつたかしらとわたしは見返さないではをられません。まるでトゲ〳〵しいかほになつて、喩へば「紅葉狩」の咸陽宮の火焰を吐く鬼女めく陰影さへどこかに感じられるのでした。わたしが初年級のとき、やはり同じ方面から通学してゐるクラスメートがありましたが、この人をひつぱり出すために上級生たちが大さはぎしてゐるのはもつともだと受取れました。汽車の煤煙がその人の目にとびこんだことがあり、まぶたをこすりつゞけてゐたものですから、そこからは停車場を四つすぎて須磨に下りるときには、涙のあとのついた真赤な目になつてゐたのを、わたしもよきものと見たことを憶えてゐたからでした。この人はしかし間もなく教会から破門され、退学処分がこれにつゞいて、それから間もなく亡くなりましたが、その時分、以前水ぎはの鴿《はと》のやうな姿を朝毎に見せてゐたその同じ駅の開札口に立つてゐるのを、わたしは汽車の窓から目にとめたことがありましたが、その頰にもケンがあつて、いまは窶れほそつた両肩をさも捨鉢なふうにゆすつてゐるのに、「我民の女はむごく荒野の駝鳥の如くなれり」といふエレミヤ哀歌の文句をよび起したものでした。これらのことが、その夜同窓会がすんで元町通りを歩いてゐるわたしのひとり想ひに引き出されてきました。

ジャンピンはヘウタンではなかつたのだから、とわたしは、友だちと離れて歩きながら打ちつゞく飾窓を無心に見やりながら考えました。――ヘウタンといふのではなかつたから大ワザでない。フクはヘウタンになるがそのほかのものにも変る、そのほかの何かにジャンピンは変つてしまつたのだ。そしてつけ加えるのでした——よし野やま花のふるさと跡たへて空しき枝に春風ぞ吹く。

昔わたしたちのあひだで流行した使ひ分でした。フクとはいと芽出たき一切を指します。ワザとはきせるの雁首があんなふうになつてゐるやうなことを云ひます。もしもこのものが優美であるならば、ワザでなくへウタンと申します。でもこのへウタンが電車に轢かれてたてに切れたらば大ワザになります。

暗い坂道へまがると、さすがにそゝや秋立つ空気でした。北のかた、ひときは漆黒の陵線の上、短冊にあるやうな雲のたゝずまひ、そのあひだに覗く澄んだ星影、何か遠いふるさとを想はす空合でした。それがしさんが寄りそうてくるなり、新古今集ね、と云ひましたが、わたしも、〽——人間の水は南、星は北にたんだくの天の海つら、雲の海呂水の堤の月にうそぶき、水にたはむれ、波を穿ち袖を返すや夜遊の舞楽の時すぎて……と「天鼓」の一節をおもひ浮かべてゐたところでした。あの日のもくせゐのひとも、わたしの方も、かぐや姫も、安寿も安らかに眠つてゐるやうなニッポンの天上界でございました。

タルホ拾遺

――クリスマス前菜として

第一話　冬の夜のできごと

ある寒い一月のばん、公園の片すみにある酒場で、紳士連が新年宴会をひらいていました。宴のさいちゅうに、一人の紳士が、となりの紳士の耳元でささやきました。

「こんばんの集りの中には、じつは人間に化けた星がまじっているよ」

耳うちされたほうの紳士が、さらにとなりの紳士に同じことをささやきました。それは順々にみんなにつたえられました。急に座が白けてきました。

紳士連は互いに腕ぐみして、どれが星であるか、見きわめようとしました。

「あいつだ、あんな青いタバコをすっているから、あれが星に違いない。」

一人が指さしたので、その正面にいた紳士は、みんなから寄ってたかって、ぶんなぐられた末に、表へほうり出されました。

ところで、座にはまだなんだか妙なこだわりが残っているのでした。

「いまのはどうも間違いらしい」

と一人がいったので、一同のあいだには、再びにらみ合いがはじまりました。

「この席に星がきてるなんて、そんなことをだれがいったのかね。いい出した奴こそ、あやしいでないか」

ひとりがいいました。

「そういう君はいったい何者だ?」

と他のひとりがいい返しました。

「わかった! 星はキミら二人のうちのどっちかだ」

三人目が発言したので、先の二人はアッというまに、寄ってたかって、ぶんなぐられて、表へほうり出されました。

ところが、妙な空気はまだ残っていました。さらににらみ合いになって、たれかが表へほうり出され、さらに探り合いになって、だれかがそとへけり出され、こうして紳士の数はだんだんへりました。最後の二人が、互いに「星である」「星でなんかない!」のつかみ合いをはじめました。酒場の主人はむろん仲裁に入ったのですが、給士らと共にケンカのまきぞえをくらって、とっくに表でひっくり返っていました。

とうとう一方が他の一方を表へほうりなげました。かれは勝ちほこった気持でふらふらと家路につきましたが、考えてみるとへんでした。

なぜって、一等チビの自分が、大男相手の三十回以上の格闘に参加して、一等おしまいまで残ったなんて、ふしぎでならなかったからです。ひょっとしてオレが星ではないのだろうか？　と、かれはうたがいはじめました。果たして、そうでした。かれはとたんにパチン！　と粉みじんになって、そこに星が一箇生れました。星はきらきらと光りながら、考えられぬほどの速さで、一直線に昇天してしまいました。

第二話　再び妙な空気になった話

ある一月のさむい晩、公園の片隅にある酒場で星さわぎがあったことを、みなさんはご存じでしょう。

その集りの席で、まるで神父様のような上眼づかいに人差指を天に向けて、「じつはこの集合中に星の化けたのが一人いる」と隣席の者に耳打ちした者があり、これが一同に伝わって、紳士連は互いにその星の化けた一人を捉えようとして大げんかを始め、とうとうおしまいまで残ったチビ氏が、「星は自分でなかっただろうか」と疑ったとたん、彼は燃え上ってそのまま昇天してしまった……という事件でした。

さてこの奇妙な出来事があって、しばらく経って、又同じ仲間が別の酒場に集会を催しました。

「これでみんな揃ったね」と年かさの紳士が、座を見廻しながら、云いました。

「――どうも先夜はひどい目に逢ったものだ。ところであの晩、終りまで居残って発光しながら上方へ逃げたというチビ君だが……そんな妙な奴が事の最初から座にいたのであろうか」

そうたずねましたが、誰にもそんな心当りはないのでした。

「判らぬはずだよ。それがつまり星の星たる所以でないか」

と一人が云ったので、一同のあいだから笑いが起りました。

「それはそうとしてだ」なんだか不服そうな別の声が笑いを揉み消そうとするかのように聞えました。「星であって悪いという法があるのだろうか?」

「いや、なに、只、そういうことを世間では云うからね」

別な声が答えました。

「それじゃ星が気の毒だよ。だって星は別に悪いことなんかしない。たかだか香具師だのちんぴらだのギター弾きだのに化けて、夕暮の街をうろつくというまでの話だ。それも確証があるわけでない。すべては臆測を出ない。それとも星から被害を受けたものがどこかに居るのであろうか」

　なるほど、その通りだとみんなが思いかけた時、違った声が出ました。

「そうじゃないね！　考えてみたまえ、たった一言の耳打ちがひろがって、あの始末さ。諸君は当座は腕や腰が痛かったことだろうし、頭にホータイを巻いていた人も、ボクは現にこの眼で見て知っている。この事実は、もともと星がそういう不吉なものだということを証明するものでないか」

「そりゃこじつけだよ」

　と先の、星の弁護人が云い返しました。

「おや、キミはボクに含むところがあると見えるね」

　と誹謗者が早くも彼の片手のこぶしを握り固めました。

「いけねえ！」

　と一等落ちついた人がつぶやきました。またしても先夜のような空気がみなぎってきたからです。

　つまり今夜の会合にも星がまじっているということになります。其の通り、いつかのような大乱闘が始まったことは、つけ加えるまでもありません。それは型通りに進行して、やはり一等チビ氏が大男を次々に叩き伏せて、自分一人だけ残ったのです。でも、彼はホッとするなり、「結局オレが星でなかったのだろうか」など疑いませんでした。従って昇天の必要もなく、彼は元通りに折鞄をかかえてオフィス通いをしています。但し仲間は、一件以来、彼には寄りつかないようです。それは彼を以て星に相違ないと思っているからでしょう。事実、先方は星なのかも知れません。第一、そうでなかったところで、彼らの疑いを差止めるわけにはいきません。それと共に、星々はこの世界の始まりから居るのでしょうから、そのうちの一箇がいったん人間に化けてそのままでいようと、いなかろうと、これも彼の意志による限りは差支えがないとしなければなりません。」そうではありませんか？

第三話　月の出前の事件

近来、灯ともし頃になると、星々が舞い降りてきて、ギター弾きだの、ならず者だの、香具師だのに化けて、其の辺をうろついているとの噂があった。「こんなことはずっと以前にもあったが、何しろ用心が肝要だ」と年寄連も口に出した。

ある夕方、「星がいま公園前の酒場で飲んでいる」との情報がはいった。ボクはさっそくピストルの中身をしらべてから、散歩者をよそおって、ゆっくりと公園の方へ歩いて行った。

早くも気付いた星どもが、バーの戸や窓から外へ飛び出した。かれらはすでに正銘の星形であった。星共は蜜蜂の宿替えのように互いに縺れ合いながら、百八十度の転回をやり、それからひとかたまりになったまま、アスファルトとすれすれの所を、広小路の方へ逃げ出した。ボクは呼子を鳴らした。其の辺に伏せていたお巡りが、めいめいオートバイに飛乗って、星の追跡を始めた。ボクは先頭のオートバイのうしろに跨っていた。

星共はガードを抜け、ブールヴァールから海岸通りへ曲った。どうして天の方へ逃げないのだろうかと思いながら、ボクはお巡りの背中をハリー、ハリーと呶鳴って叩いた。星どもはさらに右折した。ボクの買いたての緑色のソフト帽はとっくにふッ飛んでいた。

追跡部隊が桟橋へ突入した時、星の乗組んだ豆潜水艦は二百メートルも沖合に出ていた。われわれも哨戒艇に乗ったが、とうとう先方を見失ってしまった。ちょうど水平線から月が昇りかけていたので、船を岬の方へ向けて、一同はコニャックを飲み始めた。

ところが、金波が寄せている岩陰になにやら棒くいが突立って、揺れていた。よく見るとペリスコープだった。スクルーを止めて、惰性で近づきながら、小口径砲の照準をきめた。お巡りの一人がタマの上で十字を切った。そのタマを詰めて、向うの棒くいの直下を狙った――

手答えがあった。水けむりが上って、続いて煙が立ち、其の辺が泡だらけになって、油がひろがった。一同はバンザイを唱えた。星が上方へ逃げなかったのは、多分彼らが酔払っていたからであろう。それにしてもこちらが行き過ぎたように思われ、星が気の毒になった。でも、天には未だあんなに光っているから、少々やられてもよいではないか。ボートは月の出の海上を前後にゆれながら走っていた。

第四話　へんな処を突き抜けた話

公園の芝生のかどにガス燈が立っている。

このコーナを近道しようとすると、ガス燈の右側を通ろうとしても、側を左抜けようとしても、きっとガス燈の真下で、空気のかたまりのようなものに突き当って、どうしても直角三角形の斜辺を通ることが出来ない。

自分一人のことかと思って、こちらから見ていたら、近道しようとする者がみんなガス燈の下にひっかかって、けげんな顔をしながら、本道へ逆戻りしている。

ところがある晩おそく自分は酔払って、うっかりガス燈の下を抜けようとした。ぐッときたが、かまうものか！　と力にまかして通り抜けた。するとそれからは、空気のかたまりはなくなって、何人も自由に通り抜けが出来るようになった。

第五話　夜店を出そうとした話

「どれ、この辺がよかろう」

と自分は歩道のかどに立止って、アセチレンランプに点火させることにした。いくらやってもうまく行かない。赤と青のまじった焰を吹き出すと、忽ち消えてしまう。ネジをゆるめてカーバイトを搔き廻してから、マッチを擦るとパッと明るく燃え上るが、忽ち勢いが衰えて、元の真暗がり……何辺やっても同じことだ。チエッ！　と云って、連れの男は、使い果たしたマッチを叩きつけて、自分をかえりみた――

「旦那、そろそろへんな奴らがはびこってきやした。こんな晩は早く切り上げた方が利口でげすよ」

そう云われて、辻むこうの歩道をすかしてみると、どこにも灯影の見えないペーヴメントの上を、それぞれに尻尾をつけた夜会服のレディや白い胸の紳士や、太刀を落とし差にした、犬の首のついたサムライや、鳥の頭をした公卿や、其の他、写楽ばりの、わけのわからぬ、あいまいな、異形が、充ちあふれて、音もなく行き交うていた。

第六話　ホテルの一夜

ある夜、ホテルの高い一室で、吸いさしを窓の外へ投げたら、タバコはそのまま上方へ消えた。で、こんどはタバコの箱を投げてみると、これもツーと舞い上った。何事だろうと窓辺へ行って首を出すと、下方一面は星屑で詰っている。上の方へ首をねじると、ずっと高所に、さかさまに貼りつけられている自動車の列と半面に灯を受けたパームツリーが見えた。自分は、窓ぶちをつかまえようとするより早く、高い所に逆さにひっかかっているホテルの玄関口めがけて、加速度を加えて舞い上って行った。

第七話　かぶと虫にやられた話

ある真夜中すぎに、自分は、巻タバコの火のようなものが床を匍って、こちらへ近づいてくることに気がついた。

スイッチをひねると、火のついたタバコを背にゆわいつけた一匹の甲虫が、ドアの処から自分のベッドの方へ向ってうごいているのだった。ドアは少しひらいていたが、そこから寝台の下まで、なにか濡れたひとすじがついている。何だろうとベッドから乗り出して、その甲虫のレールに指先をあてて、次に指を舌につけてみると、大そう甘いものだった。そのうち虫が見えなくなった。火を背負った甲虫はベッドの下へきて、そこにある黒い、小さな樽に突き当って、あがいていた。こんな樽はゆうべ確かになかった。手で蹴り出そうとして、気がついた。その樽はダイナマイトだった。途端、自分は寝台もろともに天井をぶち抜いた……眼の下に灯に飾られた町と月光を受けた郊外の鳥瞰図がおそろしい速さで沈んで行って、くるくると廻った。

第八話　泣き上戸

ある晩、土星がルールブリタニアを歌いながら街角を曲ってきて、其処にあるバーへはいろうとしたが、入口に環が閊《つか》えたので、環を外して表へ立てかけておいてから、彼は入って行った。

そのあとへ自動車がやってきて、ちょうどバーの内部から投げ飛ばされた酒壜を轢いて、パンクして、止った。運転手は、彼の眼の前に立てかけてある手頃な環をタイヤの代りに車輪にはめて、元のように行ってしまった。

やがて出てきた丸腰の土星は、そこに環のないことを知ったが、アスファルトの上に壜の破片を見て、彼は何事が起ったかを察した。

再びバーへ飛び込んで、調理場から頃合いの鉋丁をえらび取って、片手に逆握りするなり、自動車が行ったと思われる方角へ、出来るだけ速く転がって行った。

あとで、バーの卓ではホーキ星同志が話を交していた。

「自動車のタイヤにされたんではなかなか見付かるまいよ」

「然し、土星の環には厚さというものがないから、直ぐに見つかる筈だ」

「ボクが本に読んだところに依ると、普通のタイヤと、厚みのないタイヤと、球状タイヤとが付いている自動車があるということだ。しかもそれには流行のきざしがあるって……」

「——だから、それは見つかりにくいとキミは云うんだね。よろしい！　そんなら改めておうかがいするが、此処はいったい何処だね」

「ここは……？」

「キミとボクが、いまこうやってコニヤックのグラスを舐めている場所さ」相手に返事の隙を与えないで、その声がだんだん高くなった。「云えないのかね。此処はそもそも第何次元の世界だとたずねているんだよ」

こう云いさま、テーブルの表を叩いたので、壜もグラスもふッ飛んだ。いっそう悪いことに、その言葉は相手の泣き上戸に火をつけることになった。

「キミは近ごろ何に彼につけてボクに絡んでくるが、いったいどんな魂胆でいるんだ」

と云いさま、一方はワーッと其の場に泣き伏してしまった。

白いニグロからの手紙

カイゼルの兄弟分、アメリカの兵隊のあなたは怖い。相手かまわずピストルをぶっ放す。パリの淫売の僕には何も無い。只秋波と手くだ。臆病な僕はカルメンでないから、あなたを先鋒とする軍に加わって淫売を止してからは、サフスティ弁慶縞の鳥打をかむって蜂雀《はちすずめ》になり、三色旗を振って二十世紀のジャンヌ＝ダーク、マルセイユを歌おうと思っている。

あなたは星が好きだ。星をつかみたがる。エスペランチストのように緑の星だ。兜のてっぺんにつけていることもあり、軍帽の正面に飾っていることもある。あなたは森や海の緑を消して、地球を新しいペイントで塗り直そうとしている。血もその一色らしい。人道の敵はあなただ。大戦中サブマリンに乗っていたのも、ツェッペリンの操舵室にいたのもあなたに違いない。

あなたは素敵なカーヴを持った裸の女優もピストル一発でやっつける。フイフイ教徒のように神様にだけ敬虔で、人間の拵えたものはみんな毀してしまえ、人間は虫である、魚なりという考えを持っている。

あなたと僕はいま戦線に立っているが、敵を仆したのち、あなたが、僕が手に入れようと思っているギリシアの神々や、マリアや、ナイトや、貴婦人たちを犠牲にしてしまいはせぬかと恐れる。それらはあなたの捕虜になって宮殿へつれて行かれたら死んでいるであろうからだ。それらに、プロペラはあなたの耳に対するほどに親しく響くまい。それらは悪魔の声とは思わぬか知ら。しかし敵を前にしてくだらぬ御殿女中の耳こすりは士気を頽廃させる。あなたが機関銃を射つあいだ僕たちは長剣を抜いて、竜騎兵団の突貫をやろう。いや僕はやっぱり死ぬのが怖い。

進め〳〵、パチパチ〳〵。

——伝令！

——ハッ。

——ムーア人の機関銃隊は全滅したか。

——参謀長閣下、機関銃隊は毒ガスの猛射を受けたにもかかわらず、緑色のマスクをつけて敵を掃射中であります。

——参謀長閣下、隊長タルホは凸レンズでもって三日月を分析し、ツルギのような有害月光の雨を注いで敵の一個中隊を全滅させました。

——参謀長閣下、隊長タルホは鏡を立て、鼻眼鏡を外して白粉を塗り、カイゼル髭をひねりあげてお化粧に余念がありません。

——馬鹿！

参謀長閣下、敵は潰走し、我軍の先鋒は市街に突入しました。タルホ隊は光のタンクで敵を追撃中であります。報告終り。

——副官、飛行機出発用意。

猩々緋《しょうじょうひ》にきゃしゃな肋骨の美女である副官二人は、忽ち甲斐々々しい飛行服姿に変る。

Vron Vron Vrrrr…………

一文字。

銀翼。

日光がチカチカ。

梟の眼玉。

——何も見えないじゃないか。

——おや、あの城閣は何だ。

——カルハンブラの街でございます。

旗が見える。

タルホ大汗国シュフ

——先鋒が早過ぎた。

——とうとう専制をやってしまった。

尖塔の上へ飛行機が止まる。機械仕掛の宮殿のラビリンスに入る。

小男がぴょっくりと出た。

——お前はベンタービンだね。

——大変〳〵。

——どうしたんだ。

——大王はヴィナスに素裸で逆立をさせ、マリアを蠟燭立に使って、ローレライを剝製にした。マダムドポンドウルの腋の下を便器にした、ショパンの頭は壁にぶっつけられて割れた。キミイラを海の底に沈めて、サラマンダを氷漬にした。評論家たちは炮烙《ほうろく》でいられて食べられた。みんな玩具だとしか思っていない。

——少なくとも不肖ベンタービンだけは違う。

——喜劇役者が玩具でなければ何なのだ。

——俺を理解しろ。

――お前はひんがら目のベンタービン。
――違う。俺はお前だ。だから玩具じゃない。
――*Hold up!*
緑色のマスクの男の二挺ピストルだ。
――コーランを信ずるか。
前に新月と星を描いた表紙の本がある。マジックで宙吊りになっている。
――読んでみろ。
顫う指にあけた。
――判るか。
――判らん。
――ベンは。
――判らん。
――馬鹿共だな。

★★★夫人のさんぱつ屋

向うでヒャッというこっけいな悲鳴が聞えた。「ベン公」と口に出そうとするより早く、あなたのピストルの白金の弾丸は僕のハートを三分の二以上貫いていた。

ある旧友からの音信

東京で生れ、東京で育ったくせに、どうして神戸の夢を見るのか。諏訪山に天文台があり、メリケン波止場にユニオン・ジャックがひらめき、ブラジル領事館の青空にどうして雲一つないのか。元町の月夜の空に、巨きなアコーディオンがかかっているのか。なぜ、神戸の春と紫のパンジーとが関係あるのか。考えてみると、イタラ会社のフィルムの一コマであり、それを映すのは君のようでもあり、ぼくのようでもあり、土星の白い輪から銀河沿いに、滝道の阪神の終点に降りてきた誰かなのか。夜空に坐って、ヘロインパイプをふかしても解らない。また、そういう種類なのだろう。

わたしのＬＳＤ

土星と酒場

ある晩、土星がルールブリタニアを歌いながら街角を曲ってきて、そこにあるバーへはいろうとしたが、入口に環が閊えたので、環を外して表へ立てかけておいてから、彼は入って行った。

そのあとへ自動車がやってきて、ちょうどバーの内部から投げ飛ばされた酒壜を轢いて、パンクして、止った。運転者は、彼の眼の前に立てかけてある手頃な環をタイヤの代りに車輪にはめて、元のように行ってしまった。

やがて出てきた土星は、そこに環のないことを知ったが、アスファルトの上に壜の破片を見て、彼は何事が起ったかを察した。

再びバーへ飛び込んで、調理場から頃合いの庖丁をえらび取って、片手に逆握りするなり、自動車が去ったと思われる方角へ、出来るだけ速く転がって行った。あとで、バーの卓ではホーキ星同志が話を交わしていた。

「自動車のタイヤにされたんでは仲々見付かるまいよ」

「しかし、土星の環には厚さというものがないから、直ぐに見つかる筈だ」

「ボクが新聞で読んだところに依ると、近ごろこの町では、普通のタイヤと、厚みのないタイヤと、球状タイヤとが付いている自動車が走っているとのことだ」

「――だから、それは見つかりにくいとキミは云うんだね。よろしい！　そんなら改めておうかがいするが、ここはいったい何処だね」

「ここは……？」

「キミとボクが、いまこうやって話している場所さ」相手に返事の隙も与えないで、その声がだんだん高くなった。「云えないのかね。此処はそもそも第何次元の世界だとたずねているんだよ」

こう云いさま、テーブルの表を叩いたので、壜もグラスもふっ飛んでしまった。いっそう悪いことに、その言葉が相手の泣き上戸に火をつけた。

「キミは近ごろ何彼につけてボクに絡んでくるが、いったいどんな魂胆でいるんだ」と云いさま、一方はワーッとその場に泣き伏してしまった。

ロビーにて

約束の時間に自分はロビーへはいったが、彼の姿はなかった。そればかりか、広々したロビーでは何も彼もがきれいに取片づけられていた。これはどうしたわけかと見廻していると、頭の上から彼の声が懸った。仰ぐと、高い天井にソファーや円テーブルが逆さまにならんでいて、彼はその一つの肘掛椅子に倚りかかってタバコの煙の輪を吐いているのだ。とたん自分は、頭の上からさかさまにぶら下がっている鉢植のバームツリーめがけて一直線に昇って行った！

加速剤

ある晩おそくバーを出ようとすると、おやじが、「これを一ぺんおためし下さい」と云って、新聞紙に巻いたボートルを一本くれて寄越した。

ひと口飲むと、カルシウム臭くて、味は無い。酔さましであろうかと思いながら、みんな飲んでしまった。すると歩いている足並がだんだん速くなってきた。おしまいには止めることが不可能になり、両側にガス灯の列がすじを引いてうしろへ流れて行くと思ううちに、大変な勢いで自分の住まいの戸口にぶっつけられた。

気が付くと部屋の椅子にかけていた。ドアは夕刻出がけに鍵をかけたままになっていた。どうしたわけかと改めてドアをあけて、表へ出てみた。とたん何か大きな板が倒れたような音がして、自分は元の部屋の椅子に戻っていた。ドアには前通りに鍵が掛っていた。ポケットからキーを出してドアをあけ、もう一ぺん表へ出た。とたん再び板の倒れる音がして元の椅子まで突き返された。依怙地になって、ドアをあけて表へ出てみた。こんどは音のするけはいはない。深呼吸しながらそこいらを歩いていると、向うからお巡りがやってきた。何をしているのかと訊ねるので、酔ざましだと答えたが、とたん大きな板が倒れる音がして、自分とお巡りはカギのかかった部屋で、向い合って椅子にかけていた。顔を見合わしたとたん、こんどは音が室内に起って、二人は外へほうり出された。とたん身辺に音がして元の部屋へ戻った。音がして表へ。音がして部屋の中へ。ポリスと自分は抱き合ったまま永久運動に引き込まれ、たぶん夜が明けたらどうかなるだろうと思うより他はなかった。

キャプテン・カポロを送る

――丸山薫追悼

五十六億七千万年なんざ束の間のまどろみ
近く逢おう
須弥を旋る金翅鳥のエネルギー源を
調べておいてくれたまえ

初出一覧

シャボン玉物語「中央公論」'23・12／**香炉の煙**「新潮」'24・1／**瓦斯燈物語**「文藝春秋」'25・5／**忘れられた手帖から**「文芸時代」'26・5／**バンダライの酒場**「G・G・P・G」'25・5／**星が二銭銅貨になつた話**「G・G・P・G」'25・6／**かもめ散る**「文章倶楽部」'25・7／**タルホと虚空**「G・G・P・G」'25・7／**坂でひろつたもの**「G・G・P・G」'25・8／**芭蕉の葉**「改造」'25・11／**秋五話**「不同調」'25・11／**散歩しながら**「文芸時代」'25・12／**僕はこんなことが好き**「驢馬」'26・5／**戦争エピソード**「文芸時代」'26・8／**滑走機**「文芸時代」'26・11／**僕の五分間劇場**「文芸公論」'27・6／**宇宙に就て**「手帖」'27・6／**生命に就て**「手帖」'27・7／**物質に就て**「手帖」'27・8／**人間に就て**「手帖」'27・9／**薔薇**「手帖」'27・10／**詩人対地球**「手帖」'27・11／**へんてこな三つの晩**「薔薇魔術学説」'27・11／**ハイエナ追撃**『天体嗜好症』'28・5／**カールと白い電灯**『天体嗜好

症』'28・5／**空中世界**『天体嗜好症』'28・5／**月に就て**「ciné」'29・5／**晩二つ**「FANTASIA」'29・6／**戦争**「ciné」'29・7／**質屋のショーウィンドー**「FANTASIA」'29・12／**タダ**「FANTASIA」'29・12／**一筆啓上**「甲虫」'29・掲載月不明／**物質の将来**「詩と詩論」'30・3／**羽根なしの歌へる**「FANTASIA」'30・6／**青い壺**「一家」'33・4／**東洋更紗**「羅針」'34・6／**犬の館**「羅針」'35・2／**空の寺院**「文芸汎論」'35・4**仙境**「羅針」'35・6／**ピエトフ**「四季」'35・8／**青い独楽**「文芸汎論」'35・10／**時計奇談**「文芸汎論」'35・10／**兎の巣**「羅針」'36・4／**円錐帽氏と空罎君の銷夏法**「蠟人形」'38・8／**善海**「辻詩集」(『辻小説集』)'43・7／**星は北にたんだく夜の記**「四季」'46・9／**タルホ拾遺**「作家」'58・12／**白いニグロからの手紙**「話の特集」'69・6／**ある旧友からの音信**「作家」'72・2／**わたしのLSD**「話の特集」'74・6・一〇〇号記念臨時増刊号／**キャプテン・カポロを送る**「四季　丸山薫追悼号」'75・6

空の美と芸術に就いて

天を慕うのは芸術家の個性である――ラスキン

前世紀の文明は或るかぎられた観念の上にきづかれたものであった。が、私たちの求めるのは、もっと高い、広い、自由な世界である。飛行機が来るべき文明の先駆のなかで、最もあざやかなものであるとは一般にみとめられていることだが、それは外形的な方面のみだけであろうか。空中飛行を一言に云うなら、私たちの平面の世界を立体にまでおしひろげようとする努力である。即ち、それによって土と水とに住むことができた私たちは、空中にも住むことができる自由な私たちになろうとするのである。単なるあそびではなく、長い間虫のように地球の表面をはいまわること以上に出なかった人類の生活を、思想の上にも、科学の上にも、芸術の上にも、よりひろく、より高く、より大いなるものにしようとする革命を意味する。

☆

太古から空は美の源泉であった。私たちは長い間空の下に住んでいたが、その美と偉大について知ることができたのは、ほんのわずかなものであったろう。とおい地平線に沈んでゆく夕日の方へとんで行きたいとファウストが云ったときに、弟子のワグネルが云った「私もずいぶん気まぐれなのぞみがわくが、まだ鳥の羽根がうらやましいなどとは思ったことがない。私はこの古文書をしらべて行くと一枚一枚に何とも云えぬたのしみがある」ファウストが云った「お前は人生のたった一つの慾望しか知らない。どうか生涯今一つの方を知らずにおらせたいものだ。おれの胸には二つのたましいが住んでいる。一つが一つからはなれようとしている。一つはむりに土をはなれて高い空をとびたがっている。この大気を支配している霊があったら、どうか金色のかすみのなかから下りてきて、おれをあたらしい色彩にとんだ生活へつれ出してくれ」ゲーテはさらに彼をして、飛行のつばさをもって帝王の冠より貴いと云わしめている。ファウストが人生最高の理想を象徴した詩篇だとしたら、空中飛行はたしかに人生最高のほまれにぞくするものでなければならぬ。

☆

こうして幾十世紀もの間さびしく鳥類のみにまかせたうつくしい空は、私たちにとって知られざる理想郷であった。だから今日、飛行機をとばせてこの別世界にはいった飛行家の胸のなかには云いしれぬ美的観念が生ずるであろう。空中にある飛行家にどうしてそんなひまがあろうと云う人もあるかもしれない。けれどもそれはもはや昔のことで、今日の完全な機械と熟練した技術による自由飛行の場合には、飛行家は地の上のにごった空気をはなれて、高い空のすがすがしい気流と光のなかを駆ってうつくしい大地を見下したり、かがやかな青空をあたまにして羊毛のようにツヤツヤした銀いろの雲の裏地をかすめたり、さては数万フィートの鳥も住まない人類未知の高空におけるさびしさを味わったり、地上の人にはとても能わぬとおい地のはてに落ちてゆく夕日を拝したりすることができる。

この空中感についてキャプテン・トクガワはこう云った「空中感と云って特別に簡単な言葉で説明するのは六つかしかろう。飛行家の頭脳を解剖してみて、そこに果たして特別の細胞が組織されているかどうかはわからぬが、三千年来の夢が今日やっと実現したまでのことだから、人間は一般に同じ空中感を頭脳にもっている。飛行家は他人のまだ味わい得られぬ或物を空中において得ているが、他人と云えどもまだ味わい得られぬだけで、エレメントはもっているにちがいない」と。「かぎりもしらぬ処女の空のみどりのふかみへ、快速力にとんでゆく快さは飛行家のみの特権である」とスチンソン嬢が云った。「花のあいだをとびまわる蝶のように空中にある自分はたのしみにみちている」とはヌーベルラタムの言葉だ。陸軍のある飛行家はかたって「ひとりではじめてのクロスカンツリーをしたときに、機上でゆかいなロマンチックを空想したり、すぎ往いた少年時代の生活や行末の理想などにふけっていて、きゅうに風にあおられたのでおどろいてハンドルをにぎりしめたことがある」

☆

ヨーロッパ大戦以前にモスコーの練兵場に起ったことである。ロシヤのニヒリストの青年飛行家が、ある皇族を同乗させ空中から突きおとす目的で飛行をはじめたのである。高空にのぼってゆく飛行機を見て、他の虚無党員は皇族の墜落を今か今かと待っていた。飛行機は春空に円をえがいてとんだが一こうにそんな模様もなく、やがて空中滑走によって着陸してしまった。党員はにわかに胸さわぎをおぼえた「あの飛行家は買収された」「速かに彼を殺害すべし」と放言をはじめたとき、しおしおとしてきた青年飛行家は愛する妻に向って何事かを述べると、ひとりでまた飛行機に乗って二百メートルの空から、自分でハンドルをこわして墜落してしまった。彼が妻にあたえた遺言には「大空高く自分のとぶとき、発動機のひびきを除いては何の音もきかぬ。自分と同乗したのはわずかにして得たひとりの友である。どんな残忍な性質をもっていると云ってもこれを殺すには忍びない」

これにつづいて思い出されるのは、あのヨーロッパの空ではさかんに空中戦が行われたが、それにしたがっている飛行家は自分のちかくに爆発する敵弾の白煙や閃光に対しても一種の美をかんじ、きわめて客観的な心もちをもってつとめを遂行したということである。これらは空中にある人々の心もちを察するのにふさわしい材料でなかろうか。

☆

ふつうに芸術家のエレメントは感受性にあると云われているが、飛行家の第一要素もそれにかかっている。これまでの人間はただ水平の運動のみについてたしかな感覚をもっているが、飛行家は常に上下動や、宙返りや、インメルマン、トンノー、ピック、ブリル、などに代表されるあらゆる空間の複雑な運動に対して鋭敏な感覚力を養いつつあるのである。ときとして五官にはかんぜられぬ神秘なあるものに対する感覚、即ち第六官とも名づくべき働きを飛行中のかれらのある者がかんずるというのも、人類本能の進歩として注目さるるべきことでなければならない。あのギネメル中尉のごときは志願兵になろうとして、体格がわるいために五度も失格した。ところが一たび飛行家として立つと、たちまちアスのなかのアスとして、かつて世界に生れた最も驚嘆すべき飛行家とたたえられるに至った。ヌーベルラタムは六度の近視にして豪放な飛行ぶりを示し、新興フランス青年の典型とうたわれ、蟄居とゆううつの所産と云われたデラグランジは、一たびハンドルをとるとかもめの水をおよぐような手腕のもち主であった。「デリケートな飛行機の操縦に却って強壮な人は無用に思う」と云ったカザリンスチンソンの言葉にも、ここに至ってある真理がみとめられよう。

こう考えてくると、飛行機そのものに芸術家の親しみ得られるたくさんな素質をみとめてくるが、事実、この科学的で冒険的な機械が芸術家みずからによって取扱われ、また取扱われつつあるであろうことは興味ある問題である。こころみに世界に有名なパイオニヤーのなかからあげてみると、アンリーファルマンはパリ美術学校の出身だし、同じ出身者にボァザンがある。デラグランジがある。イギリスのグラハムホワイトは音楽家で、さきに云ったラタムは詩人であった。――古くはルネサンスの天才レオナルドダビンチは、人も知る偉大な先駆者であり、ちかくはストリンドベルヒなども飛行機に並ならぬ興味を抱いていた。

☆

フランス学士院のジャンダルゲー氏は「空中の将来」の序文において、「人間の高速運動に対する欲望は無常迅速な運命に根ざしている。不老不死は不可能である。かぎりある一生にかぎりのない事業をなし、かぎりのない快楽を得るにはどうしてもその運動速度を高めるのほかはない。飛行機の進歩はじつにこの本能的欲望に基づくものである」とのべている。ベルグソンによると停滞とは死である。飛行機も自己の速力によって浮力を得て前進するので、エンジンの停止はすぐに墜落を意味する。動は常に生きることだし、私たちは一秒間だにも同じ点に止ることはゆるされぬ。最大な危険が最大な躍進でないか。私たちは今やあまりに安全すぎる生活に不安を有し、精神のプロペラーを廻転させて、ベルグソンのいわゆる「エランヴィタル」をこころみるべく希って止まぬ者である。

この刹那主義者や快楽派の人々が、飛行機に多くの共鳴をかんじたと云われているが、私たちにとってさらに興味ふかいのは、「世界のかがやきは急速な運動の美によってゆたかにされる」と叫んだ未来派の青年たちが、この機械によってのみ、二点間の最短距離は直線であるとの原則をそのままに実行し、わずらわしきすべての地上𠂉行器を嘲笑しようとしたことである。

☆

が、私たちは何も飛行機に関する冒険小説をかこうとするのでない。イタリーの小説のヒーロは恋人の胸によりかかって海のひびきをきいた。ドストエフスキィは大地にキッスする人の心をえがいた。が、私たちはそれだけでは物足りない。私たちはすべてのものを愛さねばならぬ。ダビンチはなぜ大空を恋いしたったのだろうか？　私たちは空中、いや地上と空中とに常に生きようとする人々の気分を完全に知りたいのだ。もっと自由な高い生活をする人々の言葉に接したい。自分もそんな生活をしてみたいとのぞむ者である。大空に対して私たちがふるさとのような親しみをかんずるときはこないかもしれない。けれどもそれは私たちの理想郷として、私たちはそこから真にきよらかな新芸術の暗示を汲みとることができるだろう。

天には魔のごとくかける大商船がみちてゐる
亡霊のごとき露は雨とふる

テニソンはロックスレホールの章句でうたった。夕空のかなたへとんでゆく白い鳥を見たダビンチは、空中王たる力とほまれにみちた人類の将来を夢みた。これら芸術家の予言と努力を実現すべき責任は、じつに私たちの双肩にあるのではないか。

☆

この幼ない感想は、かつて中学時代にこころみた講演の記憶にもとづいたものである。比較的昔のことによる引例も云おうとするところにかかわらないからそのままにした。新社会建設にあたって常に重大な意義をもつ芸術が、かぎられた世界をやぶってゆくようには、単なる遊戯品が軍用機関のように考えられがちな飛行機というような種類についても、人々が進んで内面的に考察されることをのぞむ。そんなことがやがて私たちのいよいよ多端な芸術の道をひらいてゆく一助ともなるなら、望外のよろこびとする。

（「文芸時代」一九二六年四月号）

雲雀の世界

——僕のアブストラクト

ボクは少年時代に、東郷青児の『彼女のすべて』及び『パラソルを差せる女』の二科展三色版絵葉書を見た時のショックをよく憶えている。ニューヨークの「アーモリー・ショウ」における第一回近代美術展で、ピカビアの『泉の踊り』とデュシャンの『階段を降りる裸体』が人々をおどろかせたのは一九一三年のことである。それから既に四、五年経っていたが、東郷は未だ十八九歳だった筈である。

先の二つのタブローには、女性とその雰囲気がさまざまな幾何学的破片として解釈されているということは頷けたが、これについて一友の意見をたずねてみると——

「これではまだ女の人がいるということが判る。なぜもっと砕いて、見当の付かぬような処まで持って行かないのであろう?」

なるほど! そんなこともあるかとボクは思って、友の云う抽象を、自分の『月世界旅行館』に利用出来ないものかと考えてみた。これが若し成功していたら、ボクは映画『カリガリ博士』の先手を打ったわけになる。

当時、あっちこっちの映画館の余興に「キネオラマ」というのがあった。舞台の白布を捲き上げて、うしろに作られたジオラム風景の変化を観せるショウである。ヴェニスとかマルタ島とか外題はいろいろだが、『旅順海戦』と『月世界旅行』が特にボクらを喜ばせた。ボクはそれを卓上の大型ボール箱の中で再現しようと企てていたわけだ。

東郷流の平面は、ある時、野道を歩いていたボクの頭に、『ヒバリの世界』と題する構図を浮ばせた。それは、それぞれに早春の畠地の淡彩が付いた三角やら矩型やら長方形やらの組合せであるが、鑑賞者の便宜のために、ライト兄弟の飛行機か、蜻蛉のようなブレリオ巣葉の投影をそえてもよいのであった。

この『ヒバリの世界』が、ある夜の夢にボクの周辺に在った。

なんでも「山田式飛行船」の工場を探して、大都会の郊外らしい処をさまよっていたところ、気が付くと、今まで蘆の生い茂った、いやに足場の悪い所だなと思っていた身の周りが、東郷青児張りの丹念な隈取りがついた三角形や矩形の集合に変化していた。それぞれの色合いの美しさは忘れがたいものであったが、しかもそれらの野づらの構成部分が、一枚ずつあたかも敷物のように捲かれそうに思われるのだった。それとも、板のように持ち上げて、その下方が覗けそうであったと云えばよいだろうか？　地平には、奇妙な形のタンクや格子塔を取りまぜた不思議な工場が、障壁となって取り巻いている。

現実に、「山田式気球」と白くゴチックで大書した屋根を見たのは、二回目に上京した大正十年の秋のことで、ボクはそれを山手線大崎駅に停車した電車の窓から、郊外方向にみとめたのだった。それは家並と木立の向うにあったが、この工場が、芝の陸軍御用地から此処へ越してきた頃には、まだこの辺は一面の田圃だったことであろう。山田式飛行船というのは、繋留気球の草分け山田猪三郎が、明治四十三年（一九一〇）に、米人ハミルトンが携えてきた九馬力附き飛行船に刺激されて作った、唯一の国産ディリヂブル・バルーンのことである。日ノ丸を描いた舵と十四馬力のエンジンが付いていた。大崎とは目と鼻のあいだの代々木まで往復するのが勢一杯だった。飛行機も又それと変りはない。ライト兄弟は白い鉄道線路から湧き揚る上昇気流を利用して飛んだと云うが、ワシントンのスミソニアン航空博覧会のガーバー館長も述べている。「ぼくらがやり始めた頃も、レールロードづたいに飛んで、トンネルがくるとぐるぐる廻ってレールの先を捜したものだ」と。飛行機自体が木片と織物と針金と気筩《きとう》から成った巨きなオブジェ・モビールで、だからボクに『ヒバリの世界』を思い付かせたのであろう。

東郷が永い外遊から持って帰った仕事は、もう破片細工でなかった。それでも独自の平らべったさは未だ保たれていた。それがいつのまにかフランス人形の安手に変って行った。いったいボクが彼の絵に魅せられたのは、絶対平面の面白さにあったと云える。これがあったから、たとえ彼の初期の『工場』がブラックの『村落風景』とそっくりだと評されようと、又『日傘の蔭』が誰の真似をしていると云われたところで、東郷青児の世界を誇ることが出来た。あの隈取りは既に未来派のセヴェリーニやリッソロらに試みられ、ピカビアもデュシャンも取入れていたが、それを日本に輸入したのは何と云っても東郷の功績である。ところがこれにボリュームと丸味がついて、前衛だとは夢にも云えない商売美術に成り下ってしまった。

『ヒバリの世界』は、数回、ボクは描きかけたが、半透明に交錯する横縞縦縞の色合が出なくて、そのままになった。マックス・エルンストの『飛行機取り草の庭』時代というのは、(ダリの『松葉杖』時代と合わして) 確か一九二四年頃からだと記憶している。ボクの『ヒバリの世界』はもっと古い。しかし、あの竜舌蘭とアザミの混血児のような植物とボクのヒバリの世界は多少つながりがあるように思われる。エルンスト氏の鳥コンプレックのせいであろうか?

(「机」一九六〇年二月号)

ギリシアと音楽「詩の倫理I」

古びた毛皮の最後の毛のように、才能の残りを身につけているリイラダンやヴェルレーヌの姿が、ぼくにはしじゅう眼についてならぬ。おのれの魂を切売りして食って行こうというのは、決してほむべきことでない、世人が作家や俳優にたいして懐く一部正当な侮べつはこの所に在る(ポール・クローデル、ジャック・ル・ヴィエールへの書翰)

☆

ギリシア人は、倫理的原始状態におかれていたが故に「美しいものならば善いものにきまっている」と考えたのである。この事情を根拠として、かの美学なるあいまいモコたる似而非学問が、十八世紀以来生まれた。——では音楽は？　と諸君は問い返すかも知れない。私は答える。音楽の助力を借りなければならぬこの悲惨！　この人類の内的貧困！

☆

ゲーテは、かれの死に際し、「自分の生涯中、真に愉しかったのは、のべ時間六カ月である」との意を洩らしている。彼のけんらんたる芸術も、ここにおいて審美的存在の空しき慰撫として俄かに色あせてしまうのを覚えるのである。かれは只、高度なる良識の人、優雅なる放蕩の児を出ないのである。かれが近代人の典型として、ダヴィンチと共にならび賞せらるる所以も、ひとえに、この二人が、許すべからざる傲慢を根拠とし、徒らなる知識と技術をそこに加え、人間の悪は、人間の努力如何によって、改善されるとの、迷いにおかれていたことによる。従って、モナリザ・ジョコンダの笑が、霊魂的娼婦の嬌態を出でない如く、「ファウスト」二巻は、そのテーマへの追求と理解とにおいて、構成への緊張において、ダンテの「神曲」とはくらべものにならず、ピューリタンたるミルトンの「失楽園」にも遠く及ばぬもの、云いかえると、カーニバルの衣裳劇と、類を同じうするオペラの台本である。

☆

フランス審美的知性派のたわ言、かかる驕慢の輩が、かかる人類の運命を嘆いたとて、よし全宇宙を説明したところで、オーガスチヌスの言を借りて、それは「ただ輝かしき罪悪」に過ぎない。かれは思考的体操家を出ない。

而して我が日本における文化的ブローカー、知性的闇家、哲学学者、もしかかる存在が芸術家であり、創造者なら、トンボ蝶々も鳥のうちだ。かれらは、かのヴァレリイ、モーロアの徒輩とひとしく、紀元前六百年における、地中海沿岸の小都市に見られた、倫理的未開を出るものではない。

☆

今日、日本では、詩人は、おおむね縄張り争いに寧日《ねいじつ》なく、ビンズケで紙の蝶をひねって、机の上に竝《なら》べている。こんなことでは、別品は逃げてしまう。高橋新吉君の作だって、いったい、何であるか！　空しき異教的概念の配列に過ぎない。「行き行きて倒れ伏しても萩の宿」「きのふさとりけふはさとらず秋の暮」を、一歩も出ないところの、倫理的怠慢、乃至倫理的小児状態におかれている。

（「日本未来派」一九四八年十月号）

まことの愛「詩の倫理Ⅱ」

ギリシア古典においては、格別、美そのものの主張は発見されないが、しかし、美しいものは、善きものに相違ないというような考え方の、倫理的に原始状態にあったところから、芸術においては、今日見られる如き典型をもたらしたが、またここから、十八世紀このかた、一部の倫理的無能力者に依って、美学なる学問のとなえられる根源となった。美！　美！　を連発される時、吾人は、閨房におけるところの、たわ言を連想せざるを得ない。この事実に気づいたのは、かの大トルストイであった。

☆

しかし、かのドストイエフスキイ、トルストイ、更に、私個人から云えば、近代的哲学者の中において、ブレーズ・パスカル、キェルケゴール、これら選ばれたる人々といえどもかの恐るべき深淵を彼方にひかえたる壁を打ち破ることの出来ない人だ。彼等は両手と、腹部を、扉に密着し、そこにおいて血を流しているが、帷の彼方へは、遂に、一指だに、突込むことは出来ない。われ等がここに、如何に才能と環境に恵まれ、如何なる努力のもとにおいて思索乃至作品をなさろうが、遂に、絶望である。たとえドストイェフスキイを突破したところが、それは、ただそれだけの話である。また、如何に勉強して、数千冊の本を読み、ここに自己の独創と、思索力と、技術とを集中しようが、ハイデッガー、ヤスパース、それともベルグソンを抜けることは不可能である。抜けたところで、それは空しき業である。このわれわれに課せられたところの宿命、原罪によるところのこの不幸、これを解決することは、絶対に不可能であると私は信ずる。

☆

自ら産婆術と名のったかの哲学の始祖、ソクラテスに始まって、今日到るまで、おおむねの哲学者、思索家、並びに文学者とは、精々のところで、一介の教師を出ないものだ。多分、この辺で、通るであろうともくろみてやってみる、痴業であって、そこには、何ら権威なく、第一に、祝福がない。かかるていのいとなみにおいて、われわれは救済さるべくもなく、また、そのようなことが事実あってたまったものではない。

☆

西洋人はそのすべてが、正しきキリスト者だというのではない。しかし、ことあってここに涙を流して、となうべき聖書及び祈禱書を持っている。不幸にして、われ等は、かかる何一つもない。われ等の前にあるのは異教的たわ言と、念仏乃至狐、びしゃもん、聖天恐るべき、またあわれむべき偶像崇拝、これを一歩も出る能わず、この事実に気づき、泣くべき人士、はたしてありや。

☆

諸士よ、営めよ、しかして外国の紳士諸君にも敢えて言わん、毎朝、毎日、新聞を読み、ラジオを聞き、最高の場合、音楽を必要とせねばならぬこの悲惨、この真情に対して、泣かないのか。人間は、もともと、そんなものではなかったはずだ。人間は、その、このありのままの自然状態を以て、神の国に、はいれぬものは、何一つ持っていないのである。

☆

詩を美なるものの表出とのみ解する偏見をのがれよ。かの佐藤春夫、萩原朔太郎、佐藤惣之助の詩に見らるる、感性の恣意を、今日そのままに受けついでよいか。それらの詩、一束にして、女への甘言と何ほどの差があろう。女への甘言を、愛の所為と説きあかそうとするのか。愛とは何か。これほど世界にあいまいな言葉はない。神なくして何の愛か。君等の語る愛とは、天上より眺めるならば、いとも愚昧な、カリカチュアに過ぎぬ、まことの愛とは、自己の内奥の存在性を他者の存在性に向って呈示することとでもいおう。それはむしろ、怒りに近いものである。

（「日本未来派」一九四八年十一月号）

花と存在「詩の倫理Ⅲ」

謂わゆる「愛」については、各国ともに適当な言葉はないのだそうである。これはケーベル博士の説であるが、ただ一つ、古いラテン語のカリタスという、五感的対象を超えた、高次の、清浄な「愛」の意味を表現する言葉を除いては、英語のラヴ、仏語のアムール等、愛のおびただしい段階をごったまぜに意味し、各人各様に使用されている始末であって、この事情を整理すべく、吾々は、まだ適当な云い方を知らぬが如くである。

さて、よほどのひねくれ者でもない限り、耳に聴き、文字に表わし、口にのぼせた時に、云い得ぬ生命力の躍動と、昂揚とをおぼえるところの「愛」とは、そもそも何であるか？　さまざまな説明がなされてはいる。しかし、愛の言葉が曖昧なように、またその解説も、一向に判然とはしないのである。統計を取ってみたところ、愛とは？――こんな風に解釈をつけようとするところに、かんじんの相手を取り逃してしまうのであるが――私には、次のように云えるかと思う。

　愛とは、存在を知ることと、或いは、存在を知らしむることそのことである。そしてそこに生ずる一種云い難き充実感と、喜悦とである。だが、被造物たる人間が、至上者をほめたたえたところで、どうなるものでもあるまいと、一応は考えられもする。そんなことで殖えたり、減ったりするような存在なら、最初から神でも何でもない。その存在は云わば複数の魔神、即ち悪魔であるが、神による存在は不変である。

　しかしながら、息子や娘が、善きことを為してくれたら、父親は嬉しい。子の行為がそのまま、父の光栄になり、子供等の名誉にもなり、相共に、自己の存在を今さらに知り、目出たいこととなる。愛人に対して献身的な心づくしをすること、これ彼女の存在を知り、彼女に対しても彼女自身の存在を知らしめる。また愉しい事業ではないか。愛らしい花は披《ひら》く！　何処から？　大地から！　かくて花々は、ノヴァーリスをまつまでもなく、それぞれ地球の、無限の言葉であり、表現であると云える。地球の存在を、花々は示し、また花々は、自身の存在をそこに知らされることになる。花を見て機嫌を悪くする人がないのは、まさにこの理由によるのである。

　かくの如くであるならば、悪とは、何か？　即ち悪とは、非存在、非有のことである。存在の欠如、壊敗、不調和だと云ってもよい。愛が、そのまま調和であり、創造だからである。

　然らば、このような祝福された愛の営みにあたって、多くの齟齬《そご》を生じるのは何故か？　吾々の間の愛、即ち、親子の愛、同胞の愛、恋人同志の愛等、おしなべてまことの愛の、拙劣な模倣であり、時に恥ずべきカリカチュアであることによる。愛のみでなく、対照的な憤りや嫉みなども、同じことである。吾々の憤りが、何処か、間が抜けて、権威なく、滑稽な理由も、実に、そこに由来している。《神は御霊を人間にわかち与えたことを、自ら嫉み給う》ということに比べれば、人間同志の嫉妬などは、正にポンチ絵に過ぎないのである。もしそれ回転するもの、即ち、近代科学の生んだいろいろな装置、汽車、汽船、飛行機は勿論のこと、ウラン爆弾もロケットも、神に笑いがあるならば、神は吹き出し給うに相違ない玩具に等しかろう。だが、この笑いは、怒りの方へ通ずる笑いである。観音様や菩薩様達は微笑してはいるが、これ自らのインチキ性を暴露しているものであって、まことの天族には、原則上、怒りこそあれ、無意味な笑いの媚態はない。君が最愛の女《ひと》を擁している時、君は果たして笑うであろうか？　むしろ君は泣くべきである。

（「日本未来派」一九四八年十二月号）

反時代的な詩観 「詩の倫理Ⅳ」

近代西欧文化はかのルネッサンスにその端を発すると云われる。ルネッサンスが、その文字通りの意味においてギリシア的文化の復興である、と解せられる限りにおいては、近代西欧文化もまた、その倫理的思考において、幼稚なりとの非難を、まぬがれ得ないと、私は思う。

（ギリシア文化の倫理的原始状態については、くりかえし既に述べていることである）果たせるかな、日本にあっても、われわれの今日のこの悲惨なる内的貧困さは、種々なる機械の使用、生活設備の増加と正比例して、かえって一層われわれを倫理的怠慢におとし込むかのように思われる。しかもなお、この現状に目をそむけてなお、人間の権威を語ろうとする。啓蒙期以来の大半の哲学説の如きは、まさに異教的邪悪な空しい観念の痴言に過ぎない。人間の権威？　何という思い上った思想であるか。何を根拠に、何の厳然たる確信を以て、人間に最大の権威ありなどと云い得るのか。君等のそのようにして意味づけた文化の最大目標とは何か。一切の粉飾的言辞を脱がしめて語るならば、飛行機を以て世界を一周するとか、女を擁して自動車を飛ばすとか、寝心持よろしき寝台の上に横たわるとか、総じて食慾、性慾の飽満とそれによる怯懦な睡眠とを願う以上の何物でもあるまい。考えてみるがよろしい。かかる態の目標には、文化などという仮面をかぶせずとも、犬畜生、鳥や蝶の類まで、それぞれの形で各自目指している所のもの。もしそれ単にかかる目標の組織的合理化という点のみを人間の万物への霊長たる所以なりなどというならば、あゝ、人間などというものの価値は、既に先が見えすいているとは思わないか。かくの如きは、鬼性の文化であり、姦淫の文化であり、かかる文化にたずさわる人間共は一切、このわれわれを包み、われわれの包む所の聖なる宇宙に対して何ら貢献する所なき存在ではないか。果たして人間はそれでよいのか。

詩人たるものこそまず第一に、この悲しむべき事態に対して泣かなければならない。鳥について、検温器や花について、雲や水について、一台のミシンや蝙蝠傘について、レンズや星について、種々な生活の中にこぼれている意識の断片について、それにかの粘液質なる感性の情緒を纏綿《てんめん》させて語ることを以て詩とする迷蒙から一切脱出しなければならぬ。三好達治君、菱山修三君、古くは日夏耿之介氏の詩の如きを見よ。若しそれ言葉の遊戯による快感を読者に与え得たとして、それがいったい何になるか。これは北園克衛君など前衛的と呼ばれる詩人と云えども同断である。人間を盲目的な音楽の境地にさそう所の、美なる観念を扼殺《やくさつ》せよ！（然らばここに稲垣足穂、汝はいったいどうなのだという揶揄が当然在るのである。これに対しては、私は一言もないものである。しかしそれだからこそ敢えて云うのである。私も嘗て、私の長い芸術道程の半ば以上を、まさに唾棄すべき遊戯の上に、むなしい感性の建築に、唯美主義の救いなき谷間に迷って、貴重なる時を無駄についやして来たのである。私は駄目な男である。しかし、不遜をかえりみず云えば、それは私はいのちがけでやって来たが故に、今日のこの私の告白をよく聴いてもらいたいのである）

蝶や鳥や獣の生命と同じ生命に、わずかに美的粉飾をこらし、たかだか合理的に組織化したに過ぎぬ今日的なわれわれの人間性などという観念は、遂に何ら厳然たる存在性を持たないものと、私は思う。かかる人間性の観念からは、よしんば「生きていること」について若干の説明をつけ得ようとも、「死」の問題に対しては一指だに触れることはできないからである。しかも「死」は、絶えざる瞬間に見えざる洪水のように、はたまた見えざる雷光のように、私共の周囲を取巻いているのだ。この洪水の如きもの、雷光の如きものの前には、かかる人間性の如きは一たまりもなく漂流し破砕されてしまうものだ。かくてはもはや私等に残された道は、自殺か、超越かの二つしかない。自殺、生きながらの自殺であってもよい。人間性などという妄想を粉砕して、一粒の泥土、一箇の岩石と等しい存在に、われわれ自身の存在を解体せしめ、荒廃させしめること。測り知れざる存在の不安に直面すること。かかる危機に常に自己を瀕せしめて置くこと。かの実存主義とは、一つにはこのことを説いているものと思われる。そして超越。これはまた一切の生なきものと思われる泥土や岩石や、微々たる存在のすべてをもちあげて共に救済されるべき、広大にして聖なる宇宙的理念を獲得すること。即ち宗教。しかもこの超越、即ち宇宙的理念の獲得は、恐らく、存在の不安において死に直面した者にのみ稲妻のように訪れるに違いない。

詩精神とは何か。決して人間性の讃歌乃至はむなしい思い出の表出ではない。今仮に上に述べた言葉を借りて云えば、宇宙的理念の獲得をためす、具体的なこころみのことであるとでも云えようか。されば詩を書くことは、創ることであって、作ることでなく、苦悩であって、苦労ではない。ルネッサンスを発端とする近代文化には苦労の観念はあっても、遂に苦悩の観念はない。されば詩精神とは、それ自体かかる文化への反旗として出発する予言者でなければなるまい。存在に対する不安からの死への直面、そして超越者の獲得、この二つのテーゼを踏まえて、この二者の彼岸に一つの新しい統合を創造し、一切の迷える今日の人類に稲妻の如き光を導入させんとする者のみが、今日から後の真実の詩人の名に価するであろう。

（「日本未来派」一九四九年二月号）

無限なるわが文学の道

西脇順三郎先生によると、詩というものの秘密は、互いにかけ離れたもの、正反対のもの、意想外なもの同士の連結である。これによってわれわれの功利的日常性が一時的に破壊され、われわれは解放されるわけである。

こういうことを一応あたまにおいて新しい詩に接しられると、多少は見当がつくかと思う。この思いもかけぬもの同士をつなぐのが芸術の役目なのである。ボードレールの詩句に「スミレはパンであった」というのがある。それから有名な例に、イジドル・デュカスこと、ロートレアモンの「解剖台上におけるコーモリ傘とミシン（裁縫機械）の出会いほどに美しいものがあろうか」がある。

この場合、コーモリ傘は男性で、ミシンは女性のことだと云う人がいる。解剖台とは、その上で人が裸になるところのベッドを意味する。

ダリ画伯によると、一切の絵画は男女のかかわり合いの変換に他ならない。ごらん、ミレーの「晩鐘」という名画がある。あそこに立っている若い農夫は、帽子でからだの一部を隠している。妻は何事かを期待して、つつましやかにうつ向いてお祈りしている。彼らが立っている畑はすなわち「タネがまかれる場所」に他ならぬと彼は云うのだ。

そんなら風景は何だ。山、丘、堤、窪《くぼ》み、谷、湿地、ことごとく肉体の各部位の表象ならぬものはない。百人一首に出てくる花は、白い肌《はだ》、玉のかんばせ、赤い花やモミジはすなわち血である。和歌に出てくる景色はいずれも男女の肉体を云いかえたものである。水を囲んだ庭園などは、女性のある部分を焦点とする彷徨《ほうこう》の場である。これが石庭となると「少年愛」に傾いてくる。古来「滝」ほどに画家の心を打ったものはなかった。なぜならこれほどエロチックなものは他にないからだ。女性は模型自然であると云えるだろう。

私において考えられないものの連結は、人間と天体である。だから私の処女作「一千一秒物語」の中では、お月さんとビールを飲み、星の会合に列席し、また星にハーモニカを盗まれたり、ホウキ星とつかみ合いを演じたりするのである。この物語を書いたのが十九歳の時で、以来五十年、私が折りにふれてつづってきたのは、すべてこの「一千一秒物語」の解説に他ならない。

「ある日、世界のはてから一千一秒物語が届いた。ずっと以前どこかで読んだ本、またずっとずっと未来にどこかで出くわすような本」このように一千一秒物語を評した女性がいる。だから私の仕事は末長く続くのでなければならない。たぶん今から五十年後、二百年後、五百年後にも、自分はどこかでいまと似たことをやっているものに相違ない。

電気学への貢献者、また精神物理学の創始者であるフェヒナーは、人間は三度生れると云っている。

1　おかあさんのおなかの中

2　いわゆる誕生

3　死後

1は眠りの世界であり、2は覚醒《かくせい》と睡眠が入りまじった現世の生活で、3は永久の覚醒生活である。

しかし死後の生存には、何が台となっているのか。それは当人の現世における良き行為、彼の友人たちの彼に対する追憶が材料だと云う。ちょうどタネが消滅して、その代りに樹木が大きくなって行くように、故人がこの世に残した良き部分が成長するのだと彼は云う。

ある日、水べりでまんまるい奇妙な、両極に白い斑点のついた滴虫を見つけた。顕微鏡でしらべてみると、その表面に山脈や海や森や原野が検出され、なお見て行くと羊や馬や鳥が発見され、その大群中にうごめく一点が他ならぬ自分自身であったことが判明した。

この意味の地球とは、無数の星々からの放射を全身に引受け、虚空のただ中でのた打ち回っている一個の生物なのである。地球の意識は、より大いなる太陽系の意識に包含され、太陽系の意識はより大いなる恒星系の意識に、その恒星系の意識は銀河系の意識に、銀河系の意識は……このような「新視力天文学」を、必ずや人類は近い将来に発見することに相違ないと、フェヒナーは云っている。

われわれはたれでも「神への漸近線」の上におかれている。「あえて山陵を起さず、永く我が祭祀《さいし》を絶てよ」このように遺勅した第五十二代嵯峨天皇は、そのことをよく知っていたのであろう。

（「朝日新聞」一九六九年四月八日夕刊）

私の耽美主義

未来の芸術は煙花術にある――ヒユネカア――

アメリカンピンクの気分

この二三年来、子供のジヤケツや少女の首巻やマントなどにアメリカンピンクといふ色が見かけられ出した。私はあの色はいやでない。その他、あの系統にぞくしてゐるインヂアンパープルにしても、インヂアンブルーにしても、今までの子供の服装に見かけたものよりはずつと好きだ。で、あれらの色を今その衣服や持物のなかに選んでゐる人たちは、おそらく漫然と世間のうごくところにしたがつてゐるのだらうが、それは又、あれらの色が一般によろこばれる事を意味してゐる。それを初め夕ぐれの街角に見る活動写真のビラにしても、キラ〱した夜のシヨーウインドーのまへですれちがつた白い顔にしても、近頃はちよい〳〵このアメリカンピンク式の情緒のものが多くなつて来てゐる。それらのものは今のところ、私たちの主張するところと、ずゐぶんのへだゝりがあるが、必ずしも私たちの趣味の範囲に加へられぬものでもない。そして、それはやがて新らたに起るべき耽美主義が、どんなところから出発するものであるかといふ暗示だけはつたへてゐるやうに思はれる。

一瞬間の夢心持

かう云ふと、私は、これまでの耽美主義が何故滅んだかといふ問題から述べる必要があるが、それは、今までの唯美派を攻撃する人々の意見と、私の抱いてゐるそれとは格別変つてはゐない。即ち、それは、自分ひとり象牙の塔にこもつて勝手な夢を追はうとするのがいけないのだ。が、それはあまりにも生活と交渉のない夢といふことにあつて、必ずしも夢そのもの、否定であつてはならない。夢を否定することは、やがて私たちの生活を否定することである。したがつて、廿世紀に唯美主義がないなどとは、実に笑ふべき見解である。論より証拠、こゝに一人の少年があつて、彼はムービイホールの気分を何より好んで、毎日学校をぬけてあのスクリーンの青い月夜を愛してゐたなら、そして又、或る少女が、秋の夕べの街頭にかぎつけたガソリンの憂愁に、ふと恋人の面輪をうかべたとしたら、そこに、現代の耽美主義の何よりの適例が見出されるではないか。私たちが雨にぬれた夜のアスファルトの上をリムジンで走るのも、六月の夜の都会の空に、黄いろい花火をつけた飛行機が宙返りをするのも、巷の反射を受けたボギー電車がポールから緑色の火花をこぼしてとほい街角をまがつて行くのも又同じである。勿論、その他にもいろんな事柄がもつれ合つた私たちの現実生活にとつて、そんなことはほんの一時的の現象かも知れない。だが、さうだからとて何で耽美主義でないと云へよう。前世紀の芸術家がこしらへた工芸美術品のなかではいざ知らず、私たちが歩いたり話したり仕事をしたりする時間のうちにはさまれたそのほんの一瞬間の夢見心持こそ、常に私たちが最もよく生き得たところの境地ではなかつたか！

かういふ主張をすると、あるひは、そんならその自動車なり瓦斯燈の気分は、なるほど面白いかも知れぬ、が、それ以上の何物であるのだといふ抗議が出るかも知れない。しかし、考へてみると、煉瓦塀の上にふるへてゐる白い電燈も、それらの人々の説く所謂真理とか幽玄とか云ふものも、同じくほんの一時的の感覚といふことに於てはちつとも変りはない。そして魂と感覚との距離を数千マイルにもはなして見るほど閑な時代に生きてゐない私たちにとつては、深刻とか永遠などゝいふ形もないものに対する感じよりも、どこかでおぼえのある白い顔の悲しみにも見える夕べの電燈の痙攣の方が、より皮相的ではないのだ。かうした云ひ分は、たしかに過渡期に起つた一種のやけだらう。だが、この世界は何千年もの昔から未だ過渡期からぬけたためしがない。あなた方が説く黄金時代も長くて五年とはつゞくまい。退窟をもよほした人々が、そこいらにかくれてコカインを使用したり、病的な幻想にかたむいたりし始めるのは、半月も待たないで、いやすでにさうならない今日から始まつてゐる。でなかつたら、それこそ人類はおしまひだ。

で、そんな教室の講義に似た万人のためになる芸術や、魂をほんたうにゆりうごかす底の文学を初めとして、所謂詩人や、その他の古い時代の芸術家によつてこしらへ上げられた、おかざりたつぷりな、ドラマや、ミユジツクや、美術は、今やうやく葬り去られようとしてゐる。そして、よりハツキリと現代ならびに近い将来を意識してゐる人には、ファウストよりも巻煙草一本の価値をみとめ、セキスピアよりチヤリーチヤツプリンに、より重要な芸術的使命をおはせるといふ言語同断な哲学さへも考へかけられてゐる。そのとほり、かう云ふ私たちにとつても、この新興芸術のコメデアンに、光栄あるこの世紀の初頭にたゞ一つの転化にのみ見出される生活の真理を説いた、あのアンリーベルグソンと同等の名誉をあたへるのにためらはない。恋愛は一昨日すでに死んで、本日あるのは只性慾に関する幻想にすぎないからである。

日が暮れたつて何だ!

これはあへて有名な音楽悲観論をもち出すまでの事でもなく何人も現下の世界芸術界を公平な眼で見まはしたら、即座に、今日ある芸術——それはすべて古い原理に支配されて、十九世紀末に於けるその種の天才たちの輩出によつて完成されたところのものは黄昏にあるといふことを感知するだらう。いやすでにそれは滅んで、あるのは只人をごまかすだけの力をとゞめた形骸のみではないか。が、これはかならずしも悲しむべき事でない。そこに又立場のちがつた新らしい芸術が生れるであらうからだ。しかし、それは、今までの芸術を見てゐた人にとつては、断じて芸術と名のつけられないものかも知れない。真珠と入れかはつたガラス玉だと解されるかも知れない。が、ガラス玉だとてそこに真珠以上の価値と美とが発見されないとはかぎらぬ。今日の芸術家が、社会研究者からバカにされてゐる理由は、実に、その最も簡単な一事に対する見解の固陋さにあるのだ。

私たちの気持から云へば、ほんたうの真珠より、それと同じやうに見えてしかもねだんのまるつきりちがふ真珠まがひのガラス玉の方がはるかに面白い。現に世界を通じて、真正の真珠にくらべられぬほどの勢で、にせ真珠がいばつてゐるなんか、さま〴〵な問題にもまれる運命をもつてゐる今後の芸術が、どうしてもこのガラス玉方面に変つて行かなければならない一つの暗示のやうにさへ観取される。これはあるひは、ほんたうの趣味性の頽廃を意味してゐると云へよう。だが、ほんたうの趣味性つてどこにあるか誰も知らない事だ。日がくれたつてそれが何だ。日がくれたつてサーチライトもまはるし、イルミネーションもともるぢやないか？

今後の耽美派

新らしい芸術のなかで、唯美主義はどういふやうに変らなければならないかについて、私たちが考へたところによると、それは、勿論、新奇な材料を大胆に使つて、しかもそれをこれまでのやうに手間取つたものでなく、もつと直接的な形式にしなければならぬ。それは、刹那的で、そして童話式の超絶性をふくんで、しかもその上に虚無性を加へたものでなければいけない。瞬間は最も純粋で万人の心にはいり易いものであり、童話は唯美派文学の最高形式であり、虚無性はすべての芸術の目的とする解放への一直線を意味するものであるからだ。まへに云つた真珠まがひのガラス玉などにも、さう云つた芸術を構成する材料の一つとしての、可能性がないだらうか。その他、この種の例をあげてみると、マツチ、タバコ、ゼンマイ、インキ瓶、歯車、活動写真のフイルム、ビール瓶、鉄砲の玉、時計、……

すべてかうしたものは、それをたゞじいつと見たゞけでもへんな気がして、そこに一種の夢と哲学（？）がふくまれてゐる。殊にシガレットの紙箱といふものになか〳〵面白いのがあるが、その一ばん手ぢかなものとしてゴールデンバット、私たちはあそこについてゐる金のコーモリなんか、かならずしも賞めはしないが、少くとも俗なものではないと思つてゐる。それで、これらのものが何故そんな気を起させるかと云ふと、私は考へてみて、これらのものはおのづから「存在のコスモポリタン的性質」とでも名くべきものを供へてゐて、そこに何等昔からの附随的観念をともなはないせいだらうと思ふ。これらの最上級を代表するのは月と星とである。月と星とは最も古いものであるにかゝはらず、見るたびに私たちの頭にへんな気分を抱かすのは、それがあまりに超絶的なものである故に、どんな事柄のかゝり合ひに出されても、そのもの、ために染められるといふ、ことがないからである。勿論、これらは一面、バカ〳〵しいものにちがひない。が、だからこそ、バルガアで同時にファンタスチックな近代人の心持に通ずるものがあるのぢやないか？「芸術は断じて真面目ではない」とかいてあるアンチピリン氏の公開状には、未来派の宣言よりもつと徹底した人生観照がふくまつてゐると私は思ふ。さう、いかにも「次第に消えて行くミユンヘンの泡、そこにダヾの哲学があり、同時に、吾々立体派以後のエスセチシズムがある！」のでないか。あのボードレル一派よりさらに進んだ境地として、アーテフイシアルな快楽をといたワイルドの遊離論も、こゝまで引つぱつて来なくちやうそだ。

感覚に対する意見

今までの退窟なのにくらべて、私たちが今後の唯美派にのぞむものは、ちやうど花火かタバコのやうな感じのものである。それを今までのものと対象して述べてみると、昼よりは夜の方がよく。芝居より活動写真の方がより新興芸術的で。述懐よりは対話。短刀よりはピストルがよく。阿片よりもコカイン。汽車よりも電車。勿論馬車よりも自動車。競馬よりもモーターサイクルの競争。ペン先よりも鉛筆。コーヒよりもコヽア。シガーよりもシガレットの方がいヽ。それから、太陽よりも月。月よりも星。薔薇の鉢植よりもサボテンの鉢植。それも造りものならなほいヽ。柳よりもプラタナス。松よりもポプラ。蝶よりも蛾。それもブリキ製のゼンマイ仕掛なら九十三点だ。——それから、金（キン）よりも真鍮。プラチナよりもブリキ。水晶よりもガラス。ダイナマイトよりもスタジオに使ふ有煙火薬——深夜の都会の上空に炸裂したマグネシヤ式の光弾なら申し分はなし。雪よりも霰。時雨は急雨と改めたがよく。雲といふやつはクラシックで野暮だ。雲より霧がいヽ。霧よりも靄の方がよからう。いや、それは瓦斯体と云つた方がいヽ。ピカソよりもピカビア。モーパッサンよりもクラフトエービング氏の記述。夢よりもうつヽ。過去よりも未来。わかつたものよりえたいの知れぬもの。完全なものより半端のもの。立派なものより下らないもの。目的のあるよりない方がほんたうらしく。トルストイの小説よりは、飛行術その他のメカニックに関した専門書の方がより気を引くに足るものであり、社会学のページをくるより、テーブルの上に造られたボール紙製のユトーピアに豆電気をともしてみる方がましだ。それから、曲線よりも折線。四角なものより三角のもの。円いものよりとがつたもの——したがつて踊子の沓下よりは少年のチンチンの方がはるかに感覚的ではあるまいか！

少年嗜好症と童話文学

少年嗜好症といふのは、耽美主義の極致に起るべき一つの必然性をもつてゐるものだと私は考へてゐる。すべての芸術を造るのに最も大切な要素である詩といふものが、女といふものを対象にをいた幻想から醱酵されたことが事実なら、童話といふのは、又明らかに少年嗜好症から生れたものである。元来、童話にはメタフイジツクなものとさうでないものとあるが、前者などは、その影響を受けた最も明らかな例証と言ふことが出来る。昔からの例を見ても、芸術家といふよりは、むしろ哲学者や宗教家のうちに、多くこの種の錯倒的傾向をもつた人が見出される。殊に、日本の或る種の宗教や貴族的な芸術は、そのこと、離すことができない関係をもつてゐるではないか。尤も、この衆道といふことは、現今に於ては世界を通じて表面的には衰へてゐるが、私は早晩、新らしい意義の下に復活さるべきものだと考へてゐる。単なる変態性慾など、いふ言葉で片づけるべくあまりにも重大なる本能であるから。勿論、それは一つの病的現象にはちがひない。しかし、私たちの周囲で病的現象でない何一つが見出されよう。私たちの云ふ芸術そのものがすでにその最も代表的なものではないか？

もし、こゝにほんたうの健全な生活といふものがあるとしたらそれは決して芸術などを要求しないものであらう。文学のなかでもその特異的な方面を強調する芸術派はさてをき、人間の本性あるひはその理想的方面を取扱ふ人生派の作物を見ても、そこに表はされるところは、やはりどうあつても一種の変態的たるをまぬがれぬものである。ドストイエフスキーしかり、トルストイしかり、武者小路実篤しかり、近来やかましく云はれた階級文学にしても、描かれてゐるのは明らかに生活乃至こゝろの間ちがひの方面であり、人々は又それらに変態の興味をもつて接してゐる。私たちが生きて行く上に、そんな奇妙なコ、ア色の玩具を必要としなければならぬといふことは、即ち、私たちが一様に一種の神経衰弱にかゝつてをり、そして、その傾向が今後いよ〳〵増大して行くことを証明する他には何の意味をも持つてゐない。及ぼして、宗教も哲学も同じであるとする時、必らずしもこれは悲観すべきことではない。私たちの病気は、やがて私たちを生んだ宇宙そのもの、病気を意味するからである。世界がなぜ私たちが感じてゐるやうな時間と空間との形式に於てのみ開展して、その他の方法に拡がらなかつたかを疑ふ時、他のものであつても決して差支へはなかつたその時間と空間とは、世界の変態を現はすものである。完全はオールナツシングであり、それは絶対に私たちに感知されないものであると考へた時、存在とは即ち変態そのものであり、その変態がやがてすべてのもの丶根本原理であることがわからう。

二つの傑作

いづれも碌なものはない人間のこしらへたもの丶なかで、私はタバコと酒とが一番よく出来てゐると思ふ。それに、この二つの傑作は、双方共にコ、ア色の系統にぞくした色をもつてゐるのが面白い。で、この二つは又別の意味に於ける人間のつくつた二大傑作としてこれは何人にも異存がない神と芸術と同様そしてもつと一般的に、人間のつゞくかぎり永遠に愛されて行く資格がある――いや、今後の神と芸術とは、このタバコと酒とに入れ換らなければならないと、そんなことすらも考へられる。ついでに云ふが、これはこの間ふいに気付いた事だが、世の中の――どう云はうか、つまり芸術(?)を要求しなければならないやうな気持をかぶせられたものは、みなコ、ア色をその基調にしてゐる。今云つたタバコと酒の他に、茶、コーヒ、コ、ア、紅茶、それから、しほからといふものに代表される渋い嗜好物、又、椅子、ドアー、壁紙、ピアノ、テーブル、タンス、セロ、バイオリン、きもの、靴、飛行機のプロペラ、飛行船の気嚢、劇薬の瓶、木や草の実、小便と大便、地球、秋、……その他の何にしても、面白いもの、苦味の走つたもの、へんなもの、落ちついてゐるもの、人にあかれない性質をもつてゐるものは、すべて茶か褐色か鳶色か黒かの系統である。元来、このコ、ア色つていふのはハイカラなやつには相違ない。キユービストは立体の色だと云つてゐるが、なるほど、私たちの生活がおほむね平板的であるに対象して、そこに何等かの意味があるのかも知れない。が、この事はまだ研究中で、私にはしつかりしたことが云へない。

人及芸術のフエアリー化

解放といふことは、今日の芸術では人間らしいところに帰る事だときめて、それを力説してゐるらしいが、私は、努力は正にその正反対の方向にあるのだと思ふ。人間が人間だつたら、いつまでも解放されるためしはないではないか。それで今日の論者は、その人間が決してほんたうの人間ではないと説いてゐるのだが、ほんたうの人間でないうその人間とは一たい眼玉が三つくつ〻いてゐるのか？　そんなことはあるまい。村が進んで町になり、それが都会になつたのがあたりまへのことなら、原始人が今日の文明人になつたのは決して不自然ではない。それでその文明人はもう人間たることに行き詰つてゐる。それだからこそいろんな問題がやかましく起るのだ。それを救ふのは人間より以上の何かになることだ。その形式は云はゞフエアリーとでも云ふものだらう。フエアリーは人と神との間で、しかも一等人間に近いものだといふから。ともかく、これからはすべてがフエアリー化する時代だ。まづ手近に、その運動は、いつの時代にもフオアランナーの役をつとめる芸術に於て始められるべきが至当だと思ふ。それはたとへばどんなものか？ 荒唐無稽の福音をつたへる新らしい耽美主義――人間界の方則である原因結果をぬきにしたホーキ星やお月さまのお化けが出没するトラップクラップ式の三分間劇場とでも云つたものぢやなからうか。さう、現代人はそれを要求してゐる。これからは笑はずにはをられない時代だ。そして、実際、自殺にでも消えて行く他には、私たちはそこより他へは逃れるところがない。この『だん〲フエアリー化しなければならぬ人及芸術』といふ問題は、私は又別に日を改めて詳説するつもりである。

星しげき一夜、大統領チックタック氏は、秘書官カルモチンをして、黄いろいペーパーに左の如き箇条を、青いタイプライターで打たしめた。

1　コメツト・タルホの第六感に、昨夜、ピエローが酔ひざめにさゝやいた。

2　ギリシヤ人はいつでも、後世のあらゆる芸術家がひそかに盗んだほど、とてもたまらぬうそを端的に光らして滅んだ。これが出たらめなら、今でもペンテオンの丘へ行つてごらん。あなたは一つぐらゐ死んだ星をひろふにちがひない。そこで、家へもつて帰つてポケツトをひつくり返したら、粉つぽい青い煙がパツと出るだらう。

3　芸術とは、きれいに手ぎはよくうそをつくこと、人造の花びらを造ること、ダイヤや真珠を化学方程式ででつち上げることである。即ち、みんなのものを端的に美しくあざむくことである。

4　であるから、あなた方はこれから今すこし真面目なうそを涙でまろめ、ボール紙とブリキとペンキで、六月の夜の舞台の幕にはりつけねばならない。

5　悲劇よりもをかしな童話劇、ハープトマンやシヨーの社会劇よりもロードダンセニイ卿の神秘劇、人形のあり得べからざる滑稽なキネマ、少年が月夜の原つぱで失くした小さなアートペーパーの三角帽子、風船玉探偵ラリーシモンの早業……

6　あなたは荒唐無稽には涅槃を通りすぎた——いや通りすぎざるを得なかつた未来人の

動かし得ない逆説があるといふことがわかつてゐるか？　それは、バネ仕掛の黒猫であり、ガラス製の星であり、紙製の空つぽなウイスキー瓶である。そこには、いつも世の常ならぬ高踏と、新ユークリッド幾何式の哲学がある。それは、化石した月を二つに切つた生命の裏面である。

7

8、9、10、以下略す。

（「新潮」一九二四年六月号）

タルホ入門

初学者諸彦のために

あらはれてから三年空にかゝつてゐたホーキ星が、きふに地上に近づきはじめたといふので人々がさわぎ出した。僕には分光器も望遠鏡もないが、地上のものを近づけるオペラグラスならもつてゐるのでさつそく眼にあてがつてみた。レンズのむかうに大きさを加へたホーキ星といふのが、じつは一台のエヤプレーンでないか。三日月と星のキラめいた晩だつたが、青みがゝつた銀色のヒコーキはクル〳〵と木葉のやうに落ちてきて、十字街のまんなかへ風を切つてカチヤリと金属性の音を立てた。シユツと黄いろい火花がとぶと、なかゝらパンスネをつけたサンマードレスの青年がとび下り、アルミニユームの屑のやうにひしやけた機械を横目で見てから、ペーブメントへ出て角にあつたサルーンのドアのなかへ消えてしまつた。部屋のまんなかにガス燈が立つてゐるそのバーは、スタリイナイト、フアントム、ラリイ、ダンセニイ、オートマチックなどいふタバコも売つてゐる。

かく云ふ僕はつまり近頃バカ〳〵しいといふ男のことを話してゐるのだが、あいつの作品は子供らしく見えてなか〳〵さうでない。なるほど、あいつのTaleには幅も厚さもない、立体でなく平面でさへなく一本の線に終つてゐるかしれぬ。が、その線は常に架空線で地上をはなれ、地上へ引き下したにしても地平線になつて遠のいてしまふ。そのやうにあいつはほとんどあらゆる地上的なものから遊離し、地上のあらゆるものを天上近く運び去つてゐる。あらゆる生物から生命をうばひ、殺して生きる人形に化してゐる。一切のものをオモチヤに造り更へねば気がすまぬのだ。かと云つて、その人形はショーウインドの広告のたぐひではない。それより何百倍も精緻な生動する人形だ。人間である人形、月であるキネオラマの月、星である人造の星、つまり科学が人間をこしらへるといふより、人間を科学化するのだから、ロボットなど、は全くちがつた人間そのままの個性をもつた人形なのだ。ところで、そのやうに生命だけをぬきとられた月や星や人や鳥や木や草は、地球とそのまはりの空間に規模広大なトーイスランドを現出する。生命的なものはどこにも見出されないのにそれらはハツラツとうごいてゐる。精神のかはりを務めてゐるのがゼンマイだらうか、ぢやそれを巻くものは？　——電気なのだ。電気仕掛であいつの地球はまわり月は昇り木は立ち、人は考へ怒り笑ひ泣く。あいつのファンタジーが吾々の理智にも感情にも訴へないといふ理由がこゝにある。即ち、それは吾々の精神作用のうちの最も電気的なもの——感覚に訴へてゐるといふキーノートをのぞいては、あいつの作品に対するどんな評価も全く見当はづれだ。そこに文学以外であつても差支へなく、いやどちらかと云へば文学を知らない人々によろこばれてゐるといふ所以があり、さうだからこそ文学の殻も破つてゐることになる。在来の理智と感情の文学を超えた全然別のカテゴリーにあるから、――あたらしい感覚の文学がその二つの合成でしかなかつた昨日のデイケイしたものから醗酵したのにくらべ、特にあいつの場合にをいてはいかなる伝統もない圏内に入つてゐるからだ。ひよつくりと現はれたこの今日の科学の感覚（人間の感覚と云つてはふさはしくない）の産物は、同じ感覚一途にしてもアルチユールランボオとは似てもつかないもの、そこにはどのやうな人間らしい病的な分子もふくまれず、あくまでも物質のもつ健全と明るさである。またこんな文学の縄準は事あたらしく設けられるまでもなく、世界のどこかにあるコメツト・シチイの言語芸術にそつくりあてはまつてゐる。その街は設計者も云ふやうにたしかに吾々の地球の上に存在してますます拡張しつゝある。やがて電気人間の街の触手は蜘蛛のやうに地球の面に巣を張つて包んでしまふだらう。ついでにそんなふうな蜘蛛は他に二匹ゐる。一匹は人間を殺すかはりに、人間をきらふあまりに去つて竹林を営み、今一匹は人間をして尨大と握手させるべくそゝのかす。

もしリイラダンをこの時代にあらしめたら、あいつは正しく電気を頭脳にふくんでこの世界へきたうちの一人だ。このリシーバーのヘツドとバツテリーのハートは上空の消息には通じるが地上の状態にはいちじるしく無関心である。それゆえ地上的な女色からはすこしもあがき苦しむことなくじつにかる〴〵と浮び上つてゐるが、pederasty は天上界の有様に感電するから不可避といふことになつてゐるらしい。そこで「第三半球物語」「WC」「天体嗜好症」をならべてその三つに同等の感興と価値とを置ぬ人は頭脳に電気をもたぬといふことになる。が、この世紀に生れ合はして頭脳に電気が誘導されぬ法はない。手ぢかな実験は「深刻」の箱にふたをし、きのふの感情のロマンチシズムから三分間別れてみる。「本格」の書架にカーテンを引き、心境のかくれ家から外人街へ散歩に出かけるのもい丶。大脳廻転の摩擦からいち早く電気が発生し、アンテナの頭髪となり直空球の眼となる、――「J―P―P―P! グリーンコメツトシチイの放送局であります。C・T・I氏のお話が三つあり、氏の口のうごきは機械の廻転してゐるかんじが致しますから注意をねがひます。はじまりまあす……」

あいつの Accident はこんなにいちじるしく少年向きである。――といふ批評を出発点にしてあるきながら考へると、足はそんな批評眼の思ひもかけぬ方向へ行つてしまふ。足なみは一歩ごとに速くなり、歩道の両側のたくさんな店、イソツプ、グリム、アンデルセン、メタラン等々を見向きもせず一足とびに別の世界にくる。すでに一千一秒たつて少年は大人になつてをり、自分のとほつてきた街の人々の忘れがちだつた一つの Metaphysics の時代を形づくつてゐる。これは誇張でないばかりか誰しも考へ及んでゐる事柄である。さうなら「あいつは童話作家である」といふ命題から、「大人の読む」といふ脚註を略してよいか。その方がよいかもしれぬ——あいつさへそのあたらしい方向へ進むなら。略すのはよして「子供も読む」とふやしてもよい。が、これはおせつかい、いづれにせよあいつはまた一つの軽文学なのだ。またしかしこの国にはめづらしい Generation-driver と Epoch-maker とは一顧に価するぢやないか。

＊

あいつはまた機械学を文学に移入したこの国で最初の男でもある。むろんこんな機械学はシヨーが湧かした機械学的興味とは数世紀へだて、ゐるが、聖ジヨンは聖キヤサリンを電気とさしかへたら正しくオートマチツク・ジヨウン・オブ・アルクだ。あいつにあつてはオートマチツク・メタフイジクス、云ひかへてエレクトロ・オートマチツク・メタフイジツクス、この骨組を理解してゐる人は多くなからう。現にパラフイン注射の鼻とごつちやにするやうなことが起つた。あいつの荒唐無稽はビオメカニズムのそれだが、あいつのネオダダイズムは生理学のそれではない。ポールモーランさへ生理学以上ではないのだ。三次元とかミンコフスキイ空間といふやうに現象を切断することはそのやうに実在を決定して行くことであり、こんな時代にはすでに、電車のあとを追つかける代数性よりも電車の立場を決定する幾何性が要求されてゐなければならぬ。それなのに人々は代数までも到達せず議論はおしなべて下降的才能に煩はされ、えらいといふ人物はすべて珠算でないか。まづそれらのことわかりかけてから、あいつが諸君の友だちになつたとて別におそいとは云はせまい。

（「不同調」一九二六年十二月号）

機械学者としてのポオ及現世紀に於ける文学の可能性に就て

最近ヨーロッパで、芸術批判の価値論にをいて芸術の真の価値と認められ出してゐるもの、それはアンドレブルトン氏たちの超現実派《シユールレアリズム》といふのもなかに入るのでせうが、その主張について私は何も知らぬと申してよいのです。しかしこの国にをいて西脇順三郎氏や上田敏雄君をとほして知ることが出来た範囲をちよつとお伝へしませう。それは従来の経験意識によるものに対して、純粋意識による芸術を主張するのです。前者は不純芸術であつて、これは芸術とは人生をふかく味はさせるものだなどいふ一般の言葉によつてもわかるやうに、現実及実感の世界をこしらへる点にそのメカニズムがある。換言して美はその対象のうちにある。これに反して純粋芸術にをいて美は対象中にない。それは現実及実感をなくしてしまはうとするところに目的があるからです。だから前者は感じの非常に鈍い人たちに刺激をあたへるためでありますが、後者はむしろあまり感性の進んだためにつり合ひを失つてゐる人たちへの、生理医学を務めるところにある——ボードレールが、文芸をもつて衛生学だと云つたのはこの事に他ならないとするのであります。これはまた一面詩歌の価値を単に吾々のたましひをよろこばせ得るといふ程度のかなたに、もつと合理的に認めたい要求を意味してゐます。それは芸術に一種法律を仮定してその下にをかれた行為とすることであります。今日までの文学はすべて無法時代にあつて、即ちそれが感情のあらはれであつた限り、わざとなされたものではなかつたから、自然の叫びと同じであつて責任をとはれる資格はないと云ふのです。そんな原則とは最も進歩した詩歌は拡大して消滅をする——故に最も進歩した文学は消滅にちかひかたちでなければならないといふ仮定に基きますが、これは詩歌がより純粋になれる方法を暗示した言葉に他なりません。そしてそのやうな境地——それはボードレールには「神のごとき無感覚」と呼ばれ、ユーリカのなかでポオが「無限なる未だ構成されない快感」と述べてゐるやうな領域へ、私たちが入り得るために努力をする。しかしそんな自己が無限にひろがつてしまつた世界にをいては、取扱はれるべき何物も私たちにはないはづであります。しかしこの私たちは折々ほんのみぢかい時間だけそんなところへ近づいたと感じられるときがある——そのことを次の瞬間に立ち戻つた最もそれに近い実感によつて把へよう。さういふことのみが出来るだけで、そのメカニズムを私たちがこしらへるのです。けれども作者は只そんな一つの機械を提供するほかは使用法とてよく説明なし能はない。故にかゝるものを理解するには自身製作者になるほかはないであらう。今日ではまだ完全なタイプができてゐないものについて云はれてゐるところでありますが、そんなら、そのやうなメカニズムとは如何なるものかといふと、別に不思議なものではありません。純粋芸術の美がいつも不純芸術の美を生ぜしめる起因であるかぎり、その試みもむかしからくり返されてきてゐるものだからです。即ち、ピタゴラスやアレキサンドリヤ学派や中世のスコラ派や、それからセキスピヤやベーコンや、近くはダダイズムのやり方などに古典的根拠が認められるもので、ギリシヤの修辞学では「文章は決して普通の言葉どほりにかくものでない」といふことが云はれてゐますし、芸術の要素は思ひがけぬこと、コミックなこと、おどろきであることなど、は屢々《しばしば》説かれてきてゐる。ボードレールは美の特質とは超自然とアイロニイだと申してゐますし、最も聯結しがたいものをつながうとするのがイマジネーシヨンであるとは、ポオやコールレヂの主張であり、未来派にをいてはそれを「線のない聯想」など、申してゐます。つまり一口にはプラスとマイナスの世界をつなぐところに生れる効果であつて、近代純粋芸術主唱者にあつてはそれをさらにおし進めようとするに他ならないのです。故にもしこ、に「菫はパンであつた」かういふことが云はれたにしても、それはそのま、に何の意味を表はしたものではない。皮肉でもコミックでもなく、それは只そんな最もはなれたやうなものをくつ、けることによつて、私たちをしばつてゐる経験の世界を打ち破らうとしたところのメカニズムに他ならない。ボードレールは悪や醜といふことを好んで使ひましたが、さりとて彼はそこに何の思想を表はさうとしたのでもなく、それらを実際に好んでゐたわけでもなく、彼は只そのことによつて私たちの卑賤なモアの世界を排さうとする機械に使用したまでなのです。アナトールフランスはまだこゝまでわからなかつた。だからボードレールが大へんへんてこなやうにしか見えず、故にフランスのボードレール論は一つの人生批評に止つてしまひました。――が、吾々はその次から出発しなければならぬ。リズムだとか調和だとか描写だとか、すべてさういふものに目をくらやまされるのはまだ〳〵吾々が甘い証拠である。なぜならそれらは主観的で不合理な現実にぞくしてゐるものであるが、もはや吾々の意志はそのやうな世界を超えて客観のうちに完全にならうとしてゐるからだ。……大たい以上のやうなことらしいのですが、然らばそれらの主張は具体的にどういふところにまで進み、どんな芸術家でゐるかなどについては、こゝでは述べないことにします。只さういふやうに、私たちが芸術といふ事に止らず、何事を為さうとするときにもなくてはならぬメカニズムといふものに、最もあたらしい芸術上の主張が目醒めてきてゐるといふ点に私は注目したいので、そのため以上をもち出したわけですが、これから小論の目的に向ひたいと存じます。

他ではない。私たちのメカニズムが芸術製作の場合にも――いやこの場合にあたつては何よりも純粋に強調されなければならないとするなら、そのことをエドガーアランポオほどに思ひ切つて、わかりやすく示してくれた者はなからうといふことにあります。純粋派の人たちはポオのことをどう考へるかといふに、ポオはメカニズムをよく説明してくれたけれど、要するにそれだけに止り、即ち彼自身はまだ実感の世界に止り、或る対象を表現しようとした時代にぞくしてゐた。故に純粋なメカニズムといふ点にをいてはボードレールに至つてゐない者とするらしいのです。なるほど私もそれを認めるのにやぶさかな者ではないし、そこにまた云ひたいこともあります。けれどもそんな繊細な分野からの問題はしばらくあづかつて、私はそんな厳格な意味ではない、しかし何物よりも基本的であったといふ意味にをけるメカニシヤンとしてのポオにふり返つてみたいのです。なぜなら、大方の芸術家であるといふ人々すらまだよく文学上及びこのポオに見られる重大な点にふれずにゐるし、或る人は芸術はメカニズムに反してゐるものであるなどいふ位置に止つてゐるやうだからです。或る意見はポオをもつて Artist ではなく単なる Manufacturer だとしてをり、そのテクニツクにをいてのみ認められるといふ立場もあり、メタンの匂ひのする境地だのたましいのうめきを表現した点で異色ある作家だなど、云はれてをります。私の考へによれば、それらはみんな見当をちがへてゐるもの、人間の最も普通なことにさへ気のついてゐないところから生れた言葉なのです。

世界にをける私たちの特質は何かといふに、第一に気付くべきことは、私たちが生活的、、、ではないといふことにか、つてゐると私は考へます。それは云ひかへて私たちがつとめて実行を避けてゐる生物であるといふことであります。実行するならそれつきりのものになつてしまふ。故に私たちにをける存在性とは、実行に距離ををくほど濃くなつてくるやうなものにちがひありません。学術と云ひ芸術と云ひ倫理といふもすべてかゝる努力に他ならぬ。即ち、一切の明瞭なもの、躍動的なものがそこにはじめて存在します。よく自然界は生々したものだと云はれますが、自然界の実際とは何の生々したものでもなく、ほがらかなものでもなく、機械性にしばられて沈みつゝあるくらい盲目的なもの以上の何物でもありません。鉱物は紀念碑になつてしまひ、植物は眠つてしまひ、動物は彼らのより大いなる怠惰（この場合の怠惰とは消滅へ対する意志の究極的努力だとも云へませう）の形式を運動といふ方面に採りましたが、今は反つて運動そのものゝためにつかまつてより以上のうごきが取れないやうにさせられてしまつてゐます。私たちのなかでもたゞ魚を捕つたり植物の栽培ばかりしてゐる人はやはり同じやうなワナのなかに陥ちこんで、それらに対して私たちが考へてゐるやうな生々した何物でもないことは、少しく注意したときにうなづかれる事実ではありませんか。即ちそれらの人々は人間として実は不完全なので、たとひ身体がいかに丈夫で心がどんなに純粋（そんなはづはないのですが）であると云つても、それに手向ふ何者かゞあらはれたらすぐに傷き破られてしまふほど無力なものでしかありません――健全とは正しくそのやうなものをさすのです。なぜなら生活そのもの実行そのものによつて成立してゐるから、即ち自然から一歩もはなれないから、自然法に従ふ他はないものであらうからです。然らば私たちの意味はいづこにあるか、それは今も云つたやうに、なるべく自然からぬけ出ようとする一つの巧妙な努力——メカニズムといふものを行ひつゝあるといふ点にかゝつてゐます。たとへばこゝに或る事柄があるとしてもそれをそのまゝに扱はない。そのまゝに扱つたならそれは直に私たちに受け入れられたのであり、事柄の方へは私たちがとけこんでしまふことになるから、要するにそこで停止したもの——それ以上ひらけないもの——自然そのものになつてしまふでせう、故にそのものを何か他のものによつて実行して自身は束縛からすりぬけるといふやうな仕事を意味するのです。事柄そのものを私たちに自由に扱はれる符牒といふものまでに飜訳をして、その符牒によつて自分たちの実行への代理を務めさせる。自然界にそなはる機械性を別に分離して、その小道具によるちひさき決定をもつて、大いなる決定にまで巻きこまれる危険をのがれようとすることです。なぜそんな事をやるか。そのまゝでは満足しないものがあるからです——そしてこれをのけて私たちは何をもつて吾々だとするのでせう。かういふ点がまた自然におどろかされるといふ私たちの錯誤を引き起す元にもなつてゐます。即ち、今も云つたやうに自然界とは機械性にしばられてゐるものですから、おのづからそこには一つの方向が観取されなければなりません。観取されるから私たちは、そこに何物が働いてゐるかとさぐらうとし、測り知れぬ厳全たるものに行き当つたやうにおぼえるが、これはたゞメカニズムとしてのみ成立するはづの私たちの用具を適用の域をこえて行はうとするからです。なぜ適用の域といふか、それはメカニズムの台である物事の関係を知る智識とは申すまでもなく私たちには派生的のものであつて、決してはじめからあつたといふやうな――すでにこゝにをいても私ははじめにあつたといふやうなことを云ふべく余義なくされてゐますが、じつにそのごときものであるからです。ですから、神と云ひ無限と考へるのもすでにどこかに応用されるメカニズムであると考へらるべきが至当なので、かういふ考究について今日はよりふかく進まれませんが、このやうに私たちとはむしろ自然に逆行してゐるところに真義をもつてゐるものであるからして、それに気付かずに発せられるかの自然と云ひ生活といふ言葉は、非常に幼稚な知覚へ向つてのメカニズム（なぜならメカニズムの他はつひに何物も無ですから）であるといふ他は、全く意味をもつてゐない、つまり存在してゐないものであります。それら言者の生活とは一つの動物感の充実――最も好意をもつて考へたときにも日常生活といふものをさす以上の何物でもないからです。尤もそれは私たちにはなくてはならぬものです。しかもすでに行はれてゐるべきで充分なるものをもつてなぜなくてはならないと主張する要がありませう。故に、それはほんとうのメカニズムとは云へないもの、なぜなら、それは私たちを、私たちより低いところ、つまり堕落の意味にをいて慰めるものであつても、決して私たちを高め人間性の意義を強調するものではどの点にをいてもないから、純粋な功利主義とは申されないからであります。故に実践倫理学としての見たときもそんな云ひ方は野卑なものであり、新聞や活動写真や大衆文芸などいふたぐひと一束に、すべて私たちの欠陥そのもの、上に立てられてゐる原理だとすることができます。こゝに気がついたから云ひますが、そのやうな内容のない、只外面のいかめしさにごまかされてゐる田舎者の典型を、私たちはロシアにみとめることができるやうです。直感的な人々は、ロシアとは一口に永久の生活派であるとの言葉に異論をはさまれないでせう。そして生活派とは芸術以前派としても間ちがひはないやうです。なぜならそれらは一般の人間性のレベルを目標としてゐるものである限り、それから得られるところも私たちの日常周囲のあり合せで充分に間に合ふやうなものであるからです。これは所謂ロシア的な芸術がいかなる人々のみを引きつけ、ロシア的なる評論家がいかなるあたまをもつてゐるかを顧みたとき、直にうなづかれるところであります。私の考へを極言するなら、ロシア的なるかぎりは何事も未だ存在にまでは至らぬものです。ロシアは出来るだけやつてみても経済学以上に文学を考へられない。かくしてエレンブルグは田舎者の機械讃美に陥り、それにたぐひする非直感的な人々の為すところ語るところ、只何かに到達しようといふ焦りの他に何物もみとめさせないものでしかない。このへんの消息は、彼等の世界塔とかいふ支離滅裂なものにフランシスピカビアの一本のボールトをくらべてみてもわかりますが、実際、ロシアの美は、あの青い交差線の旗をひるがへしたバルチック艦隊とザアのしるしのついた皇室専用葡萄酒の瓶のほかに、よく何物があつたとも思へないではありませんか。尤もこれは私のたとへに用ひるロシア的なものなので、紳士もたくさんにをられ、故に私の云ふやうなところからぬけ出るであらう現実のロシアとは別問題なのです。そしてこんな意味にをいては、ツルゲネーフなどはロシア人ではありません。メカニシヤンといふことでは、ロシア人でないフローベルやモーパッサンなど、一しよに、近頃のガタ馬車趣味を主張する人々などの及びもつかぬところにゐるからです。今日のワイ〳〵連が少しも余裕がないのに比べ、ツルゲーネフなどいふ人たちはそんな余裕のない自分のなかにあるもう一つの自分（それはEに対するE´と云へるでせう）がよくわかつてゐたことをその作品によつて知らしてゐます。ドストエフスキイなどは何もかもが一しよになつてゐる点にをいてえらいと云へるが、只さうして何かに私たちがこしらへ整理するものをぶちまけたといふにすぎなく、つまり一種の排泄なので私たちにはあまりに必要ではありません。さらにトルストイに到つては還元などゝいふ意味が全くわかつてゐなかつた様子だし、チエホフは池のなかへ石を投げて波紋を眺めたといふだけのことです――故にタンスのやうな人たちには了解される。全く偉大なる精神などいふことも偉大なる自然と同様につまらないリリシズムにぞくしてゐます。私たちは地球上のさま〴〵な風景を見るでせう、しかしそれがいかなる絶景であるにしても、そのまへに立つた私たちにはつひに「これか」と云はせる以上の何物でもない。然らば私たちの台所道具と同一である。故に風景に感服したり偉大な精神に感激したりするやうな者は芸術まではきてゐない。それらのまへには少しく努力すれば手に入る紀念エハガキがあり、その煩悶を如何ように長くかいてもい、日記帳とレターペーパーがあり、それを人々につたへるために演壇まで用意されてゐるからです。私たちはその次から出発しなければなりません。といつて飛行機に乗るのでも望遠鏡をのぞくことでもない。空中の感想もレンズに映じた銀河も共に現実にすぎないもので、私たちにはやつぱり「これか」にちがひありません。エツフエル氏の彎曲支持面ダイヤグラムとマイケルソンの光の干渉表になつてこそ、それすべき足場と云へます。これは私たちを一切の上に導く文明の努力を意味しますが、それらつくられたるものによつて同化されたる分野にすぎぬ文化的な何事をも意味するものでありません。たやすくは取り入れられないもの、故にそれははじめて眠らされようとする私たちを支へて生命の前線にをける唯一のヒユマニチイを展開させてゐるのです。ポオもまたそんな事業に参加した一人でした。

大ざつぱであるが私の云はうとするところは諸君に気付かせてきたであらうと思ひます。私は今ポオの作品や生活について一々どう云はうとするのでもありません。それはすでに多くの人と角度によつてくり反されてきてゐることであり、私は只諸君のあたまにあるそれらを私の云はうとする点にをいて見なほして戴きたいといふのみで充分でありま す。――所謂怪奇とされる題材、効果のみ念ををくかき方、そこには性格といふものが取扱はれてゐないこと、女性といふものまで神さまのやうに稀薄にしか現はされてゐない点、生れたアメリカのやうに作者にも伝統がない――かはりに宇宙的憂愁といふやうな先祖をもつてゐるところ、従つて作品はすべて方程式みたいになつてゐる……ともかくこれらが何人にくらべてもハツキリしてゐるが故、私は彼をもつてメカニズムといふ人間性の最も大な点に気付いたはじめての芸術家として見なほしたいに他なりません。この点は往々反対者の理由にもなるやうですが、もし然らばかゝる点を退けた私たちの可能性とはことごとく存在とするねうちもないものではありませんか。そこにいかに生活が叫ばれたにしても、つひにすぐに取り入れられ、故に私たちの努力を放散させてしまふたぐひであり、いかに時代性が重視されてもつひに時代を追つかけねばならぬといふ意味以上のものではありません。それらはポオのまへにはあまりにいさぎよく切断されてゐる。ポオの作品がランプとローソクのみに夜がてらされた時代になされたものだなどとは到底考へさせないのは、それが新旧のかなたにあるメカニズムの原則に従つてゐるからである、といふのはポウはそれを有用ならしむるために、できるだけ卑近な利用に取り入れられることを避けるやうに試みてゐる。故に往々一般好奇心をそゝるやうな外見のゆるむことをさへぎつてゐる。云ひかへてそこでポオは生きてはゐない。只こしらへてゐる。実行してゐるかはりに観測に従つた。もしかゝる点にをいて私たちが一瞬間でも生きたり実行したりしたらどうなるでせう。よしよろこびはあつたにしてもそれは自然のもので断じて私たちにぞくしてゐるものではなく、事物はたちまち生の果物のやうに腐敗してしまひ私たちは昆虫にまで眠つてゆく自分を知るだけでせう。この点でポオは彼の作品を、思慮ある人のまへに最も辛抱されるやうな冒険小説にすることに成功をしたのです。なぜなら文学も経験を超えて合理的たらんとする私たちの要求であるかぎり、形式はよく冒険小説の他にはないからであり、私たちの見る冒険小説とは思惟にたへざるものばかりであるからです。この意味で近頃云はれてゐる文学修業などいふことは滑稽な話です。人々はこゝにも彼らの常套語「生活のための文学」「文学のための文学のための文学のたはむれであり、彼らの私たちへのおきまり文句「文学のための文学」がいかに文学のための文学」がいかに人間性の文学であるかを知るべきでありましす。全く虚勢をはらなければならぬ、故に完全ではない人たちにくらべて、ポオのやうな仕事は私たちがほんとうに健康でなければやれないことです。ポオをもつて病的だとする者こそ、反つてどこかに不具者である自分を表はしてゐるものです。なるほどしばく使はれた恐怖とか死とか秘密とかは普通でないものであるが、然らばそれだけにそれを普通でないとするやうな日常経験を排さうとするメカニズムであると気付かれるはずではないでせうか。なぜならポオはすでにそれをこしらへてゐるのだから。また人そのものとしてのポオがいかに物静かな、しかも運動や音楽にも秀でた（この国の文学者の大部分のやうなつんぼではなかつたのです）典型的な紳士であつたかといふことは、何かの私的事情から悪口を云つてゐる者の他にはしばく云はれてゐることですし、それはそんな一面から非難されてゐるやうな人間であつて一たい彼に先立ち彼に追随した何人も及びつかせないあの歯車が組合つたやうな作品がかけたであらうか、といふことを顧みても私たちにはわかることです。そして彼に、今四十年をあたへたら、前半生の報ひられなかつたところもその天才に対する正当な賞讃とをきかへられたであらうとは、行きとゞいた批評家のすべてに云はれてゐることでありませんか。即ち、そこにダンテの恐怖やボードレールの凄惨がみとめられないといふのはむしろあたりまへなのです。墓の彼方への探索や戦慄の使用はメカニズムとしては初歩のもので、八方へめぐるイマジネーシヨンの矢車は、すでに人間性の苦悶といふやうなところを超え、生理学たる文学の領域すらとび出して、全宇宙にまでひろがらうとする熱意をはらんだアンビツシヨンを察せしめるではありませんか。ハンスフアーエルの月界旅行、アーサーゴルドンピムの海洋談、ヂユリアスロードマンの西の国の旅、風景園、神仙島、メロンタタウタ、宇宙論ユーレカ、かゝる彼は、自然とは俗人の卑劣な思考から生れた命題にすぎぬとの見解を下に、求めるところは「自然の恢復」でなく「自然の改造」であるとして八十年のむかしに「アールンハイムの地所」を企てました。さらに面白いことに「黄金の兜虫」によつて、「何人も少年時代に夢中になつた想像科学の原則を示してくれた彼は、かつてパールホワイトやエジポロのシリースのつなぎ目毎の、あのハラ〳〵とするものを「奈落と振子」のなかにすでに教へてゐます――ほんとうの文学とは正しくこれらをさすものでなくて一たい何でせうか。ホフマンもワイルドもシユオツブもこの大規模なメカニシアンのまへにはあまりに早合点な助手であり技師であり、ときにコツクとも植木屋とも云はれても仕方がありません。まことに技巧に頼らなければならなかつた作家、何事も積木細工に組立てるより他ない真剣な探究家、他は笑へても他と共には笑へなかつた想像科学者――従つて出るべからざる白昼の世界にとび出してしまつたあはれなモグラであるものは、つひにそのまゝ自然界にをける笑ひのないぎこちなをかしさである私たちでなければならないからです――そしてこの致命的な一点によつてこそ、彼は何者よりもえらく、そこにまたあらゆる私たちの可能もか、つてゐるのではないでせうか。

時間によつて支持されてゐる世界といふものについて、私たちは往々それは直線と考へらるべきやうな工合になつて何物かゞ為されてきてゐるやうに考へるが、むしろ何物かゞ（おそらく非常に単純な何物かゞ）常に為されようとしてゐる――しかもそれはいつもおしもどされてゐるが故に、あたかも振子のやうな工合にそのことがくり反されてゐるやうなものだとする方が至当でないかと私は考へるのです。そこに私たちの永久があります。一般相対性理論によつて明らかにされつゝ、ある「有限にしてされどその表面には達することのできないゆえに終局なき球空間としての世界」といふのも後者の真なることを暗示してゐないでせうか。私たちの意識などいふものも、じつは常に変らない純粋単一な流れと云へるもので、私たちの努力の究極もつまりはそこへ帰らうとするところにあります。故に私たちに云へることは、或る人々が企てたやうなことを、自分たちも自分たちの立場から出来るだけやつてみるだけであるとの一事のみです。私たちと或る人々とはつひに別の振子ではないからです。そして次のやうなことがつけ加へられます。それはこの世紀になつて目醒められてきた科学的精神――三段論法による都市の説明を鵜呑みするといふことではなく、むしろそんなことがないやうに、正しい経験と直感の上に立つて事物の明瞭さをきはめようといふ精神を俟つて、かゝる点からはまだ模索中であつたと云へる私たちの文学は確立されるかも知れない。近来しきりに生滅するいろんな文学可能への試みをふり反つてみてもそんな気がします。文学の表現時代に対する非表現時代の主張さへ最近には見られる。何にせよリアリズムなどいふ言葉はもうすぐになくなつてしまひ、超自然主義など云ひ出されても、それは何ら科学上の自然現象に反する意味でもなければ人間性に反するものでもないことが人々にうなづかれるやうになるでせう。そこには修正こそ与へられやうが、まるで理解のとゞいてゐない今日の各流派がムチヤクチヤに混戦をするやうなことはなくなるでせう。なぜなら私たちの文学とは、――諸君は軍艦や飛行機に一種の美を認める。あの美しさは何によるか、戦ひといふこと以外はすべてを切断したところに生れてゐるものでないか(すでにこゝに於て美とは、全く実用的なほどそれほど実用的に緊張してゐるたぐひのもの、即ち最も純粋なメカニズムであるといふ以外の何物でもないことが暗示されてゐます)私たちの文学もまたそのやうな――しかしさらに〳〵精緻な、全人間性の前線に使用される質的な文明利器に他ならぬであらうからです。故にカーテシアンの碁盤目はボードレールの所謂自然的人間である女及それに類する怠慢者の住ひたるべし。人工的人間、故にダンデイである私たちは、ガウスの坐標系に拠つてもう一つのローレシス変換を試みるのです。私たちはかゝる一事の可能性を信ずる――そしてそれこそ一切なのです。

ポオとはじつにこのやうな原則を、文学の無法時代のさなかにあつてよく適切な方式にこしらへあげたガリレオである。それは今日の郵便切手や人魚の詩人たちの精密でありながらしかし病院的たるものに反し、あくまでも工場的なるものであります。近代芸術のなかに入りまじつてゐる二つの特徴である生理学と物理学との問題は、日を改めて述べたいと思ひます。

（「新潮」一九二八年二月号）

貴婦人はアランポエポエとす

――詩人と云われる程のバカでない――

昔、京都の俳人中川四明に「触背美学」があった。触背即ち不即不離で、この芭蕉的「不易流行」を利用して、彼は活動写真(映画)の瞞着性を指摘した。映画は流行の上に成り立ち、不離密着であり、写真のつぎ合せだというわけだ。「ぼうふらの茶柱に似て非なる哉」

中川はドイツの大学で哲学をまなんだ人だから、ドイツ古典美学が応用されている。こんな説はよく判るが、現今行われている詩論及び画論は常に最もつまらないものである。論者たちはいったい何事を考えているのか、どこへ持って行こうとしているのか、見当が付きかねるようなものばかりだ。その大旨は雑多な西欧文学論の羅列であり、統一する方法(フィルムの回転、個性的アクセント)が欠けているのである。それぞれの原文ではもう少しハッキリしたものであろうが、その西洋の詩人小説家にしてからが、近ごろはドングリの背くらべである。このようにもともと電源が弱いものが、こちらの文芸評論家によって濾過されると、いっそうポテンシァルが低まってしまう。

中川四明以後にあって明晰な美学に、西脇詩論がある。それは、反対同志あるいは思いがけないコトバの連結が日常性を破壊して、われわれを瞬時（あるいは若干時間）の開放に導くと云うのである。unapprehended（シェリー）即ち今まで感知することができなかったcombinationを作り出すのが詩の任務だと云う。この加速装置によって、日常性という固い原子核が破壊される。そこにおける新規な結合は無尽蔵である。これは日本の「青い莢豆の中の思索」であり、又、アングロサクソン的発想でもある。

私は総じてラテン系文学は虫が好かない。そこでは何彼につけて女体と料理が持ち出される。西脇氏は豆飯のようなものが好きだと、いつか洩しておられた。彼はスープ皿にヒゲの先を浸して徐ろに匙を口許へ運び、いつ果てるともない暇なお喋りを続けるような手合いではないのである。平仮名的記述の中に、アクセントを付ける意味で片仮名を導入したのは、確か西脇氏であった。

氏は陶渕明をほめておられたが、こういう在官八十余日でさよならしたような人物は別として、私はシナの詩も文学も余り好きでない。それらは一種のレトリックであり、官吏のイデオロギーに支配されているからだ。こんな意味では、ゲーテは堂々とはしているものの、詩人として致命傷を負うている。そこには不思議なものが少しもないからである。

老荘ですら政治学であり、処世訓を出ない。シナでおもしろいのは三皇五帝である。牛のツノを付けた神農、人首蛇身の伏犧《ふっき》、女媧《じょか》氏と呼ばれている黄帝、堯舜の時代であって、これはシュルレアリスムの領土である。

「一個の結晶は明晰である。結晶の破片の集りはしかし不透明である」Mボルンは、「原子力学の諸問題」という自著の結びに書いている。今日まで、これこそ、二十世紀の文学だと思ったものに、前にFTマリネッティの「未来派宣言書」があり、後に西脇順三郎の「超現実主義詩論」がある。こんなクリアの文章を私は他に知らない。

(『西脇順三郎全集』第四巻月報所収、筑摩書房、一九七一年十月)

解説（『稲垣足穂全詩集』宝文館出版版）

中野嘉一

稲垣足穂の肖像

日本文学の系譜のなかで空前絶後のスタイルをもって彗星のごとく登場した稲垣足穂（一九〇〇―一九七七）は大阪船場の生れ。少青年時代を明石・神戸ですごし、関西学院卒業ののち、飛行家を志願して上京、果さずして帰る。再度上京、一九二三年（二十三歳）『一千一秒物語』「星を売る店」で新人作家としてデビュー。「童話の天文学者、セルロイドの美学者」と佐藤春夫は限りなきファンタジー作家として讃え、西脇順三郎は「悪魔学の魅力」と題して足穂論を書き、「彼は玩具の形態において、すべてをみる。丁度、スピノーザがレンズの影響を受けてか、すべてを永遠という幾何的な形でみるように、タルホの玩具は永遠の形態である。玩具の哲学が彼によって初めて行なわれた。彼の玩具観は神学にまでのびて、一種の天文学とさえなっている。」とタルホの世界の一面を照射した。タルホの少年時代からの飛行機好き、星と月への偏愛はロマンティックな幻想を生み、独自な文学活動を推進させた。戦後は彼独特のA感覚性愛の世界をひらき「少年愛の美学」をもってブームをよんだ。

稲垣足穂は詩人として、作家として、生涯、強靭な形而上学的体系を守り続けた。そして永遠と絶対を、宇宙の窮極の原理を探求するといった哲人の面影があった。

足穂の詩とその流域

1　前衛詩誌からの出発

本書は『稲垣足穂全詩集』として足穂二十三歳（大正十二年）の頃からの作品四十五篇を収めたものである。

「初出一覧」によっても分るように、足穂の詩は大正末期から昭和初期にかけて発表されたものが圧倒的に多く、特に未来派ないしダダイズム系の前衛詩誌、モダニズム系統の詩誌への発表に注目されるものがある。その他同時代の綜合雑誌・文芸雑誌「中央公論」

「新潮」「文芸時代」「文芸汎論」「四季」などに寄稿した作品も多い。

本詩集に載せた左記十四篇の作品はこれまでの単行本に未収録のもので、初出誌から発掘採集したものである。

戦争エピソード	文芸時代	大正15・8
僕の五分間劇場	文芸公論	昭和2・6
青い壺	一家	昭和8・4
空の寺院	文芸汎論	昭和10・4
青い独楽	文芸汎論	昭和10・10
兎の巣	羅針	昭和11・4
円錐帽氏と空罎君の銷夏法	蠟人形	昭和13・8
宇宙に就て	手帖	昭和2・6
生命に就て	手帖	昭和2・7
物質に就て	手帖	昭和2・8
人間に就て	手帖	昭和2・9
薔薇（ダンセニイ）	手帖	昭和2・10
詩人対地球（ダンセニー）	手帖	昭和2・11
一筆啓上	甲虫	昭和4・？

なお、本詩集には名古屋豆本別冊『イナガキタルホ詩集』（中野嘉一編著・阪元亀山巖）の詩十五篇をも収載することとした。

ここで、私は足穂の詩についてほぼ発表年代順に詩史的な見地から、その詩的特質にふれて解説をすすめてみたいと思う。

冒頭「シヤボン玉物語」詩十三篇は「中央公論」（大正十二年十二月号）に発表されたもので、同じ年に発行した『一千一秒物語』にみられるような月を主題とした幻想や感覚が著しく目立っている。「レモン水の秘密」などといった詩では「屋根に匍ひ上つて行つた」「十三夜のお月さんから、そのレモン水をしぼり取つた」「うまいレモン水の秘密がわかった」といったようなナイーヴな思考、感覚がみられる。「ピエロ登場」には、月とピエロの対話が出ていたりする童話的発想がある。

これらの詩を発表した大正十二年、足穂は「中央公論」に「黄漠奇聞」「星を売る店」さらに「新潮」に「私とその家」を発表するなど、新人作家として活潑な創作活動を始めている。

2　香炉の煙

シナ気分をとり扱った詩

「香炉の煙」は「東洋更紗」「秋五話」などとともに足穂のいわゆるシナ気分をとり扱った詩である。これは初め「新潮」（大正十三年一月号）に掲載された。のちに、「詩神」（昭和四年十一月号）に「七話集」（Revised）として発表された。

足穂は彼の作家自註ともいえる『タルホ＝コスモロジー』のなかで、「香炉の煙」について「私の頭の中に、のちに『一千一秒物語』としてまとめられた数々の小話が続々と生れていた頃、傍らにいくつかの東洋的な断片が出来た。その中から選んだのである」といっている。

「香炉の煙」は1笑　2夕焼とバクダートの酋長　3李白と七星　4東坡と春　5黄帝と珠　6ビバヤシヤと芥子粒　7盗跖と月　8王と宝石商人　9老子と花瓣　10荘子が壺を見失つた話　11アリババと甕　12墨子と木の鳶　13アリストフアネスと帆　14ふる里　の十四篇から成っている。

「夕焼とバクダートの酋長」は、級友猪原太郎が「家を飛び出すなり夕焼の赤い棒で背中を殴られた」と手紙の中に書いてよこしたのを応用したのである、という。李白、老子、荘子、列子に関するエピソードは勿論彼自身が編み出したものである。

由来彼はシナ人の生活万能主義が大きらいだが、それとて大昔の呆《とぼ》けたものが滲み出している部分は、大変面白い、好きだといっている。即ち、三皇五帝で、ツノを生やした牛頭の神農や人首蛇身の伏犧《ふっき》や、女媧《じょか》氏と呼ばれた黄帝、又お昼ばかりでそこには夜が無かったような堯舜の時代である。

「黄帝と珠」は「黄帝が赤水《せきすい》の北に遊び、崑崙の丘に登って南望して降りた。黄帝はその折に大切な玄珠を落してしまった。家来たちに探させたが、誰も見付けることができなかった。只側近の無象だけが首尾よく珠をひろって、宮殿に持ち帰った」といった内容のエピソードである。

「羅針」に発表している「東洋更紗」にも「黄帝と谷」「老子と藁の犬」などといった作品がある。こういった足穂のシナ気分を取り扱った詩には彼自身も自負しているようにたしかに、何か足穂特有なものがある。その由来について彼はつぎのように語る。

「私の義兄（姉の婿）は徳島の蜂須賀の典医の家に生れ、セミプロ書家をもって自任していた。彼の身辺には李白や杜甫や白氏や陸放翁が見られたが、特に荘子に傾倒、私をつかまえては内篇外篇のエピソードを説く癖があった。私の十二、三歳からはたちにかけてである。たぶんその辺の影響だろうと思われる。謡曲によるものも多少あるのか知れない。」

「おまえの書いた『香炉の煙』を読んでいると何やらボーッとしていて、いい気持になるな」こう洩らしたのが私の父であった、と彼は回想している。

戦後、足穂と作家五木寛之の対談「反自然の思想」（昭和48・3月「短歌」）で五木が

「七話集」の中の「李白と七星」を大変賞めていたことがあった。この詩などは、一種のウヰットの面白さにすぎないといってしまえばそれまでだが、後者では星をとり扱ったところに足穂らしい思いつきがある。李白が北斗七星をみていて、星が一つ足らない、ひょっとみたら、雁が星と自分の目のあいだを遮っている、といったような足穂のおもちゃみたいな世界はやはり彼独自のものである。

3「タルホと虚空」

「G・G・P・G」の頃の詩作品について

つぎに、足穂は「GE・GIMGIGAM・PRRR・GIMGEM」（ゲエ・ギムギガム・プルルル・ギムゲム略してG・G・P・G）に「バンダライの酒場」「星が二銭銅貨になつた話」「タルホと虚空」「坂でひろつたもの」など四篇を発表している。この雑誌は野川隆・孟兄弟によって大正十三年六月創刊されたもので、ダダイズムないし未来派的傾向の前衛詩誌として有名である。二号から橋本健吉（北園克衛）が参加し、野川に代って編集に当った。日本画家玉村善之助（方久斗）・中原実・稲垣足穂・石野重道・田中啓介・高木春夫・近藤正治などもこの雑誌のメムバァとして活動した。

初めに「バンダライの酒場」の背景、雰囲気について書いてみよう。傍題に、ヒュネカァの「彼等は空虚をとらへようとしてゐるのだ」という言葉がある。タルホはヒュネカァが好きで「私の耽美主義」の傍題にもヒュネカァの言葉を引用している。
この詩の中で少年ダダイスト啓介というのは田中啓介のことで、「G・G・P・G」の仲間の一人であった。
詩の中に、ガス灯、赤い豆電気の明滅によって三日月型にまわっている〈広告灯〉「緑色のスパークを出してボギー電車が……」などに足穂の「新感覚派」以前の新感覚、ダンディなタルホ趣味の言葉がみられる。タルホは後年、我がはたち代という傍註をつけて「キネマの月巷に昇る春なれば」という回想的な随筆を書いている。
これは友人の
キネマの月巷に昇る春なれば
遠く声して子らは隠れぬ
という短歌からの借用であるという。
「ムービイホールの青い王国から吐き出されてキネマの巷にさしのぼってゐる月を見る少年の想ひでなくて何でせう?」という一節があり、「アスファルト街上にまんまるい月が昇って、その下で青い眼の連中が隠れん坊をやっている」神戸三宮の山手の夜間雰囲気を連想させる。タルホ自身「この神戸三宮の山手の夜間雰囲気が、私に『一千一秒物語』を書かせた」といっている。「それを清書して東京の佐藤春夫先生に送ったところ『君の書くものはなかなか面白い。本にするつもりなら助けてあげてもよい。ともかく一ぺん出てこないか』となったのである」。彼は早速上京した。そして上目黒の佐藤春夫の許に暫く厄介になった。春夫の「さんまの歌」「殉情詩集」の出たころであった。

この詩の終りはタルホらしく「私はこの夜、世界文明の包紙もすでに至るところから破れか丶つてゐるといふ事実を、いよ〳〵確信するに至つた」と誇張されている。ニヒリズムの観念形態を具象的に表現しようとしたのである。

「タルホと虚空」という作品では、足穂の「虚空」への深い興味が示されている。副題は「理屈つぽく夢想的な人々のための小品」となっている。のちに、他の小品と合わせて、「新小説」に掲載された。そして後年、タルホはつぎのように回想している。

石野重道（筆者註・G・G・P・Gの同人）が彼の一夜の夢を『タルホと虚空』として何処にでも持ち廻っていた。この云い方が面白いので、ペンを取ったわけだ。三十年もあとになって、私は新宿区戸塚界隈の哥んちゃんから、「先生はつまり虚空をつかもうって云うんだな」と云われたことがある。私はこの時、『タルホと虚空』の傍題、「つまり奴らは太陽の暗示のない夢を織り出そうというのさ」を思い合わさないではおられなかった。

このことばは「天体嗜好症」の中に書きこまれている。もともとこの文句は、アメリカの文芸評論家ヒュネカァの短篇「月光発狂者」（辻潤訳）の中にあったのである。

足穂はいう。「そもそも太陽が何かしら野暮なのは、太陽そのものの咎ではない。太陽をとり巻いているお昼の青空が悪いのである。お日様とても、青ぞらを除いて、真黒な、星々がぎらついている空間の只中に置いてみたら完全に、虚空族の一員になってしまう。」

足穂は「G・G・P・G」のころ、野川隆から物理学や幾何学を教えられた。このことは足穂が後に宇宙構造論、天体への興味をもつ第一歩であったといっていい。後年、私のロバチェフスキー空間も実は野川によって教えられたものだ、と回想の中で記している。足穂によればソヴィエトのルーニク3号が初めてもたらした月の裏面の写真にソビエツキー山脈の左側に「ロバチェフスキー」という地名が与えられている、という。「でもこれに先立つ約半世紀も前に、カザン大学の総長であり、非ユークリッド幾何学の大立物であるロバチェフスキーの名を日本文学の中にとり入れたのは野川隆君であることを諸君に銘記してもらいたい」といって、足穂は野川隆の「G・G・P・G」のころの先駆者的な活動に敬意を表している。ちなみに、「東洋更紗」（「羅針」発表）に「ロバチエウスキイの箱」という詩がある。

足穂文学には天体嗜好型の作品が多い。月や星を拾ったり、星と格闘したりする童話の世界が面白い。つまり、特異な小宇宙の形成があり、無限の黒闇に墜落するといったような、いわゆる世界没落感情みたいなものが描かれている。これは処女作『一千一秒物語』以来みられる特異なモティフである。三十二歳のときに書かれた「電気の敵」その他の作品などにもうかがわれる。

「G・G・P・G」の時代、足穂は「コメット・タルホ」の綽名があった。コメット・タルホといえば、彼自身『一千一秒物語』（大正十二年刊）の扉に気どって、つぎのように書いている。

星しげき今宵、コメット・タルホは
敬愛する紳士淑女諸君に向つて
かくの如き数々の小話を語らうとする

初期の作品にはイナガキタルホと片仮名で発表されているものが多い。

4　タルホのパロディ
天体嗜好症という言葉

「驢馬」（大正15・5）に足穂は詩「僕はこんなことが好き」を寄稿している。短章風の詩である。この雑誌は室生犀星のもとに出入していた中野重治、窪川鶴次郎、西沢隆二（ぬやま・ひろし）、堀辰雄、宮木喜久雄らの発議で創刊されたものである。当時田端居住の犀星、芥川龍之介、萩原朔太郎らの影響を受けていた学生の同人雑誌で、詩が中心だったが、後期には散文の比重が大きくなった。翻訳詩には、堀辰雄のコクトー、アポリネール、ジャムなどの訳出が多かった。執筆者には、足穂のほか、佐藤惣之助、福士幸次郎、百田宗治、千家元麿の名前もみえる。

「僕はこんなことが好き」というこの一連のものでは「ホーキ星のやうにとんで行きたい。」「『赤色彗星倶楽部』の会合につらなりたい」といったような夢または空想的願望の表現。それらは、すべて病的な自己中心主義的な、ともいえるような作品である。偏執的ともいわれよう。もともと抽象志向、天体とオブジェ、これらは足穂の初期からの創作のモティフとして評価され、注目されている。『一千一秒物語』の精神構造を象徴するものといえよう。

人間の自然な感情よりももっと遠いところにある、抽象的なもの、形式的なもの、機械的なものに向うために、足穂の場合、反自然的な孤立を享受せざるを得なくなる、というのが私の見方である。

足穂の詩には現実の変容・自己神秘化とでもいうべき傾向が目立っている。右にあげた詩の何れも幻想的でどこか少年らしさ、童話的な要素がある。月とか、銀星とか三日月の黄金の弓といったような天体嗜好型の言葉が頻発する。

天体嗜好症というのは、足穂の新造語（オノマトポエジイ）で、屍体嗜好症をもじったもの。このもじりによって、天体はとつぜん全く別のものとなって、現前することになる。つまりそれは、性的関心の対象といってもいいようなものにも変る。足穂の場合、詩情が言葉遊びのユーモアによって創られる、ということに彼の大きな特異性がある。

同じような例は西脇順三郎の詩「梵」にみられる「脳南下症」という言葉である。これは「脳軟化症」をもじったものである。一種のパロディの面白さを表現しようとしたもので、この言葉のもじりで、脳軟化症への恐怖とか不安がいくらかでも解消出来れば、と詩人は云った。

足穂に「円錐帽氏と空罐君の銷夏法」という詩がある。これも足穂の奇抜な連想、諧謔癖からつけられた題名で、幻想的な面白い発想の詩である。

「僕の五分間劇場」にはタルホ自ら描く未来派風の絵が、a泥棒とコイン　b無何有から来た人　c月と紳士　d土星と子供　といったタイトルで四枚入っているが、本文には省略した。

この詩は、泥棒や子供や紳士を星や月に関係づけた荒唐無稽な小話でやはり『一千一秒物語』風の幻想をうけついだものである。

足穂は昭和初期（昭和二・三―昭和二・一一）文藝春秋社発行の「手帖」（編集・発行

人片岡鉄兵）に六篇の詩を寄稿している。この雑誌は月刊同人雑誌で川端康成、横光利一、中河与一、片岡鉄兵、岸田国士ら主として新感覚派ないし「文藝春秋」の筆者から成り一人に一頁が提供され、あらゆる傾向の芸術家のために自由な特異な編集が行なわれた。『手帖』は科学的風貌を持っている。第二十世紀の最も進歩した建築様式——立体的大アパートメント」といったマニフェストがみられる。同人の一人として、足穂は六篇の詩を寄稿している。中でも「薔薇」「詩人対地球」の二篇が面白い。いずれもロード・ダンセイニから習得した幻想的な発想から浪漫の世界、シニカルな諷刺を描いてみせる。「宇宙に就て」でも足穂らしく「どうも飛行機のしみのついてゐる空は感心しないよ」とか「今ぢや宇宙は星だらけ」といったような言葉が無雑作に呟かれる愉しさがある。「詩人対地球」の中に「夢と戦争」という言葉があるが、ダンセイニの小品に出ている言葉である。

5　モダニスト詩人たちとの交流

「薔薇魔術学説」に発表されたものに「へんてこな三つの晩」という詩がある。これは『一千一秒物語』（一九二三年刊）にみられたような幻想をうけついでいる。一種の焦燥感や錯覚・幻想的なムードはいかにもタルホらしい特異性である。丁度、この雑誌の編集後記の欄に冗談めいて記されている「稲垣足穂のアルコオル性の思想が、いまどのやうな旗をもつか」という問いの言葉に対して、この詩が応えているようにも思われる。

この「薔薇魔術学説」はわが国におけるシュルレアリスム運動詩誌として昭和二年（一九二七年）十一月創刊されたもので、タルホは北園克衛の勧誘で「G・G・P・G」の同人だった高木春夫、石野重道らとともに創刊号に寄稿している。

大正末期、タルホが神戸で親しかった文学グルウプには藤井文雄（「閑街」という文学雑誌の発行者）のほか、詩人では前記高木春夫、小説も書き、詩もかいた石野重道らがいた。高木は「G・G・P・G」の創刊号から「星の転生」とか「ダダの空音」とかいったモダンな詩をかき、また当時十九歳だった石野は「彩色ある夢」という作品を発表して佐藤春夫から激賞された。しかし、二人とも発狂した。『青春と冒険　神戸の生んだモダニストたち』を書いた青木重雄さんの話では、高木は神戸菊水町の精神科病院へ三回も入れられ、石野は行方不明になってしまった。ただ、着々とその後も才筆を揮ったのはタルホ一人だった、という。彼は詩よりも散文の方で『星を売る店』『一千一秒物語』につづいて「鼻眼鏡」「染料会社の塔」などを書いた。そのころ、タルホは中央でも新人中の新人として認められ、大正十三年「文芸時代」の同人になった。同人には、稲垣のほかに川端康成、片岡鉄兵、中河与一、岸田国士、今東光、横光利一らがいた。

比類のない新しいファンタジィと玩具的形而上学に盛られたイナガキ・タルホの散文は

その後も続いて各雑誌に発表されたのである。

足穂に「一筆啓上」という詩がある。宝文館出版編集部の宮崎英二氏が『安西冬衛全集』未刊詩篇の作品整理中、偶然みつかったといって送ってきた。発表誌名は同じ号に冬衛が「七」という詩を発表している「甲虫」という雑誌であることが、昭和四年頃の冬衛の日記によって確認できたというのである。しかし私は「甲虫」という雑誌については残念ながら詳らかでない。

これはエッセイ風の詩である。何か思考の ambivalent な気分を表現しようとしたもののようである。Toshio は上田敏雄のこと。上田の詩集『仮説の運動』巻末の「ポエジイ論」のなかに出ている芸術のメカニズムなどといった言葉を思い出させる。ラフォルグ、ラリーシモンの名前は時々足穂の随筆などに出てくる。

人の世やラフォルグ張の月夜なり
たふとしやラフォルグ様の星祭り

「詩と詩論」「文学」系列の詩誌「詩法」（昭和九年九月号）に足穂が寄稿していた「明石から」という随筆の終りにこんな俳句があった。

なお、上田敏雄は足穂と同じ一九〇〇年生れ。「文芸時代」で足穂の小説を詩人の立場からいち早く評価したが、後年、足穂の非人間主義（ゼンマイ仕掛けの世界）、未来派思想には批判的だった。

「物質の将来」は昭和五年（一九三〇）「詩と詩論」（春山行夫編集）に載ったものである。私が足穂のこんな形の詩をよんだのはこの時が初めてであった。「三日月の美学。／蝶よりは蛾、宝石よりはガラス。／銀よりはブリキ、花よりは……。」といった知的で軽快な一行一行に驚異を感じながらよんだものである。タルホ独自のオブジェ・思考・言語空間が展開されている。「地上は思ひ出ならずや」「薄板界」などといった言葉も、あのころ彼がよく口にしていたものである。

「三日月に腰をかけてタバコを吸つてゐる紳士……」というのは、芥川龍之介が『一千一秒物語』に寄せた書評の言葉からとったものである。

「芸術とはノリのついたキモノをきらふ」といったアフォリズムの一行。そしてまた『一千一秒物語』の中の短いメルヘンを連想させる「急雨、星の夜ピカ〳〵した自動車で迎ひにきたお父さんらしい人。」という一行もある。

足穂は三日月が好きである。一行一行が足穂の天体嗜好症、月への偏向、飛行機好みといった趣味を連想させる。私は、実はこういった行分けの詩の形式のものよりは、足穂といえばすぐ『一千一秒物語』にあるような「星をひろつた話」とか「ハーモニカを盗まれた話」などといったような短篇を連想していたので、このエスキィスは珍しかった。

足穂は「新感覚派」以前の「新感覚」の持主といってもいいほど、モダンで斬新なものがあった。その代表的な作品集が『一千一秒物語』であった。

足穂は昭和になってから「薔薇魔術学説」（北園克衛・上田敏雄・冨士原清一ら）とか「ciné」（シネ）（山中散生編集）「FANTASIA」（村木竹夫編集）「カルトブランシュ」（沢渡恒、三木偵、山田有勝ら）など前衛的なシュルレアリスム傾向の詩誌に詩を発表したりして、割合い多くの詩人と交流していた。

詩誌「シネ」には詩二篇「月に就て」「戦争」を寄稿している。足穂二十九歳の時の作である。

「戦争」という詩は、墜落した飛行機、死骸の山、四十珊重砲に腰かけた巨きな骸骨、といったような残酷なイメージで、戦争の悲惨さが表現されている。「キネオラマの舞台のような真青なお月夜」といったような絵画的表現もタルホらしい。

「シネ」は名古屋で山中散生が創刊したシュルレアリスム詩誌で、同人は山中のほかに、橋本義郎、亀山巌、西脇得三郎、折戸彫夫、井口正夫。寄稿者は稲垣足穂、上田敏雄、上田保、冨士原清一、北園克衛、滝口修造、春山行夫等であった。

6 「羅針」「四季」のころの作品

足穂は竹中郁編集の「一家」「羅針」には「青い壺」「東洋更紗」「仙境」「兎の巣」など多くの詩を寄稿している。郁は足穂が父の死後、一時東京から帰って明石で古着屋をやっていたころ、時々訪ねたという。丁度郁が「一家」「羅針」を出していた頃であった。「文芸汎論」に郁の書いた足穂観のなかにつぎのような一節がある。

「彼は時々舌を出す。真赤な大きな舌である。それが出た時は、くすんだ明石の町も、ために一種の光りを発するかと思ふやうな業物である。何のため出すのか一寸分り兼ねるが、これは彼が筐底に秘して示さぬロオトレアモン然とした原稿とともに、気味わるく私に羨望をもたらしめる一つである。」

「四季」には「ピエトフ」「フアルマン」「星は北にたんだく夜の記」「キャプテン・カポロを送る」四篇が寄稿されている。足穂が「四季」に寄稿したのは親友だった竹中郁の勧めによるものだったらしい。「キャプテン・カポロ」は詩人丸山薫のことである。丸山は商船学校に籍をおいていたので、自ら自分のカオルという名前をもじって、キャプテン・カポロを名乗っていた。戦前、足穂は「キャプテン・カポロ」と題して丸山薫論を書いていたこともある。「キャプテン・カポロを送る」という詩は「四季」終刊（昭和50・6）丸山薫追悼号に寄稿されたものである。五十六億七千万年なんざ束の間のまどろみ／近く逢おう　といった詞に足穂の例のパラノイア的ともいえる永遠癖の表現がみられる。こういった天文学的な数字は足穂が『男性における道徳』という本の中で、弥勒について書いたエッセイの中に出ているので引用しておこう。

「弥勒菩薩は今から五十六億七千万年後に出現を予定されている未来仏である。彼は目下、兜率天にあって多くの天衆を勧進しながら、地球上のわれわれのために待機中である。彼が滞在している天上界では、その一昼夜が人間世界の四百年に対応している。」

7　意想外な連結

タルホとダンセイニ

詩というものの秘密は、互いにかけ離れたもの、正反対のもの、意想外なもの同士の連結である。これは西脇順三郎の詩論をよんでいると時々出てくる言葉である。これによってわれわれの私的日常性が一時的に破壊され、われわれは解放されるのである、という。こういうことを一応あたまにおけば新しい詩に接したときでも、多少は見当がつくかと思う。足穂のエッセイの中でも時々西脇詩論が出ている。「この思いもかけぬもの同士をつなぐのが芸術の役目なのである。」といって、ボードレエルの詩句の〈スミレはパンである〉という言葉や、ロートレアモンの「解剖台上におけるコーモリ傘とミシン（裁縫機械）の出会いほどに美しいものがあろうか」という有名な言葉をあげている。なお、足穂はこれにつけ加えてつぎのように言っている。

この場合、コーモリ傘は男性で、ミシンは女性のことだと云う人がいる。解剖台とは、その上で人が裸になるところのベッドを意味する。

彼はさらに、「無限なるわが文学の道」――意想外な連結――というエッセイ（昭和44・4・8・朝日）のなかでつぎのようにいっている。

私において考えられないものの連結は、人間と天体である。だから私の処女作「一千一秒物語」の中では、お月さんとビールを飲み、星の会合に列席し、また星にハーモニカを盗まれたり、ホウキ星とつかみ合いを演じたりするのである。この物語を書いたのが十九歳の時で、以来五十年、私が折りにふれてつづってきたのは、すべてこの「一千一秒物語」の解説に他ならない。

「ある日、世界のはてから一千一秒物語が届いた。ずっと以前にどこかで読んだ本、またずっとずっと未来にどこかで出くわすような本」このように一千一秒物語を評した女性がいる。だから私の仕事は末長く続くのでなければならない。たぶん今から五十年後、二百年後、五百年後にも、自分はどこかでいまと似たことをやっているものに相違ない。

ここでも足穂の時間論、「永遠癖」が語られている。虚無的であって、しかも永遠なるものへの接近は足穂文学の主要な要素である。永遠癖のほかに少年癖（Uranismus）が足穂にある。これは、天体嗜好症（Urania）を裏返したものである。彼は『天体嗜好症』（大正十五年）という作品を二十六歳の時に書いた。これまでの『一千一秒物語』を完結し『星を売る店』によって、自分の歩みをたしかめたのではないかと思われる。足穂はまた、「わたしの耽美主義」でつぎのように記している。二十四歳の頃であった。

詩が「女」というものを対象においた幻想に醱酵されていることが事実だとすれば「童話」とは明らかに「少年嗜好症」に生れたものである。もともと、童話のなかには、メタフィジカルなものと自然主義的なものとがあるが、前者は少年愛好の影響の明白な例証だということができる。

足穂は少年嗜好癖と童話と美との統一ということを考えていたのである。

足穂には何度も書いたように、天体に興味をもち、メカニックな幻想を盛った作品が多い。前にもタルホとダンセイニのことにふれて書いたが、足穂に愛蘭作家ダンセイニに新しい感覚を与えた如き散文詩風の作品が多いことを指摘したのは伊藤整であった。また荒俣宏さんが「足穂とダンセイニ」というエッセイで書いているように足穂は〈お星さまをネットですくい取ってブリキ罐にいれる方法〉――つまり相対的な質量と距離と遠近法（パースペクティブ）の黄金律を破り棄てる方法を、すくなくとも表現法の面でダンセイニから学びとったといえよう。

「蠟人形」に出ている詩に「懐中時計奇談」というのがある。「質屋のショーウインドー」のヴァリアント（異文）である。「星を売る店」の発想、ないしデッサンともいえるような詩である。足穂は「星を売る店」のモチーフとしてつぎのように書いている。

「ある晩、早稲田鶴巻町を矢来下の方へ向って歩いていた時、右側に時計店の窓を見て、なんだか少し光りすぎている気がしたので、傍へ寄って暫く硝子越しにぴかぴかきらきらする懐中時計群を眺めていたが、もしもこの時計が星だったらどんなものだろうかと考えてみた。この次第と、神戸三ノ宮山手の夕暮のムードとを結合したのである。」（『タルホ＝コスモロジー』）

この「星を売る店」にしても、ほかのタルホの詩にしても、足穂が当時、雰囲気としてもっていたモダニズムというものが、神戸の街のそれと星への幻想とのなかに溶けこんだ作品である。

「懐中時計群」をながめていて、もしもこれが星だったら……という幻想はいかにもタルホらしい特異な感覚から発生している。

昭和五十二年十月足穂が亡くなった時、「作家」同人の亀山巌は「星になった稲垣足穂」という追悼文で、「羞恥で砕ける月を愛す」「造りものの世界に遊ぶ変化《へんげ》きわめる芸文」などと記している。また「伝聞ながら酔えば、戦闘機乗りが空中戦の末、撃墜されるまでを演じ、パイロットの死への苦悩の表情は真に迫るものがあった」という。但し、この空中戦は第一次大戦のそれであるし、ヒコーキはまた連合軍はモーラヌ・ソルニエ、ニユーポール、ブレゲー、スパッドの類いであり、ドイツ機ならば、タウベⅡ型、フォッカー、アルバトロスの各機であったはずだ……と足穂のヒコーキ・ロマンティクの見出しでこまごまと書いている。

足穂がヒコーキのパイロットを志望して果し得なかったことはよく知られている。それ故にこそ「ライト兄弟に始まる」を枢軸とする一連のヒコーキ・ロマンティクが生まれることとなったが、本当のヒコーキ乗りとなっていたならば、と考えることもある。「星の王子さま」のサン゠テクジュペリの場合を例にとると、初歩的なミスを繰り返しているから、武石浩玻の悲劇のあとを追ったように考えられてならない。

8　足穂の詩と文学的モティフ

ここで足穂の初期からの文学活動を二つに大きく分けて考えてみると
一　観念を意識的に間断なく転換することによってひとつのジャンルに到達する「詩の形態」
二　観念を間断なく発展させ展開することによってひとつのジャンルを形成する「散文の形態」
に分類することができる。

稲垣足穂の文学作品は右のような分類によれば、一の詩の形態に依存する。たとえば、『一千一秒物語』ないしその後「G・G・P・G」以降に発表された「バンダライの酒場」などの詩がそれである。素材の独創的な統一によって、散文の形態によく似たタルホの世界を構成する。それは、われわれが文学史的に稀にみる独特の世界であって、エドガ・アランポオやアラビアンナイトにその源泉を発しているところの非常に抽象的な文学の、典型的な一系統である。

足穂の文学は元来、アンチ・ユマニズム（反人間主義）の文学である。これは晩年の彼のいわゆる反自然の思想と通ずるものである。それが極端にアンチ・ユマニズムである理由から、いつの時代にあっても、文学の主流の外に遊離して（それが民衆のサンチマンを刺激しないという理由で）来るべきつぎの時代に多くの問題と秘密とを遺す不幸な運命を担うところの文学だともいえよう。

西脇順三郎は足穂論の中で、ポオはあまり好きでないが、ポオの変化した一つの存在〈タルホ〉は逆に好きな味を僕に与えてくれる、と好意を示している。

足穂の永遠癖と西脇の永遠志向とはどこか似通ったところがある。二人を比較してみたいと思っているが、とにかく詩人のメタフィジックスは基本的な重要な要素になっていると思う。

足穂の文学的モティフについては足穂研究者の多くが抽象志向と飛行願望、機械愛好、月や星への偏向、天体とオブジェ、少年愛をあげている。足穂における玩具愛好、望遠鏡、時計などの機械愛好は結局は、飛行機に収斂されるのではないかと思う。

足穂の文学、詩には前にも書いたように、反自然の思想傾向が強い。造りものの世界、機械愛好、ヒコーキ・ロマンティクはしばしば彼の作品に現われている。

終りに、足穂の戒名のことだが「釈虚空」は虚空を把まんとして把み得ざりし男ここに眠る、といっていた彼の言葉によったものである。

「タルホと虚空」はタルホの初期、大正十四年のころの作である。その頃すでに足穂の生涯と文学をどこか象徴的に提示していたということにいま、新しい感慨を覚えるものである。

解説

稲垣足穂の「詩」とはなにか

高橋孝次

I

中野嘉一による解説は、元々『稲垣足穂全詩集』（一九八三、宝文館出版）に附されたものであるが、そこですでに、本書に収録された稲垣足穂の「詩」についても余すところなく語られている。事実関係の記述には不正確な点があるものの、資料にもとづきつつそこに詩人としての解釈を交えて語る中野の論説は、現在にあってもその意義を失っていない。ただ、本書を改めて江湖に問うにあたっては、現在の研究を踏まえ、いま新たに『稲垣足穂詩文集』として刊行する意義についても付言しておく必要があろう。さしあたって、編者・中野嘉一から見た稲垣足穂の輪郭をてがかりとして考えてみたい。

中野嘉一（一九〇七〜九八）は、慶應義塾大学医学部を出た精神科医であり、一九三六年十月十三日に慢性パビナール中毒患者として東京武蔵野病院に入院した太宰治こと津島修治の主治医でもあった。『太宰治　主治医の記録』（一九八〇、宝文館出版）、『太宰治芸術と病理』（一九八二、宝文館出版）などの著作もある。一方で、中野は前田夕暮に師事した歌人でもあり、早くに第一歌集『十一人』（一九三〇、白日社）を出している。中野は新短歌運動を経て、短歌のポエジイ運動をリードし、一九三一年には現代詩へ移行、詩誌『リアン』の同人に参加する。詩誌『リアン』は、『詩と詩論』と同時代にあって対立し、シュルレアリスムとマルキシズムとの批判的結合を意図して、反ファシズム思想詩にまで進み、同人の検挙事件に至ったことでも知られる。『詩と詩論』をモダニズム詩の起点に据え、詩誌と詩人を系譜的に追った『前衛詩運動史の研究　モダニズム詩の系譜』（一九七五、大原新生社）や『モダニズム詩の時代』（一九八六、宝文館出版）は、豊富な資料と証言を加えて『リアン』同人検挙事件や神戸詩人事件をもモダニズム詩の系譜と接続しつつ詳細に検討したもので、類書のない、先駆的な仕事であった。そしてこれらは、『リアン』に属したモダニズム詩運動の享受者であり、かつ当事者でもあった詩人・中野嘉一自身を詩史の系譜の中に位置づける作業でもあっただろう。こうして、中野は自身のまわりに拡がっていた詩人たちのネットワークのなかで次第に浮かび上がる、ある存在に惹きつけられる。

中野は『前衛詩運動史の研究』のなかで、稲垣足穂の当初の印象を回顧している。

イナガキ－タルホのことについては、かれの一連のヒコーキ物語を読み、天文学とか

昭和43年1月

星の話などを読んで知っている程度だが、最近、友人でパトグラフィーをやっている男が非常に関心をもって偏執的な思考の世界を、かれの文学からさぐり出す調査研究をはじめたときいて、それに連《ママ》られて読みはじめたというのが正直な話である。／タルホの場合は詩人というよりは散文の作家としての面白みがある。タルホの詩らしきものについては「詩と詩論」成立以前のシュルレアリスム詩誌で読んだが、どれも「……の話」といったようなコントふうのものだったことを覚えている。（一七三頁）

この「調査研究」は高木隆郎「現代作家の心理診断と新しい作家論・稲垣足穂」（『国文学 解釈と鑑賞』臨時増刊、一九六一・十一）を指す。足穂に実際に会い、彼の作品群を分析した上で徹底した心理診断を行ったこの試みは、足穂が高木に逆診断を仕掛けるなど、内容的にも資料としても非常に興味深いものとなっている。自身も詩人であり、精神科医である中野は、高木に触発され、改めて足穂に関心を向けたのだろう。

実は「私が『一千一秒物語』（大正十二年一月・金星堂刊）を初めて読んだのは大正末期、三田の学生時代であるからすでに半世紀以前になる。／いま考えてみると、月とか星の話ばかりで童話のような印象しか残っていなかった」（『稲垣足穂の世界』一九八四、宝文館出版、九五頁）と著書で明かしているように、中野にとって足穂のかつての印象はいささか曖昧で、あくまで散文、童話作家の一人にすぎなかった。一九六〇年代になってはじめて中野は、病跡学的な関心を経由して、前衛詩・モダニズム詩の系譜をたどるなかで、改めて「詩人」としての稲垣足穂を再発見していったことになる。言い換えれば、足穂の「詩」そのものというよりも、足穂の思考や心理、あるいは足穂が当時の詩人間にもたらしたインパクトの思いがけぬ拡がりが、中野をして足穂を「詩人」と認識させていったのである。

ここで本書の最初の形である豆本『イナガキタルホ詩集』の版元である亀山巌についても触れておかねばならない。『イナガキタルホ詩集』のあとがきで中野は「数年前から時折稲垣足穂の詩集を一冊に纏めてみたら、と亀山巌さんの手紙にあった」と亀山の勧めを受けた企画であったことを記している。亀山巌（一九〇七〜八九）は、中日新聞社の取締役を経て名古屋タイムズ社長を務めながら、自身は詩人、画家、装幀家として、『少年愛の美学』（一九六八、徳間書店）をはじめ、『東京遁走曲』（一九六八、昭森社）、『ライト兄弟に始まる』（一九七〇、徳間書店）、『タルホ座流星群』（一九七三、大和書房）など稲垣足穂の多くの著書の装幀を担当した。足穂が京都時代以降に拠点とした名古屋の同人雑誌『作家』も、亀山がそもそも名付け親で、創刊号から表紙カットを手がけていた。彼は京都時代以後の、足穂の最大の理解者であり、大正期以来のタルホ読者でもあった。豆本所収の「版元ノート」には、春山行夫に頼んで足穂の原稿を見せてもらった話や、当時の足穂が「ルディ・バレー」というアメリカの俳優に似た風貌で鼻眼鏡が似合ったと、亡友渡辺登から聞いた」、「名古屋からでた「シネ」への寄稿は、その仲介である」など、足穂が亀山のような地方詩人の若者たちを魅了していた貴重な証言が語られている。
「シネ」は、中野の解説にもあるとおり、名古屋の詩人山中散生の主宰したシュルレアリスム詩誌『Ciné』のことで、亀山も同人だった。『詩と詩論』の編集を一手に引きうけた春山行夫と亀山は、同じ名古屋のモダニストであり、一九二六年に上京した春山と当時すでに東京にいた亀山は、ともに詩誌『謝肉祭』の同人となる。そして、中野嘉一もまた愛知県出身で、亀山巌と同年であった。中野は「春山行夫と稲垣足穂のこと」(『稲垣足穂の世界』所収)で、「神戸のウルトラモダニスト足穂の上京の方が先だった。ナゴヤのモダニスト春山行夫の方が少し遅れて上京したのである。そしてモダニズムの詩や文学の花粉をまきちらした二人の青春と冒険!」と熱を帯びて書きつける。中野はそこで、上京前の名古屋のモダニスト春山行夫が、足穂へ向けた羨望と焦慮の視線をも紹介している。

翻つて神戸を瞰よ、如何に新興せる芸術の分野が羨ましくも潑溂と展開されつつあることか。然も僕等はタルホ稲垣氏が東都に在りし事を知る、「羅針」「射手」が詩誌として極めて薄く貧弱なるものの部類に入るべきを知る。また「辻馬車」の諸子が東都「葡萄園」「新思潮」「文芸時代」等と歩調を倶にせるを知る。然も如何に新しき今日の産物として、それが神戸風なるオリジナリティを確立しつつあることか。美しくも華やかなる一九二五年の神戸に署名しつつあることか。（春山行夫「Pendulum の微笑」『夜光虫』一九二五・十二、『稲垣足穂の世界』より引用、一三六頁）

稲垣足穂が「東都」、すなわち「中央」で、一地方の「神戸風なるオリジナリティ」によって旗幟を示したことが、地方の若いモダニストたちを強く触発していたとも言える。中野の「二人の青春と冒険！」という嘆息は、先駆的な神戸のモダニストとして小松清、竹中郁、稲垣足穂を追った青木重雄『青春と冒険　神戸の生んだモダニストたち』（一九五九、中外書房）と響き合っている。同書には、先達である足穂に憧れながらも、足穂の「神戸風なるオリジナリティ」に違和感を抱く若きモダニストであった著者の姿も書きこまれている。思いがけない地方詩誌に彼の姿が見出せるとき、足穂は若き詩人たちにとっての、複雑に引き裂かれた自己像であっただろう。

和田博文は「足穂ほど、一九二〇年代―一九三〇年代の詩誌に頻繁に登場する小説家は稀だろう」として『現代詩史総覧』全七巻（一九九六～九八、日外アソシエーツ）の「人名索引」から足穂が関係した詩誌を挙げ、次のように述べる。

この時代の詩に関心がある者なら思わず目を見張るような、アヴァンギャルド～都市モダニズムを代表する詩誌が並んでいて、足穂はその主流を形成した詩人の一人ではなかったのかと錯覚するほどだ。／この時代の詩誌の編集者が稲垣足穂に原稿を依頼し、同人に誘うこともあったのは、彼の表現が詩に近く感じられたからである。(「海港都市のモダニズム　稲垣足穂と山村順」『ユリイカ9月臨時増刊号　総特集　稲垣足穂』二〇〇六・九、青土社)

本書に収録された詩誌掲載の作品もほんの一端にすぎない。足穂は自らを「詩人」と規定しなかったが、彼は詩人たちを触発し、数多くの詩誌に痕跡を残した。その痕跡から彼らの視線を透してみるたびに、中野の眼に映る足穂も「詩人」の相貌を帯びていっただろう。

II

稲垣足穂はもとより、偶然見出された幸運なカリスマなどではなかった。少なくとも、『一千一秒物語』式のコント的断片群が当時のモダニストたちを惹きつけたのは、そこに従来の「詩」にない素材とテイスト、スタイルがあったからだろう。かつて西脇順三郎の詩論に依拠しながら短歌のポエジイ運動を方法的に追求し、『ポエジイ論覚書』(一九三三、短歌と方法社)を書いた中野嘉一は、タルホ的コントに詩論の側面から迫ることも忘れてはいない。だが、網羅的な概説からは、足穂の「詩」のスタイルや方法意識の時代ごとの変遷はもれてしまう。ここからは、足穂の「神戸風なるオリジナリティ」を共有した神戸奥平野の蝙蝠倶楽部の仲間たち、上田敏雄、西脇順三郎、北園克衛らのシュルレアリスムの詩論、不遇期に身を寄せた『カルト・ブランシュ』の澤渡恒の批評を光源として、その曲折しつつ形をなしていく足穂の「詩」の航跡を浮かび上がらせたい。

☆

一九一四年に始まる関西学院中学部時代は、「古典物語」（『意匠』一九四二・一～三）に描かれたような、且つまた『弥勒』（一九四六、小山書店）第一部で描かれたような、青春の日々であった。明石から異国情緒漂う神戸の街へ汽車通学をしていた足穂は、最も先端的な神戸のモダニストへと変貌していく。

民間飛行家・武石浩玻の京都深草練兵場での墜死以来、飛行家への夢が導きの糸となって、愛国的な「飛行機国防論」の弁論から「零点哲学」のごとき体制への反抗心、東郷青児「パラソルさせる女」を契機とする未来派への心酔からベルグソン哲学との邂逅、天才と頽廃への憧憬といった芸術・哲学への関心の高まり、西田正秋や猪原太郎といった友人らとの対話や少年への讃美と傾倒が、渾然として足穂の青春を彩っていた。一九一九年に関西学院中学部をなんとか卒業しても上級の高等学部へは進学せず、当初の予定通り、父忠蔵へ約束を取りつけ、足穂は飛行家を目指して蒲田の羽田穴守にあった日本自動車学校へ入学する。順調に自動車免許を取得して明石に戻るも、飛行家となれるあてなどなかった。友人と複葉機の製作に取りかかるが失敗、二科展には「空中世界」という水彩画を出すも落選、そして陸軍省航空局依託操縦生の募集に応募するも、近視のため体格検査を通過できず、ついに飛行家を断念する。この頃最初の創作「小さいソフィスト」を書き、中央公論社の滝田樗陰に原稿を送るも有耶無耶となったという。自ら進むべき道を見失うなかで、一九一九年のクリスマスの日、石野重道に誘われて以後、「いずれは自滅すべき種族」(「鉛の銃弾」『文學界』一九七二・三)と自ら語る奥平野グループ(蝙蝠倶楽部)に出入りするようになる。一級下の橋本六也が須磨海岸に持つ別荘を溜まり場として、神戸のダダイスト少年達は「バラケツ」を気取って遊び歩いた。そのよんどころなき日々のうちに、『一千一秒物語』にまとめられるタルホ的な神戸の幻想が醱酵していく。蝙蝠倶楽部のメインメンバーは、橋本、平岩多計雄(混児)、近藤正治、石野重道、猪原太郎、江森盛弥、稲垣足穂である。ここに高木春夫や田中啓介を加えてもいい。彼らの多くは、「神戸の幻想」を一部共有し、自らもそれぞれ発表した。そして一九二一年の前半、「小さなソフィスト」終盤の幻想的な断片から発展して、『一千一秒物語』の原型となった『Taruho et la lune(タルホと月)』が書かれる。猪原の薦めで佐藤春夫の下に送られ、足穂は上京のチャンスを得る。このとき最初に佐藤に送ったと思われる草稿（と同様のもの）が近年発見され、現在、『滝田樗陰旧蔵近代作家原稿集』（二〇一一、八木書店）に収録されている。実は、「シヤボン玉物語」の「ピエロー登場」は、この草稿中に「感覚劇月」というタイトルですでに書かれている。

感覚劇　月

静かなマンドリンオーケストラで開幕
舞台は一面真青でその真中に月がぶら下ってゐる
三角の尖った帽子に黄いろい白粉をつけた人物が月の歌をうたひながら登場――
黄いろい人物独唱
「昔自分は月を見た
今晩自分は月を見た
それは昔と同じ月
今も昔も只の月
これから先も只の月」
月独唱
「それから先は何うなった」

黄いろい人物独唱
「それから先もそれだけさ」
最高潮で歌詞が終ると共に月が舞台面に落ちてズドンと爆音粉砕する!!!　と見る内に黒い幕が急に落ちる

「ピエロー登場」では、この「黄いろい人物」が「ピエロー」になっている。物語としてはなにごとも起こらず、物語の額縁が唐突に破壊され、驚きだけが残る、タルホ的コントに典型的なスタイルと言えるだろう。足穂は「『一千一秒物語』に収録したショートショートは、約二百篇あったものの中から自選した」(「『一千一秒物語』の倫理」『本の手帖』一九六一・一二)と書いている。金星堂版の『一千一秒物語』に当初収録された作品は六八篇にすぎなかったが、その他収録されなかったものもさまざまな形で、文壇デビュー後に作品化されていったことが想像される事例である。

足穂はのちに「猪原も石野も留守だった頃の話であるが、グループのあいだに同人雑誌云々が持ち出され(中略)ともかく〝ダダ〟の名がきまり、原稿も集った。この中にあった詩に、〝タルホよ踊れ、相生橋に月が出た〟というのがあった。」(「未来派へのアプローチ」『作家』一九六四・八)と回顧しており、この同人雑誌『ダダ』について、「楠公社東門の印刷屋まで相談に出向いた」話は、「鉛の銃弾」(前掲)でも語られている。もしも、一九二一年前半期に「ダダ」の名を冠したこの先駆的な同人雑誌が発行されていたとしたら、と考えざるを得ない。東洋大学に進学して野川隆と知りあった平岩は、のちに蝙蝠倶楽部のメンバーを『ゲエ・ギムギガム・プルルル・ギムゲム』（エポック社）へ誘い入れ、足穂はここで橋本健吉（北園克衛）と接点を持つことになる。

中野は、「足穂文学には天体嗜好型の作品が多い。月や星を拾ったり、星と格闘したりする童話の世界が面白い。つまり、特異な小宇宙の形成があり、無限の黒闇に墜落するといったような、いわゆる世界没落感情みたいなものが描かれている。これは処女作『一千一秒物語』以来みられる特異なモティフである」とみるが、本書所収の作品で言えば「へんてこな三つの晩」にも「世界没落感情」が垣間見える。

パツパツと消えてしまつた話

或る晩ふと気がつくと、部屋中の品物がパッパッと順々に消えてゐる。びつくりしてゐるうちに、本もインキもイステーブルもなくなつて自分ひとりだけになつたので、あわて、ドアをあけて逃げようとしたハヅミに自分もなくなつてしまつた。

『一千一秒物語』の「ポケツトの月」と同様の、主体そのものが消失することで暗示される、誰もいなくなったからっぽの世界の、乾いたユーモアの残響とでもいうべき虚無性は、足穂の主要なモチーフの一つと言えるだろう。

本書に新たに収録した「私の耽美主義」（『新潮』一九二四・六）は、当時の足穂の芸術上のマニフェストとなっているが、ここには彼の方法意識がかなり明快に示されている。当時の足穂は、文壇の檜舞台で活躍を始め、新潮合評会での菊池寛らによる自作の否定に対し戦闘的な態勢をとりはじめていたころであった。『新潮』の中村武羅夫はこれを面白がり、「私の耽美主義」を皮切りに、足穂独特の評論が『新潮』誌上に発表されていく。「タルホ入門」（『不同調』一九二六・一二）にも見られるように、「緑色の円筒」（『世紀』一九二四・一二）に象徴されるオートマチックな人間人形と機械都市の未来を自らの芸術として語るようになっていく時期でもあり、最初の転換期と方法意識の高まりを迎えていた。

新らしい芸術のなかで、唯美主義はどういふやうに変らなければならないかについて、私たちが考へたところによると、それは、勿論、新奇な材料を大胆に使つて、しかもそれをこれまでのやうに手間取つたものでなく、もつと直接的な形式にしなければならぬ。それは、刹那的で、そして童話式の超絶性をふくんで、しかもその上に虚無性を加へたものでなければいけない。瞬間は最も純粋で万人の心にはいり易いものであり、童話は唯美派文学の最高形式であり、虚無性はすべての芸術の目的とする解放への一直線を意味するものであるからだ。まへに云つた真珠まがひのガラス玉などにも、さう云つた芸術を構成する材料の一つとしての、可能性がないだらうか。その他、この種の例をあげてみると、マッチ、タバコ、ゼンマイ、インキ瓶、歯車、活動写真のフイルム、ビール瓶、鉄砲の玉、時計、……（中略）これらのものはおのづから「存在のコスモポリタン的性質」とでも名くべきものを供へてゐて、そこに何等昔からの附随的観念をともなはないせいだらうと思ふ。これらの最上級を代表するのは月と星とである。月と星とは最も古いものであるにかかはらず、見るたびに私たちの頭にへんな気分を抱かすのは、それがあまりに超絶的なものである故に、どんな事柄のかゝり合ひに出されても、そのもの、ために染められるといふ、ことがないからである。

ここには足穂の創作の秘鑰がもっとも端的に明かされている。

第一に、ガラス玉、マッチ、タバコ、月、星、まがいものなどといった「附随的観念」を伴わない「存在のコスモポリタン的性質」をもった「新奇な材料を大胆に」使うということ。これは「オブジェ」であり、アンドレ・ブルトン『シュルレアリスム宣言』（一九二四）と同年に発表された足穂のマニフェストは、おそらくそれをダダから摂取している。しかし、「これらの最上級を代表するのは月と星とである」となると、独特のモチーフとなってくる。「何故私は奴さんたちを好むか」（『文芸レビュー』一九三〇・六）では、「天体写真や宇宙旅行の想像画に接するときの私たちが一様に受ける、あの自分の足場が取りはらわれてしまうような超絶的な感じは、私たち人類のみの持つことが出来るものではなかろうか。」とその超絶性を説明している。「超絶性」のモチーフはおそらく、未来派画家宣言のボッチョーニの理論に由来するものであるが、ロード・ダンセイニの宇宙論的な創作神話を下敷きとしてもいた。猪原太郎（一郎）の創作にも登場する「月星ガス体式材料」（＝「個々に人格をそなえて活動するところの天体」）をめぐって足穂のオリジナリティを疑う騒動が巻き起こる（藤沢桓夫「名乗る犯人」『辻馬車』一九二六・二）など、当時の文壇においても足穂の代名詞はこの星とみられていた。

この「超絶性」のモチーフはいずれ、「空中世界」（本書所収）のような形で形象化されて『弥勒』に組み込まれ、「宇宙的郷愁」の感覚へとアップデートされていく。

第二に、享楽主義に陥る間もない「刹那的」な、「一瞬間の夢見心持」といった万人の生活の隙間に存在する「瞬間」のみを捉える「直接的な形式」。これを足穂は「驚かす」ことによって実現しようとする。「私の耽美主義」においては、次のように説明されている。

芸術とは、きれいに手ぎはよくうそをつくこと、人造の花びらを造ること、ダイヤや真珠を化学方程式ででつち上げることである。即ち、みんなのものを端的に美しくあざむくことである。

ここで示される「美しくあざむく」という方法は、先の『一千一秒物語』のモチーフにも見られたものであり、あるいは「ほら話」的枠組みとなって、「星を造る人」(『婦人公論』一九二二・一〇)以来の疑似科学的でアラン・ポオ「ハンス・プファール」を思わせる、足穂の初期短篇のもっとも基本的なスタイルともなっている。一方で、「タルホと虚空」などで示される「薄板界」のアイデアは、「一瞬間の夢見心持」を、方法としてでなく瞬間そのものの形象化のモチーフとして提示するものといえる。

第三に、それらを扱うのにもっとも適した「超絶性をふく」む「童話」という形式(テクストの中では「衆道」=「少年嗜好症」との関連も含意されている)。この超絶性は、先の「附随的観念」を伴わない「存在のコスモポリタン的性質」をもった「新奇な材料」(=オブジェ)がもたらすものであり、人間存在にこれが当てはめられたとき、「少年」が対象として見出される。「すべての芸術を造るのに最も大切な要素である詩といふものが、女といふものを対象にをいた幻想から醱酵されたことが事実なら、童話といふのは、又明らかに少年嗜好症から生れたものである」(「私の耽美主義」)と宣言しているように、足穂が「詩」を拒絶するのは、そこに「女への甘言」(「まことの愛「詩の倫理Ⅱ」」)を見るからである。

そして第四に、「すべての芸術の目的とする解放への一直線」としての「虚無性」。この解放としての虚無性もまた、ダダイスムと重なるものである。先の同人雑誌『ダダ』だけでなく、『二千一秒物語』の扉にも、トリスタン・ツァラによる「ダダ宣言」(一九一八)をみずから翻訳した一文「芸術とはココア色の遊戯である」が掲げられている。「私の耽美主義」の続篇として書かれた「来らんとするもの」(『新潮』一九二五・七)でも「吾々にとって神聖なのは反人間的行動《アンチヒユーマンアクシヨン》の振興である」と、ツァラの言葉を引いている。塚原史はダダも含めたアヴァンギャルドの共通項としての「あの二重の「切断」の意識」を、「一切の「過去」や「伝統」と断絶すること、そして「意味」や「内容」の支配から「外観」と「かたち」を解放すること」(『言葉のアヴァンギャルド　ダダと未来派の20世紀』一九九四、講談社)にみる。足穂にとっての「虚無性」もまさに、芸術を「従来の価値」と「人間」の二つから切り離す変換(遊離化、機械化、切断)をもたらすトリガーとして、もっとも枢要な位置に置かれている。

Ⅲ

「私の耽美主義」における瞬間と超絶性と虚無性の探究に相似するものは、西脇順三郎の詩論のなかにも見出される。「私の耽美主義」のマニフェストを具現化した作としての

「緑色の円筒」に対して辻潤とともに好評を寄せた上田敏雄を介して、足穂はシュルレアリスムに接近する。まだ萩原朔太郎に見出された若き詩人の一人にすぎなかった上田は、徹底したアンチ・ヒューマニズムと、現実の生活世界と完全に遊離した世界が機械によって自働的に廻転する、という新しいヴィジョンを足穂の中に見出して、称讃する（「稲垣足穂の近業に就て」『文芸時代』一九二六・九）。稲垣足穂の作品に対する具体的な分析を含んだ最初期の重要な批評であり、この時点で数少ない芸術上の理解者として足穂も上田を認知していた。そして、『文芸耽美』の同人だった上田敏雄と、『列』の冨士原清一と、『ゲエ・ギムギガム・プルルル・ギムゲム』の北園克衛らが合流した『薔薇魔術学説』（列社、一九二七・一一創刊）に、足穂や蝙蝠倶楽部のメンバーも参加するが、足穂は創刊号のみで離れている。北園克衛は、「『薔薇魔術学説』の回想」（『薔薇魔術学説』復刻版所収、一九七七、西澤書店）で足穂らの離脱を「彼らはシュルレアリスムスの将来に対して、疑問をもっていたのかもしれない」と推測しているが、上田敏雄、上田保、北園克衛はここで日本独自のシュルレアリストの宣言を行い、同誌は日本最初のシュルレアリスム詩誌となった。当時、日本のシュルレアリスムの震源には、英国から帰国して一九二六年に慶應義塾大学教授に就任した西脇順三郎の姿があった。西脇シューレに属した上田敏雄を通してその存在を知り、足穂は西脇詩論に取り組むことになる。それが新たに本書に収載した「機械学者としてのポオ及現世紀に於ける文学の可能性に就て」（『新潮』一九二八・二）である。ここで初めて足穂はシュルレアリスムについて西脇を通して検討している。足穂の「詩」を考える上でとりわけ重要な論文である。

前年の一九二七年は、足穂にとって再びやってきた大きな転換期であった。新感覚派の牙城であった『文芸時代』の同人として、一九二六〜二七年の足穂はその中核を担う存在となっていたが、一九二七年五月には終刊を迎える。そして、文壇における足穂の理解者であった芥川龍之介の死の頃から佐藤春夫とも疎隔がひろがり、プロレタリア芸術が台頭の気配を強め、時代思潮がめまぐるしく変動するなかで、かつて新しさを象徴する存在として文壇に登場した足穂もまた、そのままでいることを許さない時代の空気にさらされていた。足穂は後年、本書所収のコント「タルホ拾遺」に関して、当時を次のように振りかえっている。

其後頭に浮かんだ一千一秒物語的断片をひろってみたもの。しかし、曾てのムードはすでに取戻せないものであることを悟らないわけには行かない。何より先に、一千一秒物語刊行後にまとめた「第三半球物語」が大失敗だったのである。（「『作家』発表作品自註（Ⅱ）」『作家』一九六六・六）

『第三半球物語』（一九二七、金星堂）は「大失敗」で、「曾てのムードはすでに取戻せないものであることを悟らないわけには行かない」と突きつけられたのもまた、一九二七年だった。この事実は、のちに『二千一秒物語』について、「この物語を書いたのが十九歳の時で、以来五十年、私が折りにふれてつづってきたのは、すべてこの「一千一秒物語」の解説に他ならない。」(「無限なるわが文学の道」本書所収)と考える契機となるだろう。「詩」の源泉への道はもはや取り戻せない。この危機的状況の中で、エネルギーを傾けて足穂が向かい合ったのが、西脇順三郎『超現実主義詩論』(一九二九、厚生閣書店)の中心論文の一つとなる「ESTHÉTIQUE FORAINE――純粋芸術の批判――」(『三田文学』一九二七・五)だった。

「機械学者としてのポオ及現世紀に於ける文学の可能性に就て」で足穂は、覚束ない足取りながら、西脇詩論をツギハギし、「純粋芸術にをいて美は対象中にない。それは現実及実感をなくしてしまはうとするところに目的がある」、あるいは「最も進歩した詩歌は拡大して消滅をする――故に最も進歩した文学は消滅にちかひかたちでなければならない」、「芸術の要素は思ひがけぬこと、コミツクなこと、おどろきである」、「最も聯結しがたいものをつながうとするのがイマジネーションである」など、足穂にとって自らのマニフェストと重なり合い、さらに徹底するような主張を見出し、まとめている。そして、「最もはなれたやうなものをくつ、けること」は「そのま、に何の意味を表はしたものではない」、それは、「私たちをしばつてゐる経験の世界を打ち破らうとしたところのメカニズムに他ならない」という場合の「メカニズム」に、足穂はもっとも注目する。というよりも、徹底して曲解していく。西脇は「超自然主義の作品は純粋意識から来る「魂の喜び」を直接に表現するものでない。ただ純粋意識を起すメカニズムが与へられてゐるに過ぎない。作品＝メカニズム（機械）である」（「ESTHETIQUE FORAINE」）と書く。西脇においては、純粋芸術の作家と、作品の内容とのあいだの直接的な関係を切り離すためにこそ、メカニズムという語彙は与えられている。しかし、「意味の無」によって純粋意識を起し永遠なる世界に気づかしめる機能を示すこの「メカニズム」を、足穂は、当たり前に存在する自然世界から人々を離脱させるための、世界を人工的に抽出し動かしめる装置としての、機械＝メカニズムへと読み替える。そして、その体現者として、「機械学者としてのポオ」を称揚するのである。足穂によって見出されたポオは次のような存在である。

所謂怪奇とされる題材、効果のみ念をくかき方、そこには性格といふものが取扱はれてゐないこと、女性といふものまで神さまのやうに稀薄にしか現はされてゐない点、生れたアメリカのやうに作者にも伝統がない——かはりに宇宙的憂愁といふやうな先祖をもつてゐるところ、従つて作品はすべて方程式みたいになつてゐる……ともかくこれらが何人にくらべてもハツキリしてゐるが故、私は彼をもつてメカニズムといふ人間性の最も大な点に気付いたはじめての芸術家として見なほしたいに他なりません。

（中略）

まことに技巧に頼らなければならなかつた作家、何事も積木細工に組立てるより他ない真剣な探究家、他は笑へても他と共には笑へなかつた想像科学者——従つて出るべからざる白昼の世界にとび出してしまつたあはれなモグラであるものは、つひにそのまゝ自然界にをける笑ひのないぎこちないをかしさである私たちでなければならないからです——そしてこの致命的な一点によつてこそ、彼は何者よりもえらく、そこにまたあらゆる私たちの可能もかゝつてゐるのではないでせうか。


西脇はあくまで「ポウの世界は（少くも詩に於て）実感の世界である」と述べ、「純粋芸術のメカニズムとしたときには不完全である」と限定的な評価に止まっているが、足穂はやはり西脇が示した「詩」のメカニズムを読み替えている。人間的な世界に感情移入できず、非人間的な積木細工によってしか作品を構築できない機械学者のようなポオを、それだからこそ、非人間的な作品が求められるであろうこれからの時代に改めて引き出し、最大の可能性をそこに見出そうとするのである。結局のところ足穂は、自らの物語世界を人間の心理ではなく、機械的な自働性によって展開させていく方法にこそ興味をもっていた。このとき足穂が描き出すポオは、足穂自身の精密な自画像にしかみえないのである。

稲垣足穂と西脇順三郎は一度だけ会っている。同席した伊藤整が「イタガキさんとニシガキさん」(『文芸』一九五〇・一二)というシニカルなエッセイで二人の邂逅について証言している。「昭和二十三年のある日、「諷刺文学」という雑誌の編輯者で、「日本未来派」の詩人である高橋宗近君が、私と西脇順三郎氏と稲垣足穂氏とを銀座の料理屋に招待した」という。

果然、西脇、稲垣両氏は雑誌のことなどそっちのけで、大正期の新精神についての思い出を語り出した。即ち昔、大正前《ママ》期の「三田文学」に西脇氏が詩を書いていたが、その中でpoeのことを、ことさらポエと発音し、ポエジイやポエムと韻を合わせ、その繰りかえしによってある効果を出していた。私などの知らないその頃のことを稲垣足穂が覚えていると言い出したのである。(中略)

西脇さんが長い洋行から戻って、昭和初年の日本の超現実主義運動を「詩と詩論」を舞台にして始める以前のことを言い出したので、西脇さんは興奮したようであった。

(中略)

「イタガキさん、私もあなたの作品は日本の新精神を開いたもので、私たちの超現実主義と甚だ近いものだったと考えます。イタガキさん……」

「ESTHETIQUE FORAINE」の終章には、実際に「足のヒョロ長い動物でないのである。三色スミレの咲く野辺に一つのアップルとサーベルをもつた天使の様な軍曹長の脇をかすつて一個の金髪の男が鮒の腹をもちながら走る。乾酪の中から肩を裸にして出してゐる一つの貴婦人はアランポエポエポエポエとす。(後略)」という詩篇が附されていた。足穂は、『西脇順三郎全集』の月報に寄せた「貴婦人はアランポエポエとす――詩人と云われる程のバカでない――」(本書所収)で、西脇詩論の明断さを讃えて、理解の一端を開陳している。ここでは、他の多くの詩論が「統一する方法(フィルムの回転、個性的アクセント)」を欠いていることを批判した上で、「反対同志あるいは思いがけないコトバの連結が日常性を破壊して、われわれを瞬時(あるいは若干時間)の開放に導くと云うのである。」「この加速装置によって、日常性という固い原子核が破壊される。そこにおける新規な結合は無尽蔵である。」「平仮名的記述の中に、アクセントを付ける意味で片仮名を導入したのは、確か西脇氏であった。」と書き、意想外の連結だけでなく、タイトルと同様、西脇特有のアクセントに関心を寄せている。そして西脇も、『悪魔学の魅力』(『斜塔の迷信』所収、一九五七、研究社出版)で「彼の詩学はもちろんポウから出発し」、「ポウはあまり好きでないが、ポウの変化した一つの存在は逆に好きな味を僕に与えてくれる」と、足穂とポオをつないで語っている。西脇もやはり足穂の論文を読んでいたのだろう。だが、中野嘉一は解説で西脇順三郎ではなく、北園克衛を通して、足穂の詩観を概説している。そして北園もまた、足穂の論文を踏まえている。

若しも文学活動の形態を観念的に二大別するならば、恐らくそれは〈観念を間断なく転換〉することに依ってひとつのジャンルに到達する詩の形態と、観念を間断なく発展することに依ってひとつのジャンルを形成する散文の形態とに分類する事が出来よう。即ち前者は過去に於て最も純粋な詩人たちによって支持せられた処のものであり、後者は小説家が常に採用する処のものだ。

稲垣足穂の文学は、上述の分類よりすれば詩の形態に依存するものであるが、彼はその素材の独創的な統一によって、散文の形態に酷似するメタホルの世界を構造した。それは吾々が文学史に稀に見る独特の世界であって、エドガ・ポオやアラビヤンナイトにその源泉を発している処の非常に抽象的な文学の典型的な一系統である。(北園克衛「稲垣足穂　西脇順三郎氏に贈る」『文学』一九三二・三)

北園は続けて、「この〈観念発展性〉を持たないことを特質とするニイリズムを対象とする稲垣足穂の文学が、他のユマニズムの文学に於ける如く観念の発展によってひとつのジャンルを形成することなく、観念の転換によってひとつのジャンルに到達すると言う事は極めて必然的である」と解説している。「この〈観念発展性〉を持たないことを特質とするニイリズムを対象とする稲垣足穂の文学」という点に、足穂の「詩」の問題を北園は見ている。足穂のユニークな点は、純粋芸術の方法と対象が混濁するところにある。「素材の独創的な統一」と北園が呼ぶのはいわゆる「月星ガス体式材料」であり、ここでも方法と対象をあえて比喩を介して混合してしまう。「こゝにをいてはいつそのことに思ひ切り、機械の下におしつぶされようとする生命をすゝんで機械のなかにぶちこんではどうだらう（後略）」（「われらの神仙主義」『新潮』一九二六・四）というのが、足穂の目指す徹底の方向なのである。

発展することなく、同じ観念、ヴィジョン、モチーフをひたすら転換して提示し続けることで散文を書き進める方法は、室生犀星が「文芸時評　稲垣足穂氏の耳に」（『新潮』一九二八・四）で、「その特異な材料にのみ毎時も同じい開拓してゐる」と批判している。「自体最も危険である「新鮮」を目ざして進むことは、巧みな転期や速かに体をかはすことに於て、その「新鮮」を支持して行くものであるが、当然行くべき重厚さへも辿り着かずにゐるのはどうしたものであらう」と犀星が案じたように、ここに世評は足穂の迷走を見たのである。

コントにポエジーの可能性を探究した『カルト・ブランシュ』(一九三八・一創刊、デカドクラブ)の澤渡恒は、すでに文壇にも日常世界にもその居場所を失いつつあったコントの先達・稲垣足穂を同人に迎え、同じく北園克衛の足穂評を土台とした「稲垣足穂」(『カルト・ブランシュ』一九三九・一〇)をおくっている。澤渡は、リアリズム時代の足穂が迷い込んだ苦悶の隘路に「物語への執着」を見て取っている。

それは現実を対象として超現実的思考を回転ししかもロマネスクな空間を構造するといふ仕方に於て、金属の薔薇を開かせる試みに類似する。先駆するものとしての稲垣足穂の文学は転換し展開するふたつの思考の軸をプラネタリユウムのなかで運行させることにより、このアヴァンチユウルに参加しうる殆んど唯一のものであつた。だが彼の文学はその後この期待すべき位置では新らしい断面をみせず、大体分裂した軌道をたどつたやうに思はれる。そしてフアンシイのマヂックはやうやく新鮮なスピイドを失ひ、物語への執着はメルヘンの天体をはなれて現実生活のなかにロマネスクの影を求めるに至つた。

足穂が「機械学者としてのポオ」に自らを重ねて理想とした、転換し、且つ展開するという不可能な試みを、澤渡恒は正確に分析し、その行き詰まりもまた指摘している。そして、澤渡の批評に足穂は「コントに就て」(『カルト・ブランシュ』一九三九・一二)で答える。

或物を敢《あえ》て繰返して知らそうと云うのであるから、作家の態度にも作風にもよほど強烈なるものを供えて居なければならない。若しそうでなかったら、人は「まだそんな所にうろついているのか」とか、「幾ら書いても同じ事だ」などと評するであろう。が、本来の意味において、コント的世界こそ純芸術のそれであり、これこそ玄人《くろうと》の文学であるが、ロマン的世界は非純粋芸術の分野であり、これは素人の文学である。——そこでは観念に非ずして、常に現象のみが取扱われるからである。

足穂は、「コント的世界こそ純芸術のそれであり、これこそ玄人の文学である」と澤渡をはげますように宣言し、「作家の態度にも作風にもよほど強烈なるものを供えて居なければならない」と作家主体の存在感が著しく大きくなってはいるが、「或物を敢て繰返して知らそう」という点にやはりアクセントが置かれている。リアリズム時代にあっても足穂の方法は、『弥勒』のように現実世界を対象としながらも時間的推移を追うことが困難なヴィジョンのモザイク的構成を志向する。「物語への執着」を伏在させながらも、同じ観念を転換させながら、別の方法で繰り返し示し続けるという点は辛うじて固持しつづけたのである。京都時代以降に至っては、繰り返す方法はリライト・改訂であってもかまわない。足穂の「詩」が「観念を間断なく転換」しつづけることにあったとすれば、足穂はやはり「詩人」というべきであろう。

ただ、一九四〇年代のカトリックへの傾倒を機に、かつて「新しい耽美主義」として提示され、痛ましくも貫かれた足穂の「詩」の方法は、一度放擲されたかのようにみえる。

人間を盲目的な音楽の境地にさそう所の、美なる観念を扼殺《やくさつ》せよ！（然らばここに稲垣足穂、汝はいったいどうなのだという揶揄が当然在るのである。これに対しては、私は一言もないものである。しかしそれだからこそ敢えて云うのである。私も嘗て、私の長い芸術道程の半ば以上を、まさに唾棄すべき遊戯の上に、むなしい感性の建築に、唯美主義の救いなき谷間に迷って、貴重なる時を無駄についやして来たのである。私は駄目な男である。しかし、不遜をかえりみず云えば、それは私はいのちがけでやって来たが故に、今日のこの私の告白をよく聴いてもらいたいのである）（「反時代的な詩観「詩の倫理Ⅳ」」）

この敬虔で苛烈な自罰的姿勢のうちには、かつての詩学はみえてこない。しかし、同じ頃、足穂が「詩」の対象としてきた人間人形たる少年たちへの鎮魂を結晶させた『彼等

（THEY）』（一九四八、櫻井書店）には、死した少年少女の記憶を繰り返し思い出し続ける、姿なき主体が書きこまれている。稲垣足穂が「詩人」として一貫した方法で作品を書きつづけたと簡単に言うことはできないが、そこには時代ごとに曲折しながらもある種のヴィジョンが繰り返し書きつがれていく足穂の「詩」の航跡が、微かに透けてみえる。

年譜

稲垣足穂

一九〇〇年（明治三三年）
一二月二六日、大阪市船場（現在の中央区）北久宝寺町二丁目に父忠蔵、母ハツの次男として誕生。祖父、父ともに歯科医であった。姉千代は一〇歳以上年上で、ほかに赤ん坊の時に亡くなった兄と姉がいたという。
一九〇七年（明治四〇年）　七歳
四月、浪華尋常小学校に入学。この年、千代が婿養子（義兄松斎）を迎え、忠蔵は北久宝寺町の医院を譲り、八月、母と足穂は祖父母の住む明石の戎町へ転居。その後父とともに新宅が完成した錦江町に移る。足穂は明石第一尋常小学校に転校。このころ、航海家を志し、ついで活動写真に心奪われ、日露戦争映画を見て感銘を受ける。観世流津田三四郎、ついで伴葛園について謡曲を習い、葛園の娘時子より文学や美術などの手ほどきをうける。
一九一二年（明治四五年・大正元年）　一二歳
六月、アメリカ人飛行家アトウォーターがカーティス式水上飛行機を携え来日、須磨天神浜で鴎号水上飛行を目撃。
一九一三年（大正二年）　一三歳
明石第一尋常小学校を卒業、高等小学校へ進学する。五月、民間飛行家武石浩玻の京阪神都市連絡飛行での墜死は、足穂に大きな衝撃を残した。武石は足穂の永遠の憧れとなる。飛行機のスケールモデルに熱中する。義兄松斎を通じ中国古典に親しむ。
一九一四年（大正三年）　一四歳
四月、神戸市東郊の関西学院普通学部に入学、明石より汽車通学。

一九一五年（大正四年）一五歳
普通学部は中学部と改称。芸術家としての飛行家の可能性を説く「空界のローマンチック」を『関西学報』二一号に発表。
一九一六年（大正五年）一六歳
飛行家アート・スミス来日、四月二四日、鳴尾競馬場での宙返り飛行を見る。
一九一七年（大正六年）一七歳
二月、「聞いて貰いたい事」（『会誌』第一号）で飛行機国防論を訴える。火事により校舎が焼失。この頃、年上の神戸一中生那須徳三郎の雑誌『飛行画報』に論文を寄稿。この秋、東郷青児が「彼女のすべて」を第四回二科美術展覧会に出品。未来派へ関心を寄せる。
一九一八年（大正七年）一八歳
七月、長谷川如是閑の夕刊連載に触発され、習作「ある少年の話」を書く。その後半部が「小さなソフィスト」に発展する。この頃ベルグソンの英訳本を丸善で取り寄せて読む。
一九一九年（大正八年）一九歳
二月、未来派への傾倒を示す「未来主義者の手帖」（『学友会誌』第四号）等を発表。三月、関西学院卒業後、高等学部へは進学せず上京。羽田穴守の日本自動車学校（旧日本飛行学校）に入学。六月、警視庁甲種自動車免許証を取得して明石に戻る。神戸にて那須らと複葉機を製作する。クリスマスの日、一級下の石野重道に誘われてから、奥平野の「蝙蝠倶楽部」に出入りするようになる。
一九二〇年（大正九年）二〇歳
二科展に水彩画「空中世界」を出すも落選。陸軍省航空局依託操縦生に応募するも、近視のため体格検査を通過せず、ついに飛行家を断念。この頃、西林寺にいた暁烏敏に厳しく諭されたという。書き継いだ「小さなソフィスト」を滝田樗陰に送るも有耶無耶となる。
一九二一年（大正一〇年）二一歳
五月、「芸術的に見たる飛行機」（『飛行』帝国飛行協会）を発表。六月頃、「小さなソフィスト」終盤から発展した「一千一秒物語」

の草稿「タルホと月」が佐藤春夫に送られる。九月二五日に二度目の上京、鶴巻町の衣巻省三方に寄寓した後、上目黒大坂上の佐藤春夫の仮寓の離れ三畳に住む。秋、第二回未来派美術展覧会に油彩画「空中世界」とペン画「月の散文詩」を出品、後者が入選する。

一九二二年（大正一一年）二二歳
三月、「チョコレート」を『婦人公論』に発表。六月、渋谷道玄坂上裏富士横丁に転居。兵役点呼のため帰省。その間に制作したパステル画「カイネ博士に依って語られしもの」を秋、三科インデペンデント展に出品。会場で富ノ澤麟太郎を介して横光利一を知る。一〇月、「星を造る人」を『婦人公論』に発表。渋谷神泉に転居。

一九二三年（大正一二年）二三歳
一月、『一千一秒物語』を金星堂より刊行。衣巻省三とともに中目黒の恵比寿倶楽部へ移る。二月、「黄漠奇聞」を『中央公論』に発表。舞踏家池内徳子方（西巣鴨新田）で以後居候。七月、「星を売る店」を『中央公論』に、八月、「シガレット物語」を『週刊朝日』に、九月、「私とその家」を『新潮』に発表、簡閲点呼のため帰省中に関東大震災が起き、翌年一〇月まで明石滞在。

一九二四年（大正一三年）二四歳
一月、「香炉の煙」、三月、「鼻眼鏡」、六月、「私の耽美主義」を『新潮』に、八月、「星使ひの術」を『改造』に発表。震災のために池内姉妹が西巣鴨新田に新設した舞踏教習所に足穂もともに転居。この年、東京天文台が麻布から三鷹に移転、友人山ノ内恒身とともに訪問する。

一九二五年（大正一四年）二五歳
一月、「煌ける城」を『新潮』に、「WC」を『文芸時代』に発表。二作に対する生田長江の批評への反論として、四月、「末梢神経又よし」を『文芸時代』に発表、以後応酬が続き、新感覚派文学論争の一角をなす。五月、

「バンダライの酒場」、七月、「タルホと虚空」を『GE GIMGIGAM PRRR GIMGEM』に発表。八月、「二十世紀須弥山」を『週刊朝日』に、九月、「武石浩玻氏と私」を『新潮』に発表。『鼻眼鏡』を新潮社より刊行。

一九二六年（大正一五年・昭和元年）二六歳

二月、『星を売る店』を金星堂より刊行。三月、「WC」の好評を受け、『文芸時代』同人参加。四月、「空の美と芸術に就いて」を『文芸時代』に、五月、「無性格論」、六月、「彗星問答」を『虚無思想』に、八月、「白いニグロからの手紙」を『文芸時代』に、一二月、「タルホ入門」を『不同調』に発表。このころ同誌上で萩原朔太郎と論戦する。

一九二七年（昭和二年）二七歳

一月、「童話の天文学者」を『新青年』に、三月、『第三半球物語』を金星堂より刊行。四月半ば、芥川龍之介を田端に訪ねる。五月、「つけ髭」を『新潮』に発表。同月、『文芸時代』終刊。七月、芥川が自殺。以後次第に春夫との疎隔がひろがり、文壇に足場を失っていく。

一九二八年（昭和三年）二八歳

二月、「機械学者としてのポオ及現世紀に於ける文学の可能性に就て」を『新潮』に、四月、「近代物理学とパル教授の錯覚」を『改造』に発表。同月、「稲垣足穂氏の耳に」（『新潮』）で室生犀星に方法の行き詰まりを指摘される。五月、『天体嗜好症』を春陽堂より刊行。一一月、「飛行機物語」を『新潮』に発表。

一九二九年（昭和四年）二九歳

五月、「記憶」を『新潮』に発表。一一月、「タッチとダッシュ」を『文芸レビュー』に発表。大手文芸誌への発表が著しく減少、著書の刊行も遠のく。

一九三〇年（昭和五年）三〇歳

一月、「少年読本」を『グロテスク』に、三月、「物質の将来」を『詩と詩論』に、七月、「出発」を『新青年』に発表。池内舞踏場での用心棒生活も終わりを迎える。
一九三一年（昭和六年）　三一歳
一月、祖父母が相次いで亡くなったため明石に帰省。夏まで滞在し、再度上京。一一、一二月、「青い箱と紅い骸骨」を『文科』に連載。この年、滝野川南谷端の中野アパート（蝙蝠館）に転居。
一九三二年（昭和七年）　三二歳
一月、「うすい町」を『セルパン』に発表。同二二日、明石に帰省の途上、列車食堂内で泥酔して争いとなり、沼津署に留置される。滝野川南谷端の中野アパートが焼失。八月、「電気の敵」を『新青年』に、一二月、「矢車草」を『文学』に発表。
一九三三年（昭和八年）　三三歳
六月、「ココア山奇談」を『新青年』に発表。この頃、小川龍彦が住職をつとめる無量光寺に寄寓。アルコール中毒進行。
一九三四年（昭和九年）　三四歳
五月一日、父死去。六月、「東洋更紗」を『羅針』に発表。一〇月頃、自宅で古着屋を開業。
一九三五年（昭和一〇年）　三五歳
三月、「ファルマン」を『四季』に発表。古着屋の共同経営者の使い込みが発覚し絶縁。小川夫人繁子の助力を得て、単独経営に切り替える。一二月、無量光寺の離れが火事。
一九三六年（昭和一一年）　三六歳
小川夫人に作品の選定をまかせ、旧作品を集成し、浄書する『ヰタ・マキニカリス』の構想を進める。八月、自宅が差押えにあい、母子で下駄屋の離れ六畳に引越し。程なく母は姉夫婦宅へ転居。一〇月、明石を出奔。神戸夢野を経て一二月上京。大森馬込の衣巻省三方へ寄寓。この頃から日記などリアリズム小説への模索が始まる。
一九三七年（昭和一二年）　三七歳
三月、「馬込日記」を『文芸』に発表。五月、牛込区横寺町の旺山荘アパートに転居。七月、「夢野抄」を『新潮』に発表。
一九三八年（昭和一三年）　三八歳

三月、「弥勒」で描かれる「セイント」体験。五月、家賃滞納のため、牛込区横寺町三七東京高等数学塾に移る。夏頃、『キタ・マキニカリス』の浄書原稿が第一書房から返される。これ以後、櫻井書店、中央公論社、昭森社、新潮社などに原稿がまわされる。八月、「フェヴァリット」を『新潮』に発表。九月、母の死を知るも帰省せず。生活は困窮し、飯塚酒場の常連となる。

一九三九年（昭和一四年）　三九歳

正月頃、津田季穂と知り合う。三月、「石榴の家」を『文學界』に、九月、「石膏」を『新潮』に、一二月、「コリントン卿の幻想」を『文芸世紀』に、「レーディオの歌」を『カルト・ブランシュ』に発表。

一九四〇年（昭和一五年）　四〇歳

五月、「地球」を『新潮』に発表。六月、『山風蠱』を昭森社より刊行。一一月、「弥勒」を『新潮』に発表。

一九四一年（昭和一六年）　四一歳

三月、「底なしの寝床」を『カルト・ブランシュ』に、六月、「菫と兜」を『意匠』に、一一月、「愚かなる母の記」（前半のみ）を『婦人画報』に発表。この年一一月上旬、チフスのため大塚病院に入院する。

一九四二年（昭和一七年）　四二歳

一〜三月、「古典物語」を『意匠』に連載。九月、「愚かなる母の記」（後半のみ）を『新風土』に発表。

一九四三年（昭和一八年）　四三歳

一月、『空の日本　飛行機物語』を三省堂より刊行。辻潤が訪ねてきて数日を過し訣別する。一二月より関口教会の公教要理の勉強に通い始める。

一九四四年（昭和一九年）　四四歳

六月、『天文日本　星の学者』を柴山教育出版社より刊行。『宇宙論入門』執筆のため九段下の大橋図書館に通う。一一月より徴用によって鶴見海岸のヂーゼル自動車工場（いすゞ自動車）へ通勤。

一九四五年（昭和二〇年）　四五歳
四月、横寺町の住居、空襲で罹災。池上徳持町の波多江方に移る。五月、「有楽町の思想」を『文芸』（五、六月合併号）に発表。六月、南武線稲田堤の農家に、ついで横浜弘明寺に移る。八月中旬から自動車工場雪ヶ谷寮に転居。

一九四六年（昭和二一年）　四六歳
一月、池上線長原に転居。四月、中野橋場町の飯塚酒場常連宅に数日泊まった後、青梅線中神に転居。六月、金親清の世話で千葉駅前の房総民主文化連盟事務所に仮寓。七月、「モンパリー」を『新潮』に、八月、「死の館にて」を『芸林閒歩』に発表。『弥勒』を小山書店より刊行。一二月、上田光雄主幹ロゴス大学の天文部主任として中野鷺ノ宮に転居。

一九四七年（昭和二二年）　四七歳
四月、久ヶ原に転居。五月、「ヰタ・マキニカリス」（のちの「随筆ヰタ・マキニカリス」）を『新潮』に発表。八月、戸塚グランド坂上真盛ホテルに転居。一一月、『宇宙論入門』を新英社より刊行。一二月、「雪ヶ谷抄」を『文芸』に発表。

一九四八年（昭和二三年）　四八歳
二月、伊達得夫が書肆ユリイカを創業。四月、『明石』を小山書店より、五月、『ヰタ・マキニカリス』を書肆ユリイカより、七月、『悪魔の魅力』を若草書房より刊行。一〇月、「実存哲学の余白」を『叙説』に、「きらきら日誌」を『文潮』に発表。一一月、『彼等（THEY）』を櫻井書店より刊行。一二月、「美少女論」を『新潮』に発表。同月、伊達得夫の紹介により京都府児童福祉司篠原志代と対面。

一九四九年（昭和二四年）　四九歳
一月、「モーリッツは生きている」を『新潮』に発表。この年の春、戸塚グランド坂下の古本屋で萩原幸子に会う。カトリシズム脱却の契機となる。五月、「神・現代・救い」

を『素直』に発表。酒場で知り合った伊東良作とともに伊東の郷里越中城端町に逐電。六月、東京に舞い戻る。江戸川乱歩の厚意で中野打越一三平田方に転居。九月頃、カトリシズムより脱却。
一九五〇年（昭和二五年）五〇歳
二月、篠原志代と結婚、京都市右京区山内御堂殿町の中央仏教学院学生寮、染香寮に転居。三月、「謡曲の宇宙情緒」を『詩歌殿』に発表。九月、「兜率上生」を小谷剛主宰の『作家』に発表。以後、この同人誌に拠り自作改訂作業をはじめる。
一九五一年（昭和二六年）五一歳
一月、「日本の天上界」を『作家』に発表。三月、京都府宇治市五ケ庄三番割の黄檗山万福寺子院慈福院に転居。四月、小高根二郎の紹介により宇治市宇治山田六番地の朝日山恵心院に転居。六月、「失われし藤原氏の墓所」を『群像』に発表。
一九五二年（昭和二七年）五二歳
梁雅子・山本浅子を「弟子」にする。二月、「東洋の幻想」、八月、「ボクの〝美のはかなさ〟」を共に『作家』に発表。
一九五三年（昭和二八年）五三歳
一月、「澄江堂河童談義」を『作家』に、六月、「雪融け」を『群像』（増刊）に発表。
一九五四年（昭和二九年）五四歳
一月、「ライト兄弟に始まる……」を、七〜九月、「A感覚とV感覚」をいずれも『群像』に発表。
一九五五年（昭和三〇年）五五歳
志代夫人が京都府立八瀬学園に単身赴任。一〇月、「異物と空中滑走」を『群像』に発表。
一九五六年（昭和三一年）五六歳
五月、『ヰタ・マキニカリス』（限定一〇〇部）を的場書房より刊行。
一九五七年（昭和三二年）五七歳
四月、「Prostata〜Rectum 機械学」、一〇月、「シネマトグラフ」を共に『作家』に発表。

一九五八年（昭和三三年）　五八歳
四月、「ヒップ・ナイドに就いて」を『作家』に発表。稲垣足穂全集刊行会より『稲垣足穂全集』（全一六巻）刊行開始（第三回配本より書肆ユリイカが刊行）。
一九五九年（昭和三四年）　五九歳
志代夫人、京都市伏見区桃山町伊賀の京都府立桃山婦人寮へ単身赴任。
一九六〇年（昭和三五年）　六〇歳
一月、「南方熊楠児談義」を『作家』に発表。二月、第四回作家賞を受賞。同月、弟子の梁雅子、第一一回女流文学賞受賞。祝賀会出席のため二五年ぶりに生まれ故郷大阪の地を踏む。一〇月、夫人の勤務先、京都府立桃山婦人寮職員宿舎に転居。同月、長女都の結婚に伴い桃山婦人寮に転居。一一月、澁澤龍彦に対面。
一九六一年（昭和三六年）　六一歳
一～三月、六～八月、「Principia Pædophilia」を『作家』に連載。一月、伊達得夫逝去。書肆ユリイカの『稲垣足穂全集』刊行中絶。一一月、『国文学　解釈と鑑賞』誌の企画により、京大精神科の高木隆郎にロールシャッハ法による心理診断を受ける。
一九六三年（昭和三八年）　六三歳
一〇月、『明石』を木村書店より、一一月、『一千一秒物語』（復刻版）を作家社より刊行。
一九六四年（昭和三九年）　六四歳
五月、佐藤春夫逝去。七月、「佐藤春夫を送る辞」を『新潮』に、八月、「未来派へのアプローチ」を『作家』に、一〇月、「都のたつみしかぞ住む」を『新潮』に発表。
一九六五年（昭和四〇年）　六五歳
八月～翌年七月、「東京遁走曲」を『本の手帖』に連載。
一九六六年（昭和四一年）　六六歳
六月、糖尿病治療のため京都府立病院に入院。七月退院。八月、「贋見鬼人」を『南北』に発表。

一九六七年（昭和四二年）　六七歳
一〇月、『現代文学の発見　第七巻　存在の探求　上』（学藝書林）に「弥勒」が収録される。
一九六八年（昭和四三年）　六八歳
二月、『現代文学の発見　第九巻　性の探求』（学藝書林）に「A感覚とV感覚」が収録される。五月、『少年愛の美学』を徳間書店より刊行。六月、『僕の〝ユリーカ〟』を南北社より刊行。八月、「山ン本五郎左衛門只今退散仕る」を『南北』に発表。同月、『東京遁走曲』を昭森社より刊行。七月、九月に雑誌『南北』で稲垣足穂が特集され、再評価の気運高まる。
一九六九年（昭和四四年）　六九歳
三月、昭森社社主森谷均逝去。同月、志代夫人退職、娘夫婦の住む京都市伏見区桃山町養斎一六に転居。四月、『少年愛の美学』が第一回日本文学大賞を受賞。五月、『ヴァニラとマニラ』を仮面社より刊行。六月、『稲垣足穂大全』（全六巻）を現代思潮社より刊行開始（翌年九月まで）。一〇月、『ヒコーキ野郎たち』を新潮社より刊行。一二月、『一千一秒物語』（新潮文庫）を新潮社より刊行。
一九七〇年（昭和四五年）　七〇歳
一月、「宇治桃山はわたしの里」を『文學界』に発表。三月、『ライト兄弟に始まる』を徳間書店より、六月、『日本の文学34　内田百閒・牧野信一・稲垣足穂』を中央公論社より、『絵本　逆流のエロス』を現代ブック社より、七月、『機械学宣言　地を匍う飛行機と飛行する蒸気機関車』（中村宏との共著）を仮面社より、九月、『稲垣足穂作品集』を新潮社より刊行。一一月、三島由紀夫自決。
一九七一年（昭和四六年）　七一歳
四月、個展「イナガキ・タルホ＝ピクチュア展」を大阪東宝画廊で開催（六〜七月、京都書院、一〇月、東京紀伊國屋書店）。四月、『タルホ＝コスモロジー』を文藝春秋より刊行。七月、「轣轆」を『文學界』に発表。

一九七二年（昭和四七年）七二歳
一月、「稲生家＝化物コンクール」を『海』に発表。三月、『鉛の銃弾』を文藝春秋より、『パテェの赤い雄鶏を求めて』を新潮社よりそれぞれ刊行。六月、『菫色のANUS』を芸術生活社より刊行。八月、失火により自宅全焼。一二月まで桃山町本多上野の仲町方に同居。一〇月、『青い箱と紅い骸骨』を角川書店より刊行。一二月、『ミシンと蝙蝠傘』を中央公論社より刊行。
一九七三年（昭和四八年）七三歳
五月、『増補改訂　少年愛の美学』（角川文庫）を角川書店より刊行。六月、『タルホ座流星群』を大和書房より刊行。一〇月、『天族ただいま話し中　稲垣足穂対談集』を角川書店より刊行。
一九七四年（昭和四九年）七四歳
一月、『コリントン卿登場』（野中ユリ・種村季弘と共著）を美術出版社より刊行。四月、『おくれわらび』を中央公論社より刊行。五月、『タルホスコープ』（全四巻）を現代思潮社より刊行（一一月まで）。六月、『男性における道徳』を中央公論社より刊行。七月、『タルホフラグメント』を大和書房より刊行。九月、『稲垣足穂作品集・多留保集』（全八巻、別巻『タルホ事典』）を潮出版社より刊行開始（翌年一〇月まで）。
一九七五年（昭和五〇年）七五歳
一月、『人間人形時代』を工作舎より刊行。一〇月、『タルホ・クラシックス』（全三巻）を読売新聞社より、『がんじす河のまさごよりあまたおはする仏たち』を第三文明社より刊行。一〇月二四日、妻志代死去。享年六八。
一九七七年（昭和五二年）
四月、『別冊新評・稲垣足穂の世界』を新評社より、五月、『多留保判男色大鑑』を角川書店より刊行。六月二三日、宇治黄檗病院に入院。九月二〇日、京都第一赤十字病院に転院。一〇月二五日午前五時五八分逝去。享年

七六。

＊年譜作成にあたって、萩原幸子編「年譜」（『稲垣足穂全集』第一三巻所収、二〇〇一、筑摩書房）、キネマクラブ編「彼自身による稲垣足穂」（『ユリイカ9月臨時増刊号　総特集　稲垣足穂』二〇〇六、青土社）、大崎啓造「タルホ年譜ノート」（http://taruhofragment.mods.jp/contents/biography/nenpunote/nenpunotemokuji.htm［2020年2月10日］）を適宜参照した。

（高橋孝次編）

著書目録

稲垣足穂

【単行本】

一千一秒物語　大12・1　金星堂
鼻眼鏡（新進作家叢書45）　大14・9　新潮社
星を売る店　大15・2　金星堂
第三半球物語　昭2・3　金星堂
天体嗜好症　昭3・5　春陽堂
山風蠱　昭15・6　昭森社
空の日本　飛行機物語　昭18・1　三省堂
天文日本　星の学者　昭19・6　柴山教育出版社
弥勒（文学新輯6）　昭21・8　小山書店
宇宙論入門　昭22・11　新英社
明石（新風土記叢書6）　昭23・4　小山書店
ヰタ・マキニカリス　昭23・5　書肆ユリイカ
悪魔の魅力　昭23・7　若草書房
彼等（THEY）　昭23・11　櫻井書店
ヰタ・マキニカリス　昭31・5　的場書房
明石　昭38・10　木村書店
一千一秒物語　昭38・11　作家社
少年愛の美学　昭43・5　徳間書店
僕の〝ユリーカ〟　昭43・6　南北社
東京遁走曲　昭43・8　昭森社
ヴァニラとマニラ　昭44・5　仮面社
（※普及版　昭45・7）
ヒコーキ野郎たち　昭44・10　新潮社
ライト兄弟に始まる　昭45・3　徳間書店

増補改訂少年愛の美学　昭45・4　徳間書店
絵本逆流のエロス　昭45・6　現代ブック社
（※特装本　昭46・3）
タルホ＝コスモロジー　昭46・4　文藝春秋
鉛の銃弾　昭47・3　文藝春秋
パテェの赤い雄鶏を
　求めて　昭47・3　新潮社
菫色のANUS　昭47・6　芸術生活社
青い箱と紅い骸骨　昭47・10　角川書店
ミシンと蝙蝠傘　昭47・12　中央公論社
Ικαρος（イカルス）　昭48・9　呪物研究所
おくれわらび　昭49・4　中央公論社
男性における道徳　昭49・6　中央公論社
人間人形時代　昭50・1　工作舎
がんじす河のまさご
　よりあまたおはす
　る仏たち　昭50・10　第三文明社
多留保判男色大鑑　昭52・5　角川書店
美しき学校　昭53・7　北宋社
僕の〝ユリーカ〟　昭54・8　第三文明社
（レグルス文庫115）
イナガキタルホ詩集　昭57・2　中野嘉一編
名古屋豆本
別冊25集
稲垣足穂全詩集　昭58・5　中野嘉一編
宝文館出版
僕の〝ユリーカ〟　昭61・9　沖積舎
緑の蔭　昭62・6　沖積舎
東京きらきら日誌　昭62・8　潮出版社
　タルホ都市紀行
一千一秒物語　昭62・11　木馬舎／人間
と歴史社
生活に夢を持ってい
ない人々のための
童話　昭63・3　第三文明社
月球儀少年　極美につ
いての一考察　昭63・6　立風書房
稲垣足穂詩集　平元・3　思潮社
（現代詩文庫1037）
タルホ神戸年代記　平2・4　第三文明社

イナガキ・タルホ一篇　平2・5　透土社／丸善発売
一冊物語双書
一千一秒物語　平2・6　第三文明社
飛行機物語　平3・5　マガジンハウス
星の都　平3・7　人間と歴史社
タルホ大阪・明石年代記
TARUHO FUTURICA（タルホ・フューチュリカ）　平5・6　ボイジャー・ジャパン（エキスパンド・ブック）
花月幻想　平6・3　立風書房
足穂映画論フィルモメモリア・タルホ　平7・10　フィルムアート社
足穂拾遺物語　平20・3　青土社（高橋信行編）
僕の〝ユリーカ〟　平23・9　沖積舎
稲垣足穂　飛行機の黄昏　平28・8　平凡社　STANDARD BOOKS

【共著・対談集】

機械学宣言　地を匍う飛行機と飛行する蒸気機関車　昭45・7　仮面社（中村宏と共著）
終末期の密教　人間の全体的回復と解放の論理　昭48・9　産報（梅原正紀と共編）
天族ただいま話し中　稲垣足穂対談集　昭48・10　角川書店
コリントン卿登場　昭49・1　美術出版社（野中ユリ、種村季弘と共著）

【全集・選集・シリーズ】

稲垣足穂全集　昭33・4～35・10　書肆

ユリイカ　全16巻中、
7冊で刊行中止
第1・2回配本は稲
垣足穂全集刊行会発
行

稲垣足穂大全　昭44・6〜45・9　現代
思潮社　全6巻

稲垣足穂作品集　昭45・9　新潮社

Works of Taruho　全1巻（※昭59・7
沖積舎より再刊）

タルホスコープ　現代思潮社　全4冊
キタ・マキニカリス（昭49・5）
桃色のハンカチ（昭49・6）
彼等―they―（昭49・9）
彌勒（昭49・11）

夢の王国　大和書房
2　タルホ座流星群　昭48・6
10　タルホフラグメント　昭49・7

多留保集　潮出版社　全8巻、別巻1
第1巻　宝石を見詰める女（昭49・9
※「美少女論」と改題　昭61・10再刊）
第2巻　プロペラを廻すまで（昭49・10）
第3巻　カレードスコープ（昭49・11
※「タルホ入門　カレードスコープ」と改題
昭62・2再刊）
第4巻　少年読本（昭49・12　※昭61・7再
刊）
第5巻　キネマの月巷に昇る春なれば（昭
50・1）
第6巻　遠方では時計が遅れる（昭50・2
※「彗星問答　私の宇宙文学」と改題・増
補　昭60・11刊行）
第7巻　びっくりしたお父さん（昭50・4）
第8巻　実存哲学の余白（昭50・7）
別巻　タルホ事典（昭50・10）

タルホ・クラシックス　昭50・10　読売新聞
社　全3冊
1　エアクラフト
2　アストロノミー
3　ウラニスム

TARUPHO VARIANT　人間と歴史社
1　稲生家=化物コンクール　平2・9
2　びっくりしたお父さん　平3・5
稲垣足穂白鳩の記　国書刊行会
日本幻想文学集成22　平5・8　矢川澄子編
稲垣足穂全集　平12・10～13・10　萩原幸子編
筑摩書房　全13巻

【文庫】

一千一秒物語　昭44・12　新潮文庫
増補改訂少年愛の美学　昭48・5　角川文庫
BIBLIA TARUHOLOGICA　河出文庫　全12冊
※新装版「稲垣足穂コレクション」として一部再刊
ヰタ・マキニカリスⅠ（昭61・4　新装版平10・12）
ヰタ・マキニカリスⅡ（昭61・5　新装版平10・12）
少年愛の美学（昭61・7　新装版　平11・1）
ヒコーキ野郎たち（昭61・8）
宇宙論入門（昭61・11　新装版　平11・7）
弥勒（昭62・1　新装版　平11・4）
A感覚とV感覚（昭62・5）
天体嗜好症（昭63・9）
ヴァニラとマニラ（平2・11）
彼等（they）（平3・3）
東京遁走曲（平3・6）
南方熊楠児談義（平4・5）
ちくま日本文学全集15
稲垣足穂（平3・9　平20・5　16と変更して再刊）
一千一秒物語　平16・1　新潮文庫　改版
稲垣足穂コレクション　ちくま文庫　全8巻
1　一千一秒物語（平17・1）
2　ヰタ・マキニカリス（上）（平17・2）
3　ヰタ・マキニカリス（下）（平17・3）
4　ヴァニラとマニラ（平17・4）

5　少年愛の美学（平17・5）
6　僕の〝ユリーカ〟（平17・6）
7　ライト兄弟に始まる（平17・7）
8　弥勒（平17・8）
21世紀タルホスコープ　河出文庫　全3冊
1　ヰタ・マキニカリス（平28・12）
2　少年愛の美学　A感覚とV感覚（平29・2）
3　天体嗜好症　一千一秒物語（平29・4）

（作成・高橋孝次）

本書は中野嘉一編『稲垣足穂詩集』（一九八九／思潮社　現代詩文庫）および『稲垣足穂全詩集』（一九八三／宝文館出版）を底本として、新たに四篇の詩論・エッセイを収録、解説・年譜・著書目録を加えて再編集したものである。底本が発表時のテキストを編年形式で構成する方針だったため、本書においても表記ゆれの統一等は必要最低限にとどめ、明らかな誤字脱字誤綴の場合に限り、補った。中野嘉一氏の宝文館出版版解説中の本文引用及び書誌情報に関して、適宜必要な箇所は訂正した。

なお、収録本文中の記述に、今日から見て不適切と思われる表現があるが、作品の時代背景と歴史的意義を考え、そのままとした。

稲垣《いながき》足穂《たるほ》詩《し》文集《ぶんしゅう》

稲垣《いながき》足穂《たるほ》

二〇二〇年三月一〇日第一刷発行
二〇二〇年八月二六日第二刷発行

発行者——渡瀬昌彦
発行所——株式会社 講談社
東京都文京区音羽2・12・21 〒112-8001
電話 編集（03）5395・3513
販売（03）5395・5817
業務（03）5395・3615

デザイン——菊地信義
印刷——豊国印刷株式会社
製本——株式会社国宝社
本文データ制作——講談社デジタル製作

定価はカバーに表示してあります。

講談社
文芸文庫

ISBN978-4-06-519277-1

講談社文芸文庫